孤独な癒し人は
永久《とこしえ》の愛を知る
「あ……っ」
アルの右手が鎖骨を滑り、交差するように左の胸の突起を指先で弾いた。高い声が出てしまって口をふさごうとしたら、「いいから聞かせてくれ」と口元に持っていこうとした手を左手で制される。

孤独《こどく》な癒《いや》し人《びと》は永久《とこしえ》の愛《あい》を知《し》る

宗《そう》川《かわ》倫《りん》子《こ》
ILLUSTRATION：小《こ》禄《ろく》

孤独な癒し人は永久の愛を知る

LYNX ROMANCE

CONTENTS

孤独な癒し人は
永久の愛を知る

プロローグ

美しい自然と土壌《どじょう》に恵まれたコルマンド王国は、先代の王のころから政情が安定し平和が保たれていた。

そんな王国本土の大陸から海を隔《へだ》てた北西の方角に、辺境の地と呼ばれる人口三百人ほどの小さな島がある。名はクルカ島という。

コルマンド王国の領土でありながら自給自足の生活に満ち足りているクルカの民が本土に移り住むことはなく、本土の民もわざわざ不便な離れ島で暮らしたいとは思わない。

互いの民は、海の向こうの世界には無関心だった。

船着き場から離れたクルカ島の北端にあるモンフィス家は、島内で唯一の診療所を営んでいる。この屋敷に生まれた一族は代々みな医者として育てられ、良質な医術を提供し、島で暮らす者たちからの信頼を得ていた。

モンフィス診療所には、その技術の高さのほかにもうひとつ、島民から絶大な信頼を得る理由があった。

モンフィス家にまつわる双子の伝承――。

この家系に男女の双子が誕生すると、男児のほうに『エクラ』と呼ばれる不思議な力が宿る。

エクラの力の持ち主は、自身の体力と引き換えに生き物の病《やまい》や怪我《けが》を治すことができた。

エクラの起源は、島にまだ医術が発達していなかったおよそ六百年前、モンフィス家にはじめて男女の双子が誕生したころに遡《さかのぼ》る。

当時、島民たちは原因不明のはやり病に冒《おか》されていた。

患部を切っても薬草を煎《せん》じて飲ませても治せない病。生まれては亡くなっていく命の多さに島は絶望に陥った。

そして打つ手のない状況は穏やかだった島民たちを混乱させ、いつしかその病は人の体に憑《と》りついた悪霊の仕業《しわざ》だと噂《うわさ》されるようになった。

邪悪な力を鎮《しず》めるためには、生贄《いけにえ》を捧げるしかない。

そこで白羽の矢が立ったのが、島でいちばん美しいと評判だったモンフィス家の男女の双子だった。妹の代わりに自分が犠牲になることを選んだ双子の兄は、最後に隔離されていた疫病者《えきびょうしゃ》たちとの対面を望んだ。その際、みずからの手で彼らに触れ、不思議な力で病を治してしまった。

これがエクラの力の発祥《はっしょう》だ。

少年には生まれたときから力が宿っていたのか、生贄になったことがきっかけで力が芽生えたのかはわからない。しかし島を恐ろしい病から救ったことで、彼は『神の手』の持ち主だと生涯崇《あが》められたという。

医術が進歩した今では昔のようなはやり病に怯《おび》えることはすくなくなったが、その後もモンフィス家に男女の双子が誕生すると必ず男児にエクラの力が宿り、島は安泰《あんたい》の空気に包まれた。

リュカはモンフィス家に生まれた八番目の双子の男児で、八人目のエクラの力の保持者だった。

◆

リュカは今でも忘れない。あの静かな真冬の夜のことを。

窓の外は朝からしんしんと雪が降り続いていた。

『マリー、あなたはいつか愛する人の子を産むのよ』

ベッドで横になっている母の言葉に、双子の妹であるマリーは瑠璃色《るりいろ》の澄んだ瞳を瞬《しばた》かせてうなずいた。

『そして、リュカ』

名を呼ばれたリュカは、涙の膜が張ったルビー色の瞳で母を見つめた。

『あなたはもうすぐエクラの力が使えるようになるわ。この力を使うとすこし疲れてしまうけど、苦しんでいる人を救うことができる素敵な能力なのよ……』

エクラの力が備わる男児は、必ず赤い瞳を持って生まれてくる。そしてその力を後世に継承していくのは、同じ日に生まれた青い瞳を持つ双子の女児だ。

『母さん……』

リュカが呼びかけると、母は微笑《ほほえ》みながらゆっくりと目をつむった。

親族の医者が臨終の時刻をおごそかに告げた。母はいつもと変わらぬ穏やかな表情で、まるで眠っているかのようだった。

リュカはとなりのマリーの手を力いっぱい握っていないと、悲しみと不安で心が潰れてしまいそうだった。それはきっとマリーも同じだったのだろう。彼女のほうからもリュカの手をきつく握り返してきた。

母が亡くなったこの日、モンフィス家の双子の兄妹は五歳だった。

父は二人が生まれる前に事故で他界している。リュカとマリーは幼くして両親を喪《うしな》った。

母の死後、リュカたちを育ててくれたのは母の姉である伯母のスルヤだ。

『今日から私があなたたちを育てますから、しっかり言うことを聞くように』

優しい母が亡くなった事実を受け止められないでいた幼いリュカに、スルヤはにこりともせず宣告した。

『あの、でも、おばさんはおいしゃさんでいそがしいでしょう？』

『医者はやめました。これからは二人の育児に務めます』

スルヤはモンフィス診療所内で最も腕のいい手術医だったが、その座をあっさり手放し、これからは双子の体調や生活を管理することに専念するのだと言った。

『なにか不満でも？』

『……いいえ』

リュカはスルヤが苦手だった。

ひっつめ頭で化粧気のない顔に、張りつめた雰囲気をまとっている怖い伯母さん。彼女が笑ったところは一度も見たことがなかった。

そんなスルヤとの生活がはじまって半年、六歳になった夏の日、リュカにエクラの力が芽生えた。

リュカがはじめて力を使った相手は、妹のマリーだった。

マリーは原因不明の高熱で倒れ、数日間寝こんでいた。病が移ってはいけないからと、リュカはマリーから遠ざけられていたが、無人になった一瞬の隙《すき》をついて彼女の眠る部屋に忍びこんだ。

『マリー！』

ベッドに駆け寄ると、マリーの火照《ほて》った顔には大粒の汗が浮かんでおり、ブルーの瞳は霞《かす》んで虚《うつ》ろだった。

『く、くるしいの？』

『………っ』

どれほどの高熱に冒されているのか、荒い呼吸を繰り返すだけで答えることのできないマリーが心配で、リュカは湿った額《ひたい》に手を乗せた。その瞬間、指先にひりつくような熱い塊《かたまり》が触れた。

いつか宿るというエクラの力については、物心ついたころから周囲にさんざん聞かされていたが、実際の使い方を教えてくれる者はいなかった。

あのときのリュカは、ただただ必死だった。

母のようにマリーを喪いたくない。もう二度と大切な人を奪われたくない。

その一心でみずからの手をかざした。

——死んじゃだめ……!

思いがひらめいた瞬間、ルビーレッドの瞳が煌《きら》めき、明るい金の髪がふわりと逆立った。

手をかざしたマリーの額から、指先を伝って体内にとろりとしたものが流れこんできた直後、倦怠感《けんたいかん》に包まれ、気づくとリュカは脱力していた。

マリーを救いたいと心から渇望したことで、エクラの力はリュカの体に自然と芽生えたのだろう。

『リュ、カ……、ありがとう』

マリーの苦しそうな表情が笑顔に変わる瞬間を目《ま》の当たりにして、リュカは深い安堵《あんど》と喜びに満たされた。

マリーの病を吸収したことで体力が消耗し、数日寝こんでしまったが、大切な人を助けることができた嬉《うれ》しさからエクラの保持者として生まれたことを誇りに思った。

しかしその日以降、リュカはエクラの力を自分の意思で使うことをスルヤによって禁じられた。

双子には、自由がなかった。

三代ぶりにモンフィス家に誕生した双子のことは島内の誰もが知っていたが、二人は学び舎《や》に通わず、祝祭の日に親族と外出する以外はほとんど家から出ることのない生活を送っていた。

親族たちは貴重な力を持つ男児とその力を後世につなげていく女児を危険にさらしてはならず、それゆえリュカとマリーは生活の一切を管理されて生きていく。これは二人に限ったことではなく、先祖代々から続くモンフィス一族の決まりごとだった。

リュカはスルヤの命令で、一日に彼女が選んだひとりの人に力を使った。

リュカの診療を希望する客の大半は本土の貴族だった。エクラの力で病を治してほしいと海を渡って来る者はあとを絶たなかったが、彼らは必ず篩《ふるい》にかけられた。

なぜスルヤは客を選ぶのだろう。なぜ自分に会える人と会えない人がいるのだろう。

もっとたくさんの人を助けたいのに、どうして毎日ひとりだけなのだろう。幼いリュカはいつも不思議に思っていた。

そんなある日、スルヤの客選びについて、屋敷内で働く使用人たちの噂話を耳にした。

『差し出す金貨が多い順に客を取ってるらしいわ』

『貧乏人はリュカ様に会えないのよ』

使用人たちの話が真実かどうかはわからない。ただ疑問を持っていたリュカの頭にはその言葉が深く刻まれた。

モンフィス家の敷地内には薬草園と呼ばれている広い庭があり、多種のハーブが混生している。薬草と毒草の見分け方からハーブティーや民間薬の調合の仕方まで、スルヤは年月をかけて根気強くリュカを教育した。

スルヤのもとで幼いころから薬学に親しんできたおかげで、リュカは十二歳になると、エクラの力を使う時間以外では診療所の老薬師の助手を務めるまでになった。

一方妹のマリーは、スルヤから編み物や手織機の使い方を教わった。

苦手とはいえ、スルヤはリュカにとっての育ての親だ。エクラの力が芽生えたばかりのころは、疑問を抱きつつも彼女の選定した一日ひとりの客に対して力を使う毎日を過ごしていた。

しかし成長するにつれ、いつしか疑問は不満へと変わっていった。

◆

月日は過ぎ、リュカは十七歳になった。

コルマンド王国の成人年齢である十八まであとわずか。けれど力を使う相手が一日ひとりという決まりは、六歳でエクラが芽生えてから十一年経《た》った今も変わらない。

「体は大きくなっても、力の使い方はずっと一緒だ……」

今日も朝から治療を終えたリュカは、たったひとりの客を見送った部屋でため息をこぼした。

エクラの力ではやり病からクルカ島を救った祖先は、リュカの英雄だ。はじめてマリーに力を使った日の感動もずっと変わらず胸の中にあり、多くの人を救いたいという気持ちは日に日に強まっていく。

八人目のエクラの保持者として、神の手を存分に発揮して生を全《まっと》うしたかった。

（もっとたくさんの人を助けたい。だって僕にはそれができる、いや、僕にしかできないことなんだから）

ここ最近は献身欲がさらに高まり、スルヤに選定された相手にだけしか力を使えないという現実に耐えられなくなっていた。

その日の午後、老薬師の助手として薬の調合をしていると、スルヤの部屋から上等な衣服を身に着けた男が出てくるのが見えた。

彼はスルヤの面接で篩《ふる》い落とされたリュカの客だ。

本土からの客人は面接の合否にかかわらず、リュカの力について口外してはならないという守秘義務がある。

実際、噂が流れ本土から人が押し寄せてきたりしないことから、スルヤによる客選びは成功しているのだろう。さらに篩い落とされリュカに会えなかった者たちも、モンフィス診療所の医者によって満足のいく医術が提供されるため、問題が起きないのかもしれない。

　それでも肩を落とし、医者の待つ診察室へ案内されていく男の後ろ姿を見ると、リュカは悔しさを覚えた。

（本土からはるばる僕に会いに来てくれたのに、どうして力を使わせてくれないんだ……！）

　そんな憤《いきどお》りを胸に、一日の診療後にリュカはスルヤの部屋を訪れた。

「スルヤ伯母さん、僕は幼いころと違って体力もついたし、まだまだ力が使えます。だからもっとたくさんの人と会わせてください」

　あるときから、リュカはスルヤに対してこんな訴えをすることが増えていた。

　体力が余っているのに力を使わないということは、助けられるはずの人を見殺しにしているのではないか。そんな考えが浮かんでくるほど、エクラの保持者として使命を果たせていない毎日にストレスが溜《た》まっていた。

　しかしスルヤは聞く耳を持ってくれない。

「余計なことは考えないで。いつどんな病の民が来るかわからないのだから、体力は温存しておきなさい」

「……っ」

　話はこれで終わりとばかりに、スルヤは扉に目を向けリュカに退室を促した。

　毎度変わらぬスルヤの答えに、リュカは今日もわだかまりを抱えたまま夜を過ごすことになった。


　翌日、朝いちばんにリュカのもとを訪れた常連客の貴族から、本土の診療所の話を聞いた。

「うちの近所の診療所は、ここと違っていつも患者であふれていてね。私よりもっと悪い病の人がたくさんいるんだよ」

「そうなんですか？」

「ああ、しかしこのモンフィス診療所に来られるのは一部の貴族だけ。金がある者しか通えないのさ」

「お金が、ある人……」

人口三百人の島に対して、本土には五百万人もの民がいる。そのうちどれほどの人が今、病や怪我で苦しい思いをしているのだろう。医者の手に負えない患者がどれくらいいるのだろう。

「辺境のモンフィス診療所まで来るのには苦労するが、リユカ様がいるからここへ通う価値はあるよ。いつもありがとう」

貴族から感謝を告げられ、しかしその顔色の悪さからリユカは笑みを返しつつもやり切れない気持ちになった。

この屋敷で本土からの客人を待ち続ける人生でいいのだろうか。

島民の中には診療所に通う者もいるが、優秀なモンフィス一族の医者たちによって問題なく治療が施されている。

(僕を本当に必要としているのは本土の民だ。このままずっと待っているだけじゃだめだ。僕が、僕自身が本土に行こう……!)

そんな考えがひらめき、リユカは常連客を見送るや、すぐさまマリーの部屋を訪れた。

扉を叩《たた》くと「はあい」という軽やかな声が聞こえ中に入る。安楽椅子《あんらくいす》に腰かけ、膝にペットの雄猫ティロンを乗せて編み物をしていたマリーが、きょとんとした顔になった。

「どうしたの？　そんなに息を切らして」

「マリーに相談したいことがあるんだ」

リユカの真剣な表情を見たマリーは、ティロンと毛糸の玉を椅子に置いて立ち上がった。

「僕はエクラの力を使うために、本土に移り住もうと思う」

「本土、に……？」

「うちには優秀な医者たちがいて、クルカの人たちは十分な治療を受けられているけど、本土の診療所は人手が足りていないって、さっきお客さんから聞いたんだ。だからこのまま島にいるより本土に行って、本当に僕を必要としている人にエクラの力を使いたい」

頭の中を整理しながら言葉にすると、それが自分の使命なのだと感じられた。

このまま島に留《とど》まっていてはいけない。

芽生えたばかりの夢を必ず形にしなければ。

「ひとりで島を出ていくの？」

使命感に駆られ高揚《こうよう》するリュカの前で、マリーは顔色を曇らせた。

「……僕のわがままで誰かを巻き添えにはできないから、ひとりで行くよ」

不安そうなマリーを見ると心苦しくなったが、リュカは旅立つ意思を曲げなかった。

見つめ合ったまま、しばし続いた沈黙を破ったのはマリーだった。

「そうね……。知らない街にリュカを送り出すのは心配だけど、素敵な夢だわ、私は応援する」

「マリー……！　ありがとう」

エクラの力を思い通りに使えないことで葛藤《かっとう》していたリュカの姿をいちばん近くで見ていたマリーは、最後は笑顔で背中を押してくれた。

しかしマリーがいいと言っても、スルヤは許してくれなかった。本土に行きたいと伝えると、鬼のような形相でリュカを責め立てた。

「おまえがひとりで本土へ旅立ったところで、いったいなにができるの？　本土にはリュカのことを知っている人間なんてほとんどいないのよ。エクラの力のことを知られたら、悪い人間に利用されてひどい目に遭《あ》うわ。だからそんな夢語りなどしていないで、マリーと同じように、ここで一生暮らしていく覚悟を決めなさい」

「…………」

冷酷に切り捨てられたが、リュカはスルヤの言う悪い人間というものがわからない。

もちろん屋敷で暮らしていたら、誰かが陰口を言っている場面に出くわすこともあるし、本土の貴族が平民を見下した発言をするのを聞いたこともある。

けれど彼らが悪い人間かと問われるとそうは思わなかった。

陰口を言っていた使用人が一生懸命働いていることを知っていたし、横柄《おうへい》な貴族が深々と頭を下げ心から感謝してくれたことが幾度もあったからだ。

(そんなの嘘《うそ》だ)

リュカはスルヤがありもしない恐ろしい話を作り上げて、引き止めようとしているのだと思った。

いつものリュカならスルヤに否定されて引き下がったかもしれない。けれど今日はマリーが夢を応援してくれたことで、しぼんだ心に再度息を吹きこんだ。

「失敗を恐れてなにもしないまま、このお屋敷でスルヤ伯母さんに力を管理されながら一生を過ごすのはいやなんです」

ずっと言えなかった本音を告げると、スルヤはさらに厳しくリュカを非難した。

「なんですって？　今までおまえたちの双子の祖先は、誰も文句を言わず、みな死ぬまで力を管理されながら生きていったのに、それがどうしてできないって言うの！」

「できないのではなく、したくないのです」

普段は大人しい双子の片割れが真っ向から歯向かってきたことが意外だったのか、スルヤは一瞬驚いた顔を見せたが、すぐに冷ややかな無表情に戻って言った。

「では、本土に行ってひとりで生きていけるものならやってみなさい。さあ、今すぐ出てお行き」

「……わかりました」

挑発するようなスルヤの言葉にひるんだが、ここで折れたらまた不満を抱えた日常に戻るだけだ。リュカは心を奮《ふる》い立たせて自室へ向かい、さっそく旅支度に取りかかった。

「本当に行くのね」

「……うん」

背中にかけられたマリーの言葉に、覚悟を決めて小さくうなずいた。

旅などしたことがないため、なにを持っていけばいいのかわからない。とりあえず大切な薬草の調合道具と、あとは地図と着替えとすこしの食料を鞄《かばん》に詰めこんだ。

「ティロンを連れていってあげて」

「え、いいの……？」

白猫のティロンは三年前から庭の薬草園に棲《す》み着き、リュカとマリーが愛情を注いできた大切なペットだった。マリーはそんなティロンを薄手の毛布に包んでリュカの胸に預けた。

「私はここに残って屋敷のみんなと暮らせるけど、リュカは知らない場所でひとりきりになっちゃうんだもの。仲間が必要だわ」

「……ありがとう。マリーのぶんまでティロンをかわいがるよ。ティロンも僕のわがままで屋敷のみんなと別れることになってごめんね……」

頬《ほお》ずりをしながら抱きしめると、なにも知らないティロンはくすぐったそうに身をよじらせて鳴いた。

「リュカの夢がかなうように祈ってる。それと私も先生と結婚する夢をかなえるから」

マリーの言う先生とは双子の家庭教師のことで、彼女の恋人でもあった。

学び舎に通わない双子に小さいころからさまざまな学問と社会常識を教えてくれた、十歳上の穏やかな人だ。

彼との幸せを心から祈り、リュカは最後にマリーと抱擁を交わした。

「マリーの夢が必ずかないますように。さよなら、本土から手紙を書くよ」

「待ってる。さよならリュカ、元気でね」

マリーと涙ながらに別れ、屋敷を出ようとしたところで、どこからかスルヤと使用人が話している声が聞こえてきた。

「リュカ様が旅支度をされているそうですが……」

「屋敷からほとんど出たことのないリュカが、旅なんてできるはずないよ。すぐに帰って来るわ。それに出てくったって、あの子には金もなければ行く当てもないんだから、せいぜい屋敷の周りを散歩して日が暮れるまでには戻るわよ」

「………っ！」

　リュカはなけなしの銀貨を一枚握りしめ、スルヤの言葉を振り切るように屋敷を飛び出した。そして脇目も振らず船着き場を目指し、勢いのまま出航間際の本土行きの船に乗りこんだ。

　今日はリュカの十七歳最後の日だった。明日の十八の誕生日は本土でひとりきり。誰にも祝ってもらえない。

　心の片隅に寂しい気持ちを抱え、次第に小さくなっていく島を眺《なが》めていると、ほとんど顔を合わせる機会のなかった島民に対して、八人目のエクラの保持者である自分が身勝手で島を出ていくことを今さら申し訳なく思った。

（クルカのみなさん、ごめんなさい……）

けれど出ていったところで実際は、リュカが島にいないことなど誰も気づかないのかもしれない。

なににしてもスルヤに反抗した勢いで家出をしてしまったため、先のことは考えていなかった。

　エクラの力については、守秘義務があるため誰彼かまわず話すことはできない。

　そうなるとまずは、モンフィス家のような信頼できる診療所を探して薬師として雇ってもらい、そこで働く人たちに相談してみるのがいいのかもしれない。

　本土での生活を思い描きつつ、ティロンに声をかける。

「これから二人きりだけど、よろしくね」

「ナァ」

　小さく鳴いて目を閉じたティロンを胸に抱き、リュカは船が進む大陸の方角を期待に満ちた目で見つめた。

◆

コルマンド王国本土の西にある港町。

造船所で働くバザン夫妻の家の屋根裏部屋でリュカは目覚めた。

クルカ島を出た日からひと月が経った九の月の終わり、朝と夜は気温が上がらなくなり、薄い毛布一枚ではずいぶん肌寒くなっている。しかし今のリュカには厚手の毛布を買う余裕はない。

「おはよう」

「ナァア」

腹と腕のあいだで丸まっているティロンに声をかけると、あくびか返事かわからない声が返ってきた。

白く美しい毛並みをひと撫《な》でし、ベッドを下りる。

二階で眠っている夫婦を起こさないよう、きしむ木の階段をゆっくりと踏んで一階にたどり着いた。


台所のテーブルの上には、夫婦が昨晩飲み食いした酒の空き瓶《びん》や食器がそのままになっている。

本土でのリュカの一日は、いつも後片付けからはじまる。

卓上を片し、食器を洗って火を熾《おこ》した。

小麦の粉を水で溶いたものに塩で味をつけて、鉄のパンで薄く焼く。リュカはほぼ毎食、この焼き上がった生地に煮豆を巻いたものを食べていた。あとは時々、市で安く手に入れたしおれた野菜を炒《いた》めて添えるくらいだ。

モンフィス家にいたころ、家の中でできる料理は外に出られないリュカとマリーにとって趣味のひとつだった。けれど本土でひとり暮らしをはじめてからは金がないためわずかな食材しか買えず、毎日同じものを作るだけの料理は楽しいものではなくなってしまった。

簡単な朝食を済ませると屋根裏部屋に戻り、ティロンに餌《えさ》を与えて出かける支度に取りかかる。

ごわつく麻の仕事着で、鏡に映る自分の姿を見てリュカはため息をついた。

(今日もいつもと同じ顔だ)

当たり前のことを思って、朝から憂鬱《ゆううつ》な気分になる。

本土での生活は、リュカの思い描いていた通りにはいかなかった。

ひと月前、島を出て本土に降り立った日、なけなしの金を手に宿を探したが、リュカを受け入れてくれる宿主はなかなか見つからなかった。なぜかみなリュカを冷たくあしらい、道を歩いているだけでじろじろとにらみつけられた。

見知らぬ地で不安に苛《さいな》まれながらさまよい、『屋根裏部屋貸します』という貼り紙を発見したときはすがる思いで門を叩いた。

そこが、今リュカが世話になっているバザン夫妻の家だった。

働いて給金が入ったら必ず家賃を返すのでそれまで居候《いそうろう》させてほしいと頼んだところ、バザン夫妻は屋根裏をしばらくただで貸す代わりに、自分たちが紹介する港湾《こうわん》で荷役《にやく》の仕事に就くことを条件として突きつけてきた。

リュカは診療所で働こうと思っていることを説明したが、それならば余所《よそ》を当たれとすげなく断られた。

その際に、バザン夫妻から見た目のことを指摘された。

おまえのような奇妙な赤い目の人間を雇う診療所も、ただで貸す宿もない、と——。

やわらかな巻き毛の金髪と、青みがかった白肌に映えるルビーレッドの瞳。

クルカ島で暮らしていたころは、この外見が人の目に奇異に映ることなど知りもしなかった。

外の世界を知らない双子の片割れは、ひと言で言ってしまえば世間知らずだった。

コルマンド王国民は、異国の血が混じっていなけ

れば黄みがかったこげ茶色の目と髪をしている。もちろんリュカもこのことは認識していたが、島の屋敷で暮らしていたころは誰も赤い瞳をおかしいと言わなかったので、本土に来てはじめて、目の色がほかと違うだけで奇妙がられたり避けられたりすることを知ったのだ。

エクラの力を使うにあたり、信頼できる診療所を探し働く心づもりでやって来たが、そんな夢をかなえる以前に住む場所がなくては生活すらできない。

赤い瞳が本土では受け入れられないと知ったリュカは、泣く泣くバザン夫妻の条件を飲み、彼らの紹介する仕事に就くことで屋根裏部屋を借りる選択をした。

「じゃあ、行ってくるね」

「ニャア」

ティロンに留守を任せて家を出た。

夫婦に紹介された仕事場のコルド湾までは、人通りのすくない裏道を通っていく。

こげ茶の髪色をしたコルマンドの民の中にいると、赤い瞳だけでなく金髪も目立ってしまうため、外に出るときは光を通さない黒いベールで頭を覆い、人とすれ違うときは速足で過ぎ去るようにしていた。

人目を避け、地面を見ながら歩いていたせいで、二人組の女性のひとりとうっかりぶつかってしまった。

「ご、ごめんなさい……っ」

目を見られないように咄嗟《とっさ》に深く頭を下げると、女性たちはリュカのとなりを無言で通り過ぎた。すこし離れた背後から、こそこそと話す声が聞こえてくる。

「あの子の目、血の色みたいだったね」

「不吉な色だわ」

どうやらぶつかった際に見られてしまったようだ。

リュカはひっそりと傷つき、接触に気をつけながら急ぎ足で仕事場へと向かった。

リュカの仕事は、船荷の積み下ろし、船舶《せんぱく》と倉庫の清掃といった港湾での雑務だ。

船は一日に二便、朝と夕方に港に着く。

今朝も早くに、青い鳥が描かれたコルマンド王国の自国旗を船尾《せんび》に掲げた貨物船が到着した。

仕事は船舶内で作業する者と、陸に野積みされた荷を倉庫に運ぶ者とに分かれる。リュカは下っ端《ぱ》のため、雨の日は外仕事で、それ以外の日は船倉の荷を運び出す体力的にきつい作業を任されていた。

親方の目を盗んでパイプをふかし怠《なま》けている者も多くいるが、作業が遅れて怒られるのはいつも真面目《まじめ》に働いているリュカのような下っ端だった。滞った仕事のせいで休憩時間が減り、昼食時には朝作ったパンをかじってまたすぐに労働に戻ることになる。

一日中立ち仕事の上、重い荷物を細腕で運ぶため、仕事が終わるころには毎日すっかり疲れ切っていた。

「ドニスじいさん、また荷物を落としやがったのか」

積み下ろした貨物の仕分けを終えて煉瓦《れんが》倉庫の掃き掃除をしていると、背後でせせら笑う声がしてリュカははっと振り返った。

「赤い目の奇人くん、おまえの友達がいじめられてるぞ」

「老いぼれじいさんを助けなくてもいいのか？」

荷役仲間の二人がにやにやした顔で視線を向ける先、ドニスじいさんと呼ばれた長身の老人が船乗りの若い男にこっぴどく叱られている姿が見えた。

（ドニスさん……）

寡黙《かもく》な老人ドニスは人一倍真剣に仕事に向き合っているが、右腕にしびれと痛みがあるせいで力が入りづらく、よく荷物を落としてしまう。そのたびに誰かが彼を叱りつけるのだが、リュカにはそれが過酷な労働で溜まった不満をぶつけているだけのように見えた。

「ドニスさん、こんにちは」

船乗りの若者が離れていったタイミングで、リュカはドニスに声をかけた。小さく「こんにちは」と返してくれたドニスを高く積み上がった貨物の裏へと導く。

「今日も腕をさわってもいいですか？」

リュカがいつも同じことを聞いてくると思っているはずだけれど、ドニスは静かに手を差し出すだけでなにも言わない。その右腕を取って袖口から手を忍ばせ、老人性の乾燥した皮膚《ひふ》に触れた。今日もそこには体温とは別の熱を感じる箇所がある。

「ちょっとだけ、目をつむっていてくれますか？」

これもいつもと同じ声かけだった。ドニスもわかっていてきちんと目を閉じてくれる。

リュカは周囲に人がいないことを確認するとゆっくりと息を吐き出し、額の中央に力が集まってくる感覚をじっと待った。

（………来た）

ルビーレッドの瞳が宝石のような輝きを放つ。同時に金色の髪も光って、やわらかい毛が根元からふわりと逆立った。その瞬間、ドニスの深部にある熱の塊が、指先からどくりと体内に入ってくるのがわかった。

リュカの瞳から光が消えるまで、ほんの数秒の出来事だった。触れているドニスの皮膚は乾いてあたたかいままだったけれど、先ほどまでそこにあった痛みの根源となる熱塊《ねっかい》は消えている。

「もういいですよ」

もちろんリュカはエクラの力を使って痛みを吸収したことは伝えない。

ドニスのほうも触れられたことで痛みが消えたはずだが「ありがとう」と言ったきり、その理由を訊《たず》ねることはせず去っていく。

ドニスを見かけるたびに呼び出し、目を閉じていてもらうあいだに力を使って痛みを吸収する。この二人の一連のやりとりは、リュカがコルド湾で働きはじめてしばらくしたころからほぼ毎日行われている。

今でこそ荷役仲間たちの中には赤い瞳が奇妙だとからかってくる者もいるが、はじめはみな得体の知れないリュカを遠巻きにして陰口を叩いていた。

仕事すら教えてもらえず困っていたとき、リュカに黙々と作業の手本を見せてくれたのがドニスだった。

そんな優しいドニスがたびたび荷物を落としている場面を目撃した。話を聞くと、長年の重労働で腕に負担がかかり、慢性的なしびれと痛みが生じていると言う。

彼と同じ年代のベテラン労働者たちはみな、誰かに指図をするだけというような手の抜き方を心得ているが、ドニスだけはいつも懸命に仕事に取り組んでいた。そんな彼の生真面目さが、症状の悪化を促したのだろう。さらに不真面目な人間は彼の勤勉な態度が気に入らないらしく、ことあるごとに呼びつけては不満のはけ口にしている。

下っ端のリュカにはドニスを助けることはできないが、なにか彼の役に立ちたかった。ドニスの持病はリュカが毎日手当てをしてもまた仕事で痛めてしまうため完治する気配はないが、すこしでも楽になってもらいたくて、会う日は必ず力を使おうと心に決めていた。

寡黙なドニスは口がかたく、リュカのすることに疑問を投げかけてくることはなく、この触れ合いについて誰かに言いふらすこともない。

エクラの力を使うと、ただでさえ人から気味悪がられている赤い瞳が光を放つ。それをほかの誰かに見られたらどんなひどいことを言われるかわからない。

本当なら今ごろ、診療所で薬師として働きながら、将来エクラの力を本格的に使うための基盤をかためているはずだったのに、見た目だけでここまで嫌われるとは想定していなかった。

クルカ島を出た日から、リュカはまだドニスにしか力を使っていない。それでもほぼ毎日ドニスを助けてあげられているという事実が、描いた夢とほど遠い生活を送っているリュカにとって、唯一の救いだった。

汽笛《きてき》の音で荷を積んだ船が出航したことがわかった。今日の仕事はこれで終わりだ。

暗くなる前に帰ろうとしたら、めまいがして貨物の陰にしゃがみこんだ。

（まただ）

エクラの力を使うと痛みを吸収するのと引き換えにリュカの体力が消耗する。

消耗の度合いは、病や怪我の状態によって異なる。たとえば急性の一時的な症状の場合は、吸収する際の体力の消耗は激しいが、一度の手当てで治ることが多い。逆に慢性の症状は複数回の手当てが必要になるが、一回の体力の消耗は小さい。

注意が必要なのは、慢性的な病を抱えている者の急性の症状に対して力を使うときだ。病の根が張っている体を治療すると、吸収することが難しい上に体力の消耗も著《いちじる》しい。

（でも、ドニスさんの軽い痛みを取るくらいでふらつくなんて……）

クルカ島で暮らしていたころは考えられなかった。栄養のあるものを食べ、のんびりと過ごしていたモンフィス家での生活と今はまるで違う。

給金がまだ入っていない現状、すくない手持ちでやりくりするためまともな食事が摂《と》れない上、一日の半分以上を労働に費やしている。それに十日に一度しかない休日は、バザン夫妻が仕事で不在になる午後から家の掃除をするよう言いつけられていて、十分な休息が取れていない。

そのせいでリュカは体力を多く消耗し、力を使うと体に不調をきたした。

辺境の孤島でぬくぬくと育ったリュカにとって、本土の社会は思いのほか厳しいものだった。

けれどどんなに疲れていても、リュカの肉体が、魂《たましい》が、もっと力を使いたいと求めている。

エクラの力を使いたいという飢餓《きが》感《かん》は、島にいたころより今のほうが強まっているように感じる。それはスルヤの指示でなく、みずから助けたいと望んだドニスに力を使えているからかもしれない。

労働による肉体の疲労と力を使いたい心の渇望《かつぼう》が同時に襲いかかり、どうしていいのかわからなくなる。そのとき、ふとリュカの頭にマリーの顔が浮かんだ。

（今マリーがそばにいて話ができたら、きっと気分が落ち着くのにな）

ひと月前まで毎日一緒に過ごしていた優しい妹を思い出し、つい弱々しいことを考えてしまう。互いの夢をかなえようと快く送り出してくれたマリーに、都合のいいときだけ頼ろうとするなんて情けない。

ふがいなさに泣きそうになりながらも、リュカは相談相手のいない現状を寂しく思った。

本土に来てから、ドニスと決まった言葉を交わす以外は誰ともまともな会話をしていない。ティロンがいてくれるからなんとか自分を保っていられるけれど、こんな生活がこの先も続くことを想像するとつらくなる。

このままではいけないことはわかっている。けれど夢をかなえるためにどうすればいいのかがわからない。

現状を変えるいい案はひとつも思い浮かばず、焦りだけが募っていく毎日。

決意をして島を出てきたのにこんな弱いことではいけないと暗い考えを打ち払い、リュカは家路についた。

早朝、まだ空が暗いうちに、斜めにかけた鞄の中にティロンを忍ばせ家を出た。

今日は本土に来て三度目の休日だ。

ちょうど十日前の休みに、本土の診療所を見学してみようと出かけた際、バザン夫妻の家から内陸に向かって一時間ほど歩いたところに森林が広がっているのを偶然見つけた。

その森はリュカが島から持ち出した本土全体の地図には載っていなかった。

入り口には苔生《こけむ》した高木が密生しており、木々全体にぼんやりと薄紫の靄《もや》がかかっている。奥が見えづらく、ここは足を踏み入れてはならない場所だと本能的に感じ取ったが、引き返そうとしたリュカを思い留まらせたのは、地図にも載らない恐ろしい森の中には人がいないかもしれないという小さな希望だった。

すれ違う人がいなければ、この前のようにうっかりぶつかってしまうことも、瞳の色が奇妙だと後ろ指をさされることもない。

見知らぬ誰かに怯えることなく、堂々と顔を上げて外を歩いてみたい。

そんな欲望と好奇心に突き動かされ、思いきって森の中へ飛びこんでみたのが正解だった。

森は外から見るのと中に入ってみるのとでは、様子がまったく違っていた。

高木は人除《よ》けのように外側にのみ広がっていて、その一帯を抜けると靄は晴れ、明るい日差しが紅葉した黄金色の葉に降り注いでいた。地面に大木の根が張っているようなところもあるが平らに均《なら》された道もあり、ここは誰かの手で管理されているのかもしれなかった。

しかし朝が早いせいか、外観が恐ろしいせいか、十日前も今日もこの美しい森には人がいない。

「あんまり僕から離れちゃだめだよ」

「ニャーア」

森に到着するやティロンを鞄から出してやり、リュカは開放的な気分で外出時にいつも髪を覆っている黒いベールを取り外した。

周りの目を気にせず、美しい景色を堪能できる幸せを噛《か》みしめる。森林の朝の空気を肺いっぱいに吸いこむと生き返った心地がした。

森の入り口付近にはローマンカモミールが群生していた。花の時期は過ぎて葉だけの状態だったが、甘い芳香《ほうこう》を放っている。

かがみこんで葉を摘《つ》んでいるところにティロンが近寄ってきて、口のひらいた布製の鞄の中に飛びこんだ。どうやらもう疲れたからこの先は運べということらしい。

「しょうがないなぁ」

リュカはティロンが収まった鞄の底から、本土の地図を取り出し眺めた。

森は地図に載っていないが、位置的にこの先を抜けると城下の街がある。

クルカ島にいたころ、モンフィス診療所にやって来る貴族たちはみな城下に住んでいると言っていた。そこに彼らが話していた「人手の足りていない診療所」があるのかもしれない。

王国全体のおおまかな地図では、城下の街までの距離はわからない。

(遠いのかなぁ)

歩きやすい一本道があるため、帰り道に迷う心配はない。午後からバザン夫妻に頼まれている家の掃除に間に合うよう、今日は時間の許す限り行けるところまで行ってみようと考えていた。

美しい景色に癒《いや》されながら、城下の街を目指して速足で歩を進めていたところで、右前方から動物の高い鳴き声が聞こえた。

視線を向けると、毛並みのいい乗馬が蹄《ひづめ》で落ち葉をかき上げるように足を踏み鳴らしていた。その手《た》綱《づな》は木の幹につながれた状態で固定されている。

(どうしたんだろう？　ご主人は？　誰かいないのかな……)

苦し気な嘶《いなな》きに引き寄せられるように、リュカは道を外れて馬のいるほうへ小走りで駆けた。しかし、興奮状態の馬のそばで、太い木にもたれ地面に座る男を見つけて慌てて立ち止まる。

男は馬になにやら声をかけて落ち着かせようとしていたが、その言葉は暴れる馬の耳には届いていないようだ。

立ち上がる気配のない男を、リュカは木に隠れて用心深く観察した。

座っているが遠目にも長身の男だとわかった。

彼はリュカとは反対側にいる馬を見ているので顔や表情はわからない。

馬の毛色によく似たブラウンの髪は、木々の隙間から差しこむ朝日を受けて艶《つや》めいていた。丈の長いマントを羽織《はお》り、頑丈そうな革製の長靴《ちょうか》を履《は》いている。

あのような立派な服を着ているということは、平民ではないのだろう。

よく見ると左足は長く伸ばされており、鞘《さや》に収まった長剣と靴が地面に置かれていた。

（怪我、してる？）

リュカは暴れる馬と男を交互に見やり、警戒しながらゆっくりとそちらに向かって歩き出した。

足音に気づいた男が、素早く振り返る。

「誰だ」

厳しい声で問われたと同時に目が合いそうになって、リュカはさっとうつむいた。ベールを外したことを忘れて男に近づいたことを悔やんだが、目は合っていないので瞳の色はきっと見られていないはずだ。

「何者だ、そこから動かずに答えろ」

よく通る低めの美声だった。

「……リュカ・モンフィスです」

素直に答えると、男が「ここでなにをしている」とかたい声で訊ねてくる。

「今日はお休みなので、散歩に来て、ハーブを摘んでいました。このあとは城下の街へ行ってみる予定です」

「城下まではずいぶん距離がある。歩いていくと相当時間がかかるぞ」

「そう、でしたか……」

リュカは手元の地図を見ながらため息をついた。

どうやら半日で行って帰ってくることは難しいよう

だ。

「このあたりの者ではなさそうだが、森にはよく来るのか？」

「十日前に偶然この場所を見つけて、やって来たのは二度目です」

「ナアアア……！」

二人の会話から不穏な空気を感じ取ったのか、ティロンが鞄の中から顔を出して、男の背後にいる馬に対抗するように雄叫《おたけ》びを上げた。

「あ、あの、猫も一緒です」

ハーブでいっぱいになった籠《かご》を地面に置き、鞄からティロンを出して腕に抱いた。顎《あご》をくすぐってやると落ち着いたのか、今度は気持ちよさそうに小さな声で「ナァ」と鳴いた。

「どうしてこちらを見ない？」

男の純粋な疑問に、リュカはびくりと体を震わせた。ティロンを鞄に収め、小さな声で吐露《とろ》した。

「あの、見た目があまりよくないので、見られたくないんです……。この森は人がいなかったので、安心して散歩ができました」

せっかくの休みの日くらいは、瞳の色のことで誰かに傷つけられたくなかった。

けれど今日も遭遇しただけの相手に尋問のようなことをされている。赤い瞳だけでなく、明る過ぎる金の髪色もやはり相当奇妙なのだろうかと不安になっていると、「そうか」と先ほどとは違うやわらかい声で男は言った。

「造作など気にすることはないと思うが……、会って早々、不躾《ぶしつけ》なことを聞いて悪かった」

リュカの気持ちを汲《く》んでくれたのか、男は素直に謝罪した。問う口調は厳しかったが、聞かれたことは自分を傷つける内容ではなかった。

「あの、あなたは……」

「俺は……アルだ」

「アル、さん」

リュカはここでなにをしているのか聞こうとした

のだが、男は名前を問われたと思ったようだ。

名乗る前に少々間があったことから、なんとなく本名ではないのだろうと感じ取れた。ただ通りすがったただけの相手に名乗りたくないのであれば、リュカはそれでもかまわなかった。

「アルさんは、ここでなにをなさっているんですか？」

怪我をしているのではないかと思って訊ねると、アルが答えるより早く背後の馬が嘶いた。苦笑いの混じったため息が聞こえたあと、アルは事の顛末《てんまつ》を話しはじめた。

「紅葉を見に幼なじみと森に来たんだが、落馬した」

「落馬……！」

「ああ。まあ最後まで話を聞いてくれ。愛馬のグエンに乗って森を走っていたら落ち葉のあいだからリスが飛び出してきたんだ。それに驚いたグエンが前足を高く上げて棹《さお》立ちになったんだが、俺を乗せていることを思い出したのか、すぐさま足を下ろそうとした。そんなグエンの真下で、驚いたリスも棒立ちになっていた。その後、どうなったと思う？」

「……………？」

二本の後ろ足で立つ一頭と棒立ちになった一匹が向かい合ったあといったいどうなったのか、見当がつかず、うつむいたまま首を振ると、アルは続きを教えてくれた。

「グエンは優しいから、リスを踏んではいけないと思ったんだろうな、体を思いきりひねって着地した。そして振り回された俺は地面に叩きつけられていたというわけだ。わかるか、リスに情け心を見せたおまえのせいで俺は振り落とされたんだぞ、グエン」

馬に向かって「いてて」と長靴の脱げている左足をわざとらしくこするさまがなんだかおかしくて、リュカは小さく噴き出してしまった。

「怪我人を笑うなんてひどいやつだな」

「ごめんなさい。アルさんのお話がおもしろかったので、つい」

抑揚《よくよう》のついた魅力的な声で、身振り手振りで話してくれた。どんな表情をしているのか気になるが、目が合ってしまうと怖いのでぐっとこらえる。

アルの様子から重症ではなさそうだと思いつつも、やはり心配なので足は大丈夫なのか聞いてみた。

「ああ、怪我は大したことない。心配性で石頭のサリムという幼なじみが、動いてはいけないと俺を置いて馬車を取りに戻ってしまったため、待ちぼうけを食らっているだけだ。まあグエンが暴れ馬になってしまったので乗って帰ることはできないし、歩くには距離があるからサリムの判断は正しかったことになるんだが……。そういうわけで、リュカ」

「は、はい」

名前を呼ばれてどきっとした。

そういえば本土に来てからはバザン夫妻にも仕事先の人にも「おまえ」と呼ばれていたので、久しく耳にしていなかった自分の名前に驚いてしまった。

「馬車が来るまで、俺の話し相手になってはくれないか？」

「え、ええ、もちろん、僕でよければ」

島を出てひと月が経つが、こんなふうに誰かから誘われたのははじめてのことだ。

「リュカはこのあたりの地理に詳しくないようだな」

「はい。実はひと月前に育った家を出て、港町でひとり暮らしをはじめました。けれど思ったようにいかないことが多くて……、あ、でも休日に偶然この素敵な森を見つけて、ここを歩くだけでも今は心が安らいでいます」

「……なるほど。息をつける場所があるのはいいことだな」

初対面の相手に聞かれていないことまで話してしまったが、アルは優しく受け止めてくれた。歳《とし》を聞かれ、十八だと答えると、「若くして苦労をしているんだな」としみじみ言われた。

「アルさんはおいくつですか」

「二十五になる。リュカはなんの仕事をしているんだ？」

「コルド湾で荷役の仕事をしています。アルさんは？」

「俺は……サリムと同じ近衛《このえ》騎士、のようなものだ。王族に仕えている」

答えづらそうなアルの様子から、もしかしたら王族についての守秘義務があるのかもしれないと思った。

「すごいお方なんですね」

「そうでもない。王族もただの人だ」

アルはモンフィス家に来ていた貴族たちと似たような高級な召物を身に着けているが、話してみるとその人となりは違うようだった。

貴族たちはエクラの力を持つ自分に対しては「リユカ様」と崇めてきたが、使用人にはいつも威張っていて、相手の地位を見て態度を変えていた。

だがアルは王族もただの人だと言い切る。

顔を見せない平民服のリュカに対して見下した態度は取らない。はっきりとした物言いをするが、人を傷つける言動も差別もしないアルの正義感が垣間《かいま》見えた気がした。

「サリムがそろそろ戻って来るかな……痛《い》たっ……！」

「だ、大丈夫ですか！」

立ち上がろうとしたアルが苦痛の声を上げた。リユカははっとして駆け寄り、その足元にしゃがんだ。

「あの……、足をさわってみてもいいですか？」

「なぜだ……？」

すこし声がかたくなったことで、警戒されたのだとわかった。痛みのある足に触れようとしたのだから、それは当然の反応だ。

リユカも、咄嗟にエクラの力を使おうとしている自分自身に気づいて戸惑った。

アルは今日はじめて会ったばかりで、ドニスとほど関係を築けているわけではない。エクラの力を使って怪我を治すことで、不審に思われてしまう可能性がある。

それでも偶然の出会いからしばしの楽しい時間を過ごした相手の怪我を前にして、このまま放っておくことはリュカにはできなかった。

「お、おまじないをかけたくて。痛みがすこし、よくなるかもしれませんから」

「は……？」

アルが一音を発したきり、しばし沈黙が落ちる。

思いつきで言ってみたが、やはりこんな子どもだましでは断られるだろう。

しかし予想に反してアルは声を上げて笑ったあと、快く足を差し出した。

「まじないか、悪くないな。リュカを信じることにしよう」

「あ、ありがとうございます」

許可をもらって脚衣《きゃくい》をまくり上げ、膝頭にそっと触れた。かたく立派な骨が足首までまっすぐ伸びていて、ふくらはぎは贅肉《ぜいにく》がなく引き締まっている。

「くすぐったいな」

「す、すみません」

見事な脚に見惚《みほ》れている場合ではなかったと、苦笑いされて頬が熱くなる。

手を上から下に滑らせていくと、足首に微《かす》かに熱くなっている痛みの根を見つけた。着地の際にすこしひねったのかもしれない。

「このあたりですか？」

「ああ、よくわかったな」

「ではおまじないをかけますから、僕が声をかけるまで目をつむっていてくれますか？」

「わかった」

いつも仕事場でドニスに言うようにアルにも頼んでみると了承の返事が来たので、ゆっくり息を吐き出し、エクラの力が発動するのをじっと待った。

体内に熱が侵入してくる瞬間、リュカの瞳と髪が光を放つ。

突如吹いた風が大木の枝を揺らし、頭上高くから興奮した鳥の鳴き声と葉擦れの音がした。

風はまもなく収まり、リュカは吐き切った息を吸った。

森を歩いてきた疲れとは別の倦怠感が体に宿っていた。体力の消耗を感じたことで、アルの怪我をうまく吸収できたことがわかった。

「おしまいです」

足首から手を離し、まくり上げた脚衣の裾をもとに戻す。

アルは足首をゆっくりと回したあと、かかとを土に数回押しつけた。

「まじないが、効いたのか？」

驚愕《きょうがく》しているのだろう。その動きは徐々に大胆になり、痛みが完全に消えたことがわかると、アルの手が唐突にリュカの髪に触れた。

「わっ……！」

「この髪はどうなっている？　まじないをかけたとき、突風になびかず、ふわふわと生き物みたいに動いて光っていたが……？」

「………」

見られてしまった。

アルはリュカの沈黙を無言の抗議だと解釈したようだ。

「見るつもりはなかったんだが、すまない。強い風が吹いて思わず目を開けてしまったんだ。怒らないでくれ、リュカ」

謝罪をされ、なだめるように髪を撫でられた。

あたたかい手のひらの優しい感触に、ただでさえ目立つ金髪が光って動いても気味悪がられなかったのだとわかって安心した。

怒っていないと伝えるために首を横に振ると、アルもほっとしたように息をつき、しかしこの話題には触れてはならないと思ってくれたようだ。

「不思議なこともあるんだな。今日はリュカに出会えてよかった、ありがとう」

「僕もアルさんとお話できて、楽しい時間を過ごせました。ありがとうございます」

うつむいたままさらに頭を下げると前に倒れそうになり、肩を支えてくれたアルにくすっと笑われてしまった。

長靴を履き、何事もなかったように立ち上がったアルは、興奮しているグエンをなだめはじめた。

「ああ、そうだ。おまえはなにも悪くないぞ。飛び出してきたリスが全部悪いんだ」

先ほどとは正反対のことを言うアルがおかしくて、リュカは声を立てて笑った。そしてアルがグエンはいかに素晴らしい駿馬《しゅんめ》であるかを語り出したので、リュカも負けずにティロンを鞄から出してかわいらしさを自慢した。

たわいのない話をしていると、後方から馬の足音が聞こえてきた。振り向くと黒馬が木々のあいだをすごい速さで駆けて来るのが見える。

あっという間に距離が詰まり、やや離れたところで止まった直後、騎乗していた男が勢いよく鞍《くら》から飛び下りた。

「何者だ。ここでいったいなにをしている……！」

息を切らしながらずかずかと近づいてきて、男は叱責《しっせき》するような口調でリュカに詰め寄った。うつむいているためどんな顔かはわからないが、ちらりと見えた体つきはアルよりも横幅があって屈強そうだ。

しかし森を散歩しているだけなのに、アルもこの男も同じことを聞いてくる。なぜだろう、と思って返事が遅れた隙に、男の手は長剣の柄《つか》を握り鞘から抜こうとしていた。

「落ち着け、サリム、剣を抜くなよ。こちらは俺の友達のリュカだ。彼はここで散歩をしてハーブを摘んでいただけだ。物騒な真似《まね》をするな」

「は……？　友達、ですか？」

サリムは命令された通り握っていた柄から手を離すと、調子はずれな声でアルに問うた。そしてリュカに向かって「この子が？」と不審げに呟《つぶや》く。

「リュカ、こいつはさっき話した幼なじみのサリムだ。俺よりひとつ年下の二十四歳で、俺と同じく近衛騎士として王族に仕えている」

　サリムがアルに小声でなにか訴えていたが、突然現れて剣を抜こうとする男の迫力に驚いていたリュカの耳には届かなかった。

「リュカ、次の休みはいつだ？」

「と、十日後です」

「ではサリム、その日の朝も時間を作ってくれ」

「え？」

「リュカ、またここで会おう。いやか？」

「い、いやではありません……」

　森ではひとりになれる気楽さがあったが、十日後にまたここでアルと会えるとわかると咄嗟に首を振っていた。

「こ、ここで、って、なにをおっしゃって……っ！」

　サリムはアルに強く抗議しようとした。そんな年下の幼なじみの言葉をアルは片手をかざして制した。

「リュカ、それでは十日後に会おう、約束だ。日の出の時刻に、あのブナの老樹の前で待っている」

「……はい、楽しみにしています」

　この先に馬車を用意してあると言うサリムに、アルは必要ないと断って木につなげてあったグエンの手綱を解いた。

「そういえば、足のお怪我は？」

　リュカの登場でアルの怪我のことをすっかり忘れていたらしいサリムが、今になって慌てだす。

「治った。リュカのまじないのおかげでな」

「ま、まじない？」

　アルが「行くぞ」とサリムに声をかけ、グエンに騎乗した。サリムのほうはリュカになにか聞きたそうにしていたが、「十日後に」とだけ告げて、自身も愛馬にまたがると、二人はあっという間に森の奥へと駆けていった。

　夕刻、家の掃除を終えたあと、森で採取したローマンカモミールの葉を縛って屋根裏の小さな窓辺に干した。ほとんど眠るだけの部屋だけれど、香りのものがあると気持ちが安らぐ。

十日ぶりの外出で疲れたのか、ティロンはベッドで丸まって眠っていた。

充実した休日の余韻《よいん》を残したままティロンのとなりに寝転がると、先ほどの森での出来事が頭に浮かんでくる。

アルははじめこそリュカを警戒していたが、すぐに信用して怪我をしている足に触れさせた。リュカをなだめるために髪を撫でてくれた。うつむいている理由を聞いて理解してくれた。

(アルさんは、僕を拒絶しなかった)

本土では外を歩いているだけで後ろ指をさされることもあったため、互いに質問をして相手を知るというなにげないことが新鮮だった。

人と一緒に笑うという当たり前のことが、本土に来てからはできていなかったとアルと話して気づいた。アルは王族に仕える立派な騎士なのに、目を合わせようとしない失礼な態度を取るリュカに怒りを露《あら》わにすることはなかった。

(アルさんはどんな顔をしてるんだろう?)

魅力的な低音の話し声を思い出すと、ふとそんな疑問が湧《わ》いた。

アルはリュカの赤い瞳を見たら、どのような反応をするだろうか。

気味悪がられる怖さとアルの顔を知りたい欲求が天秤の上で揺れていたが、十日後にまた会えることは純粋に楽しみだった。


休み明けはいつも憂鬱なのに、今日は清々《すがすが》しい気持ちで目覚めた。普段より早めに家を出て、コルド湾に着くと倉庫の荷を整理しているドニスを見つけて駆け寄った。

「おはようございます、ドニスさん」

恒例の儀式のように力を使ってドニスの痛みを和《やわ》

らげたあと、「ありがとう」と言って去ろうとしたドニスに思い立って訊ねた。

「ドニスさんは、診療所に通われていますか？」

普段はドニスが寡黙なこともあってリュカから話しかけることはほとんどなかったが、昨日アルと出会って楽しい時間を過ごした名残《なごり》で気軽に声をかけた。

「休みの日に、山手の診療所まで行く」

「山手？」

ドニスはポケットから取り出した紙に簡単な地図を描いてくれた。

ドニスはこの近くに住んでいると前に聞いたことがあったが、星印のつけられた山手の診療所は港湾からはずいぶん離れていた。もっと近くにないのかと聞くと、ドニスはバザン夫妻の家から北にすこし行った川沿いの場所にバツ印をつけた。

「……ここは、行かない」

「どうしてですか？」

リュカの問いにドニスは「うーん」と困ったようになっただけで答えはくれなかった。

仕事がめずらしく早めに終わったので、リュカはドニスにもらった地図を頼りに川沿いの診療所に行ってみることにした。

クルカ島にいたときに貴族から聞いた、本土の診療所は人手が足りないという話を思い出す。ドニスが近くても行かないのは、混雑していてなかなか診《み》てもらえないからかもしれない。

（こんなことなら、もっと早くドニスさんに聞けばよかったな）

二度目の休日に自分の足で診療所を探し回ってみたが、毎日会うドニスに質問すれば簡単に教えてもらえたのだ。リュカは苦笑しつつも、はじめて本土の診療所を訪れることに興奮していた。

（どんな場所だろう、それにどんなお医者様がいるんだろう）

そこで休日だけでも働かせてもらうことはできる

だろうか。

想像をふくらませながらうつむいて歩いていたせいで、目的地を通り過ぎてしまったようだ。地図の目印より先にあるパン屋を見つけて、リュカは引き返した。

時々顔を上げながら注意深く歩いていると、診療所の看板がかかった建物を見つけた。

しかし窓の中は暗い。周囲を見回してみても、診療日時の説明書きなどは見当たらず、玄関扉の上には蜘蛛《くも》の巣が張っていた。

(この時間はやってないのかな。それとも今日はお休み?)

どうやら運が悪かったようだ。また仕事が早めに終わった日に寄ってみようと決めて、暮れかけの家路を急いだ。

今日ははじめて給金をもらえる日だ。

いつもなら眠る時間だったが、リュカはバザン夫妻が帰宅するのを楽しみに待っていた。

給金は仕事先から夫妻に支給され、家賃分が引かれてリュカに手渡されると聞いている。これからはただで住まわせてもらうのではなく、きちんと借り賃を払って余ったぶんは貯蓄に回せるようになる。

そんなことを考えながらティロンと戯《たわむ》れていると、ほどなくして夫婦が帰宅した。

リュカは階段を下りていき「おかえりなさい」と声をかけた。上機嫌の二人はすでに相当酔っているようだが、テーブルの上には新しい酒瓶がいくつか置かれていた。

「おまえの給金が入ったぞ。よく頑張ったな。家賃分はもう引いてあるからあとは自由に使え」

「あんたが来てから部屋もきれいになったし、本当に助かってるのよ」

「……ありがとうございます」

いつもは顔を合わすと「気味が悪いからこっちを見るな」と強く当たってくる夫婦が、今日はめずらしくリュカのことを褒めてくれた。礼を言って貨幣の入った革袋を受け取り、屋根裏部屋へと戻った。

ベッドで眠ってしまったティロンを起こさないように注意しながら、蠟燭《ろうそく》の灯りの下で受け取った袋の中身を出した。数えてみると、銀貨と銅貨を合わせて十メニルにも満たなかった。

（あんなに働いても、ひと月にこれだけしかもらえないのか……）

リュカは想像していたよりずっとすくない給金に驚きを隠せなかった。

いつも買わずに眺めていた市の新鮮な果実や野菜の値を思い浮かべながら、ふう、と息をつく。貴重な貨幣を抽斗《ひきだし》に仕舞い、ティロンのとなりにそっと潜《もぐ》りこむ。

（これだけの給金じゃ、お金を貯めるなんて夢のまた夢だ）

その上これからはもっと寒くなるというのに、ここにあるのは薄い毛布が一枚だけ。ティロンのためにも厚手のものをひとつ新調しなければと思うが、あの給金ではどんなに節約しても食料を買うとほとんど手元に残らないだろう。新しい毛布を手に入れることも難しそうだ。

リュカは暗闇に白いため息をついて、目を閉じた。

（どうしたものかなぁ）

本土でエクラの力を使いたい。その夢のためにできることを考えながら、同時に目の前の生活を凌《しの》いでいかなければならない。

気持ちが落ちこみかけたとき、ふとアルのことが頭に浮かんだ。

次の休日にはまたあの人と話ができるのだと思うと、なんの解決策も見出《みいだ》せていないのに気分がすこし浮上した。

小さな楽しみがひとつあるだけで、人は希望を持てると知った夜だった。

◆

早朝、ランプを片手に夜明け前の道を森へ向かって歩いていく。鞄の中のティロンは眠そうだが、リュカはすっきりと目覚めて気分がよかった。

森に入ると空は白みはじめ、十日前よりすこし厚くなった落ち葉のじゅうたんを踏みながら、待ち合わせ場所のブナの老樹を目指す。

「おはよう、リュカ」

先に到着していたアルに迎えられ、うつむいたままで「おはようございます」と返した。アルの背後にいるサリムにも挨拶《あいさつ》すると「リュカさん」と名前を呼ばれてビクリと肩が揺れた。

「先日は会って早々に剣を抜こうとして驚かせてしまい、申し訳ありませんでした」

「いえ、僕は、あの、全然気にしていませんので」

深く腰を折って謝罪され、リュカはそこまでしてもらわなくても大丈夫だと両手を振って答えた。剣に手をかけられたときは驚いたが、何事もなかったのだから。

「その頭の黒い布はなんだ？」

「これは」

前回アルと会ったときはベールを外していたが、今日はきちんと頭から目のあたりまで覆っていた。

「顔を見られないように、外を歩くときはかぶるようにしてるんです」

「そんなもの……」

「……？」

言いかけてやめたアルの言葉の続きが気になって首を傾《かし》げると、そのとなりにいたサリムが一歩前に進み出た。

「お二人で話をされるなら、私にそちらの子を預からせていただけませんか？」

「え、この子……、ティロンのことですか？」

鞄から顔だけ出しているティロンを手で指し示されたので、抱え上げて外に出した。

「ええ、よろしければ面倒を見させてもらいます」

屈強な男に手招きされ、ティロンは少々怯えているように見えた。どうしようかと迷っていると、アルが「サリムは動物好きなんだ」と小声で教えてくれた。

「では、よろしくお願いします」

サリムの太い腕に抱かれたティロンははじめこそ首をリュカのほうに伸ばして抵抗していたが、しばらくするとあっさり手懐《てなず》けられてしまった。どうやらサリムは動物のほうからも好かれる性質《たち》らしい。

サリムとティロンが戯れているあいだ、アルと二人で近くを散策することになった。

「今日は空っぽだな」

リュカの持つ籠の中身を覗《のぞ》きこんでアルが言った。前回は籠いっぱいにハーブが入っていたことを覚えていたらしい。このまま歩きながらハーブを摘もうという話になり、群生する場所で立ち止まっては聞かれるままに効能や利用方法を説明した。

「薬草に詳しいんだな」

「はい。幼いころに母を亡くしたあと、伯母から薬学を教わったんです。本土の北西にある小さな島で育ったんですが、クルカ島のことはご存知ですか?」

「ああ、俺はまだ訪れたことはないが、穏やかな人たちが住む美しい島だと聞いている。たしか、ひと月前からひとり暮らしをはじめたと言っていたが、クルカ島を出た理由は聞いてもいいか?」

「本土の診療所で働きたくて、やって来ました」

アルは一部の貴族たちが知る島の伝承については知らないようなので、エクラの力を役立てたいという夢は隠しておいた。

「診療所か。しかし前に、荷役の仕事をしていると言わなかったか?」

「はい、コルド湾で働いています。現実はなかなかうまくいかないものです」

その後、アルからいくつか質問をされ、仕事の内容や労働時間について話した。

「休日は十日に一度で、朝早くから陽《ひ》が落ちるまでとは過酷な労働だな。しかし診療所で働くという夢を持って本土へやって来たのに、その仕事を続ける理由はあるのか？」

「下宿先のご夫婦に紹介してもらった仕事なので……」

バザン夫妻は屋根裏部屋をしばらくただで貸す条件として、文無しのリュカに荷役の仕事を与えた。それを断ることもできたが、受け入れたのはリュカだ。

「その夫婦というのは、どんな人たちなんだ？」

「お二人は……」

バザン夫妻について話そうとしたら言葉に詰まってしまった。孤島からやって来た怪しい自分を拾ってくれた人たちだ。恩があるからこそ、なんとかいいところを見つけて説明したかった。

「……お酒が、好きな人たちです」

「大酒飲みか？」

「あの、お給金をくださるときは褒めてくれました」

「それ以外のときは？」

「………………」

矢継ぎ早に問い詰められると答えられず、リュカはいっそううつむいてしまった。

「そもそもリュカはただでさえ働き過ぎなのに、すくない休日に下宿先の掃除をしているなんておかしな話だ。仕事をやめて、その夫婦の家は出ていったほうがいいんじゃないのか？」

このあと家の掃除をするので午後には帰らなければならないと先ほど伝えていたため、アルは不審に思ったようだ。

提案はもっともでありがたかったが、給金が思ったよりすくなかったため、今やめても身ひとつで追い出されることになってしまう。正直に金がないから無理だと伝えることもできるけれど、気を遣《つか》わせてしまいそうなので黙っておいた。

「しばらくは今の生活の中で、夢のためにできることをしていこうと思います」

「そうか。まあ俺は気短で物事をさっさと動かそうとするところがあるからな。リュカが自分のペースで進んでいきたいならそれでかまわないが……」

声はやや不満そうだったが、アルは納得してくれたようだ。

「アルさんに話を聞いてもらったら、すこしずつでも前進できるように頑張ろうって、力が湧いてきました。ありがとうございます」

「話ならいくらでも聞くから、言いたいことがあればなんでも言え」

うつむいている頭の上に大きな手のひらがぽんと乗せられると、妙に安心して自然と笑みがこぼれた。

本土に来て約ひと月、孤独だったリュカにとってアルとの出会いは幸福な出来事だった。

この感謝の気持ちを、アルの目を見てきちんと伝えたい。

(でも、赤い瞳を見られて嫌われるのは怖い)

そんなことを考えながら歩いていると、アルが背後を振り返って笑い声を漏《も》らした。待ち合わせ場所のブナの老樹の前で、サリムの腕に抱えられたティロンがぐっすり眠っているのが見えた。

「す、すみません、ティロンがすっかり甘えてしまって」

慌ててサリムのもとへ戻ろうとしたら、腕をつかんで止められた。

「サリムはいやがっていない。ティロンに甘えられて顔がにやけているだろ」

アルに指摘され、サリムの顔をこっそりうかがう。アルはにやけていると言うが、リュカには険しい顔つきに見える。けれどティロンの背を撫でるサリムの手つきは優しい。

「あの……サリムさんはあれで笑っているのでしょうか……?」

「ハハ、あれが笑顔には見えないか？　あいつはあの仏頂面《ぶっちょうづら》のせいで損しているが、中身は優しいいやつなんだよ」

「サリムさんとは一歳違いの幼なじみでしたよね。

昔からずっと一緒なんですか？」

「ああ、二十四年ほどの付き合いになるから、あいつはもうひとりの兄弟みたいなものだ」

もうひとり、と言ったからには本当の兄弟もいるのだろう。リュカの考えたことがわかったのか、アルは二歳上の兄がいることを教えてくれた。

「兄は生まれたときから呼吸器官が弱くて、いつも病の発作と闘っているんだ」

聞くとアルも幼いころに母を亡くしたらしい。

母の死後、兄は二歳しか違わない弟のアルが寂しがると、体がどんなにつらくても必ず一緒に遊んでくれたという。

アルの話に相槌《あいづち》を打ちながら、リュカは母が亡くなったときのことを思い出していた。

もう二度と母に会えないとわかったときの悲しみは、今思い返しても胸が張り裂けそうになる。まだ幼かったアルの兄は、そんなときに弟の気持ちを優先した。


「大切な人を亡くしたつらさと病を抱えながら、アルさんの心に寄り添ってくれたお兄さんは、思いやりのある素敵な方ですね」

「リュカがそんなふうに言ってくれると救われる。兄のことをよく知らないで弱い人間だと決めつける者もいるが、俺はずっと一緒に暮らしてきて、彼がどれほど強く、慈悲深い人間であるかを知っているから……」

アルの声は静かな森に響いた。先ほどリュカの話に真摯《しんし》に耳を傾けてくれたアルが、今、大切な人のことを教えてくれている。

「きっとお兄さんにとっても、アルさんは自慢の弟でしょうね」

そう思えたのは、アルの優しさをリュカ自身が感じ取ったからだ。

「だといいけどな」

低音のやわらかい声は、なんだか照れているようだった。

アルの話をもっと聞きたかったが、そろそろ帰る時間が近づいている。サリムのいる場所に戻りティロンに声をかけると、目を覚まして元気に鳴いた。

「サリムさん、面倒を見てくださってありがとうございました」

「こちらこそ、楽しい時間を過ごせました」

ティロンをそっと鞄に収めていると、深刻な声で「リュカ」と呼ばれた。

「最後に、その黒い布を外して顔を見せてくれないか？　俺はおまえの目を見て話をしたい」

アルの訴えを聞いて誠実に接してくれようとしている気持ちを嬉しく思ったが、リュカの心はためらっていた。

「目、ですか……」

「リュカがいやなら、もちろん無理強いをするつもりはない」

アルは咄嗟に体をかたくしたリュカに気づいて、そんなふうに気遣ってもくれる。


目を見て話をしたい。

その気持ちは同じだけれど、瞳の色が奇妙だと思われて嫌われてしまうことを想像するとやはり怖い。

欲望と恐怖の狭間《はざま》で揺れながら、迷った末にリュカは心を決めた。

アルは瞳が赤いくらいで人を嫌うような人間ではない。そう思えたから――。

黒いベールを頭から外し、一度きつく閉じた目をゆっくりとひらきながら顔を上げる。

「アル、さん……？」

長身のアルの顔をじっと見上げるも、彼の背後から射す木漏れ日で逆光になって表情がわかりづらい。しかしアルのほうからはきっと、ルビーレッドの瞳がしっかりと見えていることだろう。

リュカは小さく首を傾げて陽光を視界からはずした。

大きく見ひらかれた目が、自身の赤い瞳を貫くように見つめている。

アルは硬直し、言葉を失っていた。

それは、はじめてリュカの顔を見た本土のほかの人たちと同じ反応だった。

(ああ、やっぱり僕の瞳の色は変なんだ……)

動かないアルを前にして、リュカはふっと脱力しながら理解した。

「その、目は………」

「……ごめん、なさい」

数歩後ずさってから体を反転させ、全速力で駆け出す。

「リュカ……!」

アルの声が背中に届いたのは、ずいぶん距離が離れてからだった。

追いかけてこないことがわかっても足は勝手に動き続け、走ることをやめられなかった。

森の出口が見えてきたころ、体力の限界からようやく速度が落ちる。鞄の中のティロンが怯えたようにこちらを見ていた。

「急に走って、びっくり、させちゃったね、ごめん、ね」

息を切らしながらティロンの頭を撫でると、いつもの飼い主に戻ったと思ったのか、安心したように小さく鳴いた。

森を出ると、先ほど見たアルの顔が脳裏《のうり》に浮かんでくる。

小麦色の健康的な肌にまっすぐ通った鼻筋、骨格のしっかりとした美丈夫だった。凜々《りり》しい眉の下の優しげな目は驚きをたたえて、リュカの赤い瞳を見つめていた。

(その目は……の続き、なんて言おうとしたんだろう)

怖い、奇妙だ、気味が悪い。

今までリュカを慮《おもんぱか》ってくれたアルがそんなことを言うはずがないと思う。けれど配慮のできる人だからこそ、なにも言えなくなって言葉に詰まったのではないか。

どちらにしてもその続きを聞く勇気はなかった。

落ちこみながら帰宅し、食欲はなかったため、昼食を摂らずに掃除に取りかかった。

いちばん汚れのひどい二階のバザン夫妻の寝室を片付けている途中、物思いに耽《ふけ》っていたせいで、卓上の葡萄酒《ぶどうしゅ》の瓶に腕をぶつけてしまった。

「あっ！」

倒れた瓶はグラスとともに床に落下し、激しい音を立てて割れた。中身がこぼれる瓶を慌てて拾った際、ガラスの破片で指が切れた。

（どうしよう……）

血があふれ出す指先よりも、バザン夫妻の私物を壊してしまったことのほうがリュカにとっては気がかりだった。

その後はいつもよりも丁寧に掃除を済ませ、止血した指に包帯を巻いた。結局夕食を摂る元気もなく、ティロンにだけ餌を与えて屋根裏部屋で夫婦の帰宅を待った。

「怒られるかな……」

「ニャァ……」

ティロンはリュカの指に巻かれた包帯が気になるようで、時々匂いを嗅《か》いでは不安そうに鳴いている。

夜遅く、玄関扉がひらいた音を聞いてリュカは一階へ下りた。

「おかえりなさい」

酔っ払った夫婦に声をかけ、掃除中に葡萄酒の瓶とグラスを割ってしまったことを報告した。

「ふざけるな！」

夫に大声で怒鳴られ、肩がびくりと跳ねる。

「最悪。あれは今夜飲むのを楽しみに取っておいた一等高い酒だったのよ」

「ごめんなさい」

妻の非難の言葉に深く頭を下げた。

「普通は赤い目の奇妙な人間が突然やって来て泊めてくれなんて言っても、誰も相手にしないんだ。けど俺たちはおまえを住まわせてやっただろう。ここは恩人の家だというのに、なぜ掃除ぐらいまともにできやしないんだ」

さんざん文句を言われ、リュカはこみ上げてくる涙をぐっとこらえた。

「赤い目の奇妙な人間」という暴言で、昼間に会ったアルのことをまた思い出してしまった。

「本当にごめんなさい。台無しにしてしまったお酒とグラス代は、次回の僕の給金から引いてください」

それで許してほしいと訴えると、夫婦は納得したのか「部屋に帰れ」とリュカを追い払った。

屋根裏部屋に戻り、ティロンを抱えてベッドに入る。

自分の不注意でバザン夫妻を怒らせてしまったこともショックだったが、今日はそれよりもずっと悲しいことがあった。

（僕の瞳の色でアルさんをびっくりさせて、なにも言えなくさせてしまった……）

別れ際に挨拶もせず逃げてしまったため、次に会う約束もできていない。本土に来てはじめて打ち解けることができたのに、アルとはもう二度と会えないのかもしれない。

（目が赤いことをはじめに告白しておけば、あんな反応をされることもなかったのかな……）

今さらなにを考えても無駄だとわかっていながら、時間を巻き戻せるならあの瞬間をもう一度やり直したいと思ってしまう。

アルはいやなら無理強いはしないと言ってくれていたのだから、顔を上げなければよかったのだ。そうすれば気味悪がられることはなく、これからも時々会って話ができる関係が続けられたかもしれない。

そこまで考えてふと、自分はアルと目を合わせないでいることに耐えられただろうかと疑問に思った。

顔を見たいと言われ、不安を抱きつつも目を合わせた。それはリュカ自身もアルと同じ気持ちだったからだ。

（アルさんの顔を見たかった、目を見て話をしてみたかった……)

結局いつかはその欲求を抑えられず、アルを驚愕させることになったはずだ。それならばもっと親しくなってから嫌われるより、今の時点で結果が得られたことは不幸中の幸いだったのかもしれない。

暗い考え事は止まらないまま、夜は深くなっていく。

(もう寝てしまおう)

そう思うけれど睡魔はなかなか訪れてくれなかった。


翌日、仕事場でドニスをいつものようにひと気のない場所に呼び出し、腕をさわってもいいかと訊ねたら、めずらしく断られた。

口数のすくないドニスはなにを考えているかわかりづらいが、ほかの仕事仲間と違ってなんとなく嫌われてはいない気がしていた。けれど本心では、毎日理由もなくリュカに触れられることがいやだったのかもしれない。

昨日から続く暗い考えに支配されたリュカの肩を、ドニスがポンと叩いた。

「あんたが腕にさわると、不思議と楽になる。だけど今日はいい」

それだけ告げると、ドニスは持ち場へと向かった。

(今日はってことは、明日からはまたさわってもいいってことかな)

ドニスの言動から、嫌われているわけではなさそうだと感じてほっとした。

ではなぜ今日は断られたのか。

理由がわからないまま仕事に就いたが、ドニスが荷物を落として怒られているのを見て、腕の調子がいいわけではないことはわかった。

(僕が落ちこんでいるように見えて、気遣ってくれたとか?)

そこまで考えて、はたと思考を止めた。勝手な想像で期待をしたら、のちにつらい思いをするのは自分自身だ。

リュカは胸の中でふくらみかけた思いをしぼませた。

（気持ちが荒《すさ》んでるな……）

アルに嫌われてしまったかもしれないという妄想をこじらせて、ドニスの厚意をまっすぐ受け止められないでいる。心のゆとりのなさにため息をつきつつ、気持ちを切り替えて持ち場へと向かった。

その日は仕事終わりに、以前訪れたときは閉まっていた診療所へ再度寄ってみることにした。

暗くなる前にと急いでいたら、診療所まであとすこしのところで甲高い叫び声が聞こえてきた。

「たすけてー！」

「だれかー！」

道沿いを流れる川のほうへ目を向けると、岸に五、六人の少年が助けを求めている姿が見えた。

「どうしたの！」

急いで土手を下りて集団に声をかけると、みないっせいに振り返った。緊急のことに顔を隠していなかったため、全員の視線がリュカの赤い瞳に集中した。

しかしそんなことに驚いている場合ではないのだろう。半泣きの少年たちが口々に「おぼれた」「つめたくなった」と言いながら指差す先に、六歳ぐらいの男児が膝下が水に浸《つ》かっている状態で、岸に仰向けに引き上げられているのが見えた。周りの少年たちの服も濡《ぬ》れそぼっており、全員で力を合わせ、どうにか岸まで上げたのだろう。

男児の顔は青紫に変色して、全身が微かに震えている。

「きみ！　声が聞こえる？」

呼びかけても反応はなかった。首筋はひやりとして、呼吸と脈の回数がすくない。

エクラの力を使うことを考えたが、興奮した少年たちが服や腕を引っ張ってくるので集中できない。

これ以上低体温の状態が続くと、命に危険が及んでしまう。

土手を上がるともうそこは診療所だ。

リュカはおぼれた男児を抱え上げた。今日こそ開いていることを祈って土手を駆け上がるリュカに、少年たちもついてくる。

幸い、診療所には灯《あか》りが点いていた。

先回りして扉を開放してくれた少年に礼を言って中に入ると、待合室はこっくりこっくりと舟をこいでいる老人がひとりいるだけで閑散としていた。

「ごめんください！」

奥の処置室らしき扉を開けると、そこには三人の女性が卓を囲んで椅子に座っていた。

リュカが突然現れたことに驚いた様子で、卓上のカードや硬貨を急いで片しはじめる。

どうやらカードゲームで賭《か》け事をしていたらしい。木のベッドの上には、酒の空き瓶とグラスが置かれており、室内はほのかに葡萄酒の匂いがした。

「あ、あの、この子が川でおぼれたようで体温が下がっているので、診てもらえませんか？」

リュカがお願いすると、女性のひとりが「若先生、患者」と気だるげに声を上げた。

処置室には待合室につながる扉しかなく、どこから若先生とやらが現れるのかやきもきしていると、女性たちの足元から大きなしゃっくりが聞こえたあと、三十過ぎぐらいの小柄な男がよれよれと立ち上がった。

「何事だぁ？　飲んで気持ちよく寝てたのに」

「なんか川で子どもがおぼれたんだってさ」

やる気のなさそうな医者たちに唖然《あぜん》としているあいだにも、腕の中の体は冷たくなっていく。

リュカは空き瓶とグラスを床に置くよう少年たちに指示して、空いたベッドにおぼれた男児を仰向けに寝かせた。

「毛布のような、体を包んであたためるものはありますか？」

「そんなのあったたっけ？」

「ないない」

リユカはのろのろと動きはじめた酔っぱらいの医者と三人の女性は当てにならないと判断し、不安そうにしている少年たちに男児の家族を連れてくるよう頼んだ。

前にドニスがこの診療所には行かないと言っていた意味がわかった気がする。あのときは、混雑していてなかなか診てもらえないのかもしれないだなんて想像をしていたが、実際はその逆だったようだ。

談笑しながら手当ての準備をしている医者たちに背を向け、男児の水を吸った服を胸元までまくり上げた。心臓のあたりに手を乗せると、薄い皮膚の奥に熱の塊があった。これを吸収すれば、体温は戻るはずだ。

（僕が助けるんだ……！）

リユカは集中を高め、ゆっくりと息を吐き出した。

どくん、どくんと指先を伝って熱が体に入ってくるたびに、背筋に悪寒《おかん》が走った。子どもとはいえ、瀕死《ひんし》の状態から回復させるのは一苦労だった。

しばらくすると、意識を失うほど血流のにぶった男児の体にぬくもりが戻ってきた。その顔に赤みが差しているのを見て息をつく。

（これで、きっと大丈夫だよね……？）

リユカの額からは大量の冷や汗が落ち、気づくとその場にくずおれていた。どうやら長時間の重労働の上に、一気に力を使い過ぎてしまったようだ。

「なんか今、あいつの頭が光ったよな？」

「私も見たわ。なにあれ、気味が悪い……」

「あの子、目も真っ赤なのよ。なんだか悪魔みたい」

背後からひそひそと陰口が聞こえて現実に引き戻される。処置する瞬間を彼らに見られてしまうことを考えないではなかったが、この緊急事態にエクラの力を使わない選択肢はリユカにはなかった。

「おにいちゃん、だいじょうぶ？」

ベッドの上の男児から声がかかる。

先ほどまで青い顔をしていた男児が起き上がり、言葉を発していることに、医者と三人の女性が驚愕している。

「大丈夫だよ。目が覚めてよかったね」

体調の悪さを隠して、なんとか笑顔を作った。ぼんやりと視点の定まっていなかった男児の目に、みるみるうちに涙があふれ出してくる。

「さっきぼく、いきができなくて、くるしくて、し、しんじゃうかと思ったんだ……！　おにいちゃんがたすけてくれたんだよね……、ありがとう……っ」

おぼれて相当怖い思いをしたのだろう、小さな手はリュカの服の裾をつかんで離そうとしない。

「きみが元気になってくれて僕も嬉しいよ。もう大丈夫だから、安心して」

そっと声をかけ、リュカは力が入らない両腕で男児の体を包みこみ、背中をさすってやった。しばらくそうしていると強張《こわば》っていた体から力が抜け、男児はわんわんと大泣きしだした。

すがりついてくる小さな体は、先ほど川辺で抱えたときの冷たさを忘れるほど熱いエネルギーを発していて、リュカの心は歓喜に震えた。

（そうだ、僕はこのために、人助けをするために本土に来たんだ……）

声をかけても反応のなかった少年が、今は大声を上げて泣いている。

彼を助けることができたのだと実感すると、ひどい疲れは爽快感に変わった。モンフィス家でスルヤに言われるがまま、毎日やって来る客人相手に力を使ってきたときとは比べものにならないほどの達成感だった。

（またこんなふうに、誰かを助けたい）

誰かの指示ではなく、自分の意思で大切なひとつの命を救いたい。

この見た目のせいで人から気味が悪いと思われても、嫌われてしまっても、エクラの力を持って生まれた者の使命を果たさなければならない。

リュカは強い思いをあらためて胸に抱いた。

（アルさんには嫌われたかもしれないけど、いつまでも落ちこんでる場合じゃない。だって僕にはたくさんの人を救うっていう目的があるんだから……！）

悲しみに打ちひしがれている時間などない。

一生をかけて、エクラの保持者としての役割を果たしていく。

リュカは初心に返り、腹の底から湧き上がる高揚感で自分自身を奮い立たせた。

泣き疲れて眠りかけている男児をベッドにそっと寝かせて処置室を出る。

待合室にはまだ舟をこいでいる老人がいた。そこに先ほどの少年たちが戻ってくる。

「おにいちゃん、アントンは？　さっきのおぼれた子！」

「元気になったみたい」

少年たちに手を引かれてやって来たアントンの両親らしき二人はリュカのやつれた青白い顔と赤い瞳を見て一瞬ぎょっとした表情になったが、慌てて処置室へと入っていった。少年たちがそれに続くのを見届けて、診療所をあとにする。

ドニス以外にはじめて、自分の力だけで人助けができた。

（あの子が元気になって、喜んでくれてよかった……）

なににも代えがたい感動を胸に抱き、リュカはふらつく足取りで帰宅した。

◆

夜通し降った雨は、家を出る直前にやんだ。

ここ数日、朝晩は吐く息が白くなるくらい冷えこんでいたが、厚手の羽織るものを持っていないため、早朝に外に出ることが本格的に厳しくなっていた。

けれど今日は目覚めると同時に、リュカは森へ行く準備をはじめた。

雨上がりで土はぬかるんでいるかもしれない。会う約束を交わしていない上、十日前の別れ際は挨拶もせず逃げるように帰ってしまったから、アルはきっと来ないだろう。

リュカは今日もしアルと会えなかったら、森へ行くのはこれで最後にしようと決めていた。

寒さに耐えられなくなってきたこともあるし、アルと出会った思い出の場所でいつまでも未練たらしく待っているようなことはしたくなかった。

ティロンを連れて小一時間ほど歩き、待ち合わせ場所のブナの老樹の前にたどり着いたが、無人だった。

「やっぱり……」

アルに会える期待などしていなかったはずなのに、思いのほか寂しそうな自分の声が静かな森に響いた。落ちこみかけた気持ちを立て直すため、リュカは頬を両手で張った。

「ティロン、今日は土が濡れてるから、鞄の中で我慢してね」

「ナァ……」

森に到着すると外に出られると思っているらしいティロンは、リュカの言葉を理解したのか、がっかりした様子で鞄の底に潜ってしまった。空は白んできたが太陽は雲に隠れて見えず、せっかく森へやって来たというのにリュカの心も晴れることはなかった。

川でおぼれた子をエクラの力で助けることができた日、リュカは大きな達成感を得て本土へ来た目的を再確認した。あのときはアルと会えなくなっても、自分にはやるべきことがあるから平気だと思えた。

けれど実際にもう二度と会えないとわかると、言いようのない寂しさに見舞われる。

小さな命を救った素晴らしい体験をしたのに、アルのこともあきらめきれないなんて。

（僕の心はアルさんに出会って、なんだか贅沢《ぜいたく》を覚えてしまったみたいだ）

考え事に耽ってじっとしていると体が冷えてきたので、リュカはまた歩き出した。

　見納めの森を散策していると、どこからか枯葉を踏む足音が聞こえてきて立ち止まる。静かな森でその音はあっという間に大きくなり、前方からアルとサリムが歩いてくる姿がはっきりと見えた。

　呆然と突っ立っているリュカを見つけてアルが手を上げた。

　目が合ったことではっと我に返り、すぐさま顔を見られないよう隠す。アルたちが待ち合わせ場所にいなかったから、黒のベールを外してしまったことを後悔した。

「おはようリュカ、会えてよかった」

「ア、アルさん、サリムさん、おはようございます。今日は来られないかと思っていました」

　話し声が聞こえたのか、鞄の中からティロンがひょっこり顔を出した。外に出たそうにしているティロンを抱え上げると、サリムを見つけて飛びつこうとするので、慌てて押さえた。

「ティロン！」

「いいですよ。こちらでお相手します」

「……すみません。では、お願いします」

　苦笑するサリムの声がいやがっていなさそうだったので、リュカはティロンをまた預かってもらうことにした。

「さっそくだが、リュカに渡したいものがある」

（渡したい、もの……？）

　唐突な発言にまばたきをしていると、アルが背後に回ってきてなにかを羽織らせた。冷えた体がふわりとあたたかさに包まれて息を呑《の》む。

「これは、なんでしょうか……？」

「ケープだ。俺からのプレゼントだ」

　正面に戻ってきたアルが前身ごろを整えて、首元のボタンを留めてくれた。最後にうつむいた頭にフードをかぶせられる。両手を広げてみると、ケープはリュカの瞳の色によく似た鮮やかな赤一色だった。

尻が隠れる長さの羊毛の外套《がいとう》は着心地がよく、上等なものであることがわかる。

(こんな素敵な上着を、どうして……)

もう会えないと予想していた相手からプレゼントを渡されて、リュカはなにがなんだかわからなかった。

きっとアルは気温が下がってもリュカが薄着のままだったことを、ずっと心配してくれていたのだろう。もしかしたら上着を持っていないのは貧しいからだと覚《さと》っているのかもしれない。

気遣われた恥ずかしさと再会できた嬉しさで鼓動《こどう》が速くなる。アルをまた驚かせることになってしまうかもしれないと思いながら、リュカは勇気を振りしぼってそろりと顔を上げた。

「すごくあたたかいです。この先、ずっとずっと大切にしますね。あの……、こんな素敵なお召物をありがとうございます」

迷いを残したまま視線をさまよわせていたが、最後はきちんとアルの目を見て感謝を伝えた。

アルはそんなリュカの瞳をじっと見据えて言った。

「本当に美しいな……、リュカの瞳は見たことのない不思議な色をしている」

「え……っ?」

気味悪がられているのではないかという不安は、アルの意外なひと言で吹き飛んだ。

(う、つくしい……?)

聞き違いではないかと思ったが、ぼんやりと呟いたアルの目は、リュカの赤い瞳を見つめたまま逸《そ》らされる気配がない。

言われた意味を理解するまでに時間がかかり、疑心まで生じたが、そのあいだもアルがこちらを見つめ続けるので、だんだん頬のあたりが熱くなってきた。

「今までどうして見た目がよくないなどと嘘をついて、きれいな顔を隠していたんだ?」

「きれいだなんて……、はじめて言われました。本土の人はみんな、僕の目を怖いとか気味が悪いとか言うので」

「もしかしてこのあいだは、俺にも同じことを言われると思って逃げたのか」

「……はい」

図星を指され、リユカは素直に認めた。本土に来てからこの赤い瞳のせいで苦労した話をすると、アルは「そうか」とうなずいた。

「リユカは港町に住んでいると言っていたな」

「はい」

「城下の街には見た目の違いに偏見を持たない者が多いが、あのあたりは土着の民がほとんどだ。違うということを受け入れられないんだ。彼らは自身を守るための拒絶が、相手を傷つけることになるとは想像ができない」

アルは淡々と、リユカに傷つく必要はないと説《と》いているようだった。

「ここに来てからずっとつらい思いをしていたんだな。そんなことも知らずに、無理に距離を詰めようとしてすまない。いつも人から猪突猛進《ちょとつもうしん》だと怒られるんだ。リユカを傷つけるつもりはなかった、どうか許してくれないか？」

「そんな、僕が勝手に勘違いしただけで、アルさんはなにも悪くないです。それに僕もアルさんと目を合わせて話してみたかったんです、……だから謝らないでください」

目を見つめて正直な気持ちを伝えることができる幸せを噛みしめていると、アルの表情がやわらかくほどけた。

嫌われてはいなかった。それにこれからはもうアルの前でうつむかないでいいのだと思うと、リユカは天にも昇る気持ちだった。

「では、そろそろ行こうか。サリム、出発だ」

「もしかして、今日はお二人ともお仕事でしたか？約束していなかったのにわざわざ来てもらってすみません」

「なにを言ってるんだ、リュカも行くぞ」

「え？」

サリムにティロンを預かってくれた礼を言おうとしたところで、アルに手を取られた。

「行くって、どこにですか？」

「城下の街へ。今日は休みだ。一日中街で遊ぶ」

「でも、僕は午後から家の掃除があるので……」

「たまには休め。おまえは働き過ぎだ」

十日前の掃除の失態でバザン夫妻に怒られたことを知らないアルは、リュカの手を取ってすでに歩き出していた。森の外に馬車を用意してあるのだと言う。

猪突猛進。

先ほどアル自身が言っていたことを思い返して、リュカは自分の手を引くたくましい後ろ姿に目を奪われながらもすこしだけ笑ってしまった。

断って帰らなければと頭では考えているのに、気持ちはもう城下の街を想像しながらはずんでいた。


（だんな様、奥様、ごめんなさい）

掃除は明日になってしまうことをバザン夫妻に心の中で詫《わ》びて、リュカはアルのあとを追いかけた。


森の外には二頭立ての四輪馬車が停車していた。待機していた御者《ぎょしゃ》に挨拶をして、アルに促されるまま乗りこむ。サリムは愛馬に乗って先導するようで、馬車の中はアルと二人きりだ。

「城下の街では顔を隠さなくていい。瞳の色が違うだけで下を向いて生きなければならない世界なんておかしいからな」

馬車の中でついうつむきがちになっていると、「前を向いていろ」とアルが顔を覗きこんできた。こうして目を合わせても怖がらない人間もいると教えてくれる。

あの日、嫌われることに怯えてアルと向き合わずに逃げてしまったことを今さらながら悔やんだ。

敵のいない安全な島で育ったリュカにとって、はじめて知る広い世界には味方がいないように感じられたけれど、心から信頼できる人に出会えた。

アルに自分のすべてをさらけ出したい。

そんな欲望に突き動かされて、リュカはそっと口をひらいた。

「アルさんに、僕の秘密を打ち明けてもいいですか……？」

「秘密、とは？」

唐突な問いかけに驚きながらも、アルは続きを促した。

「実は僕には、体力と引き換えに病や怪我を吸収して治すことができる力があるんです。エクラの力という」

森ではじめて会ったとき怪我をした足に触れたが、あれはまじないではなくエクラの力を使ったのだと告白した。

「あのとき、おまえの髪が逆立って光ったが、その力を使うといつもああなるのか？」

「はい、自分では見られませんが、この赤い目も光を放ちます」

「たしかに今思うと、まじないとは信じがたい治り方だったな……。しかし力を使うことによってリュカの体力が奪われるのならば、このあいだはせっかくの休日に俺のせいで疲れさせてしまったな」

リュカはアルの心づかいをありがたく思いながら、首を横に振って、気にしないでほしいと訴えた。

「僕が使いたくて使ったんです。エクラの力を使うことで、人が病や怪我から解放されるのが嬉しいんです」

リュカはまだ思うように力を使えていない現状と、エクラを使って人助けをしたくて本土に来たことを説明した。

「クルカ島に留まって力を使うことを選ばず、本土に来ようと思ったきっかけはあったのか？」

「きっかけは……」

揺れる馬車の中、アルに訊ねられるままに、ぽつりぽつりと話しはじめる。

モンフィス家は医者の家系で診療所を営んでいること、優しい母が亡くなってからは厳しい伯母のスルヤに力を管理されながら育ったこと、エクラの力を継ぐ双子の妹であるマリーと自分は屋敷から自由に出られない環境にあったこと。

「元々エクラの力は、クルカの民と、秘密を守ることができる本土の一部の貴族にだけ使われていたものでした。それをもっとたくさんの人に使いたいという僕の独断で、伯母の反対を押し切ってこの力を本土に持ちこんだんです。でも実際の生活は、思い描いた通りにはいきませんでした」

本土に降り立ってからの日々は、思いも寄らない出来事の連続だった。

「けれどそんな中、本土で伯母の指図を受けずに、みずからの力で人助けをできたことはとてもいい経験になりました。エクラの保持者として、正しい力の使い方をしていると誇りに思えたんです。うまくいかないこともありますが、これからも自力で人の役に立てるように頑張っていきます」

馬車の進む先をまっすぐ見据えて宣言すると、力の入った肩にアルが優しく触れた。

「勇気ある決断をしたな。俺はリュカの前向きな姿勢を応援する。家族と離れて寂しいときもあるだろうが、これからはつらくなったら俺を頼れ」

「はい、ありがとうございます……」

アルの言葉が、心に甘く染みていく。

自分を支えてくれる人がいる。ひとりきりじゃないと思えると力が湧いてくる。

「アルさんに話を聞いてもらってよかったです。もしいつかお兄さんに会える機会があれば、僕の力を使ってあなたの大切な人を救いたいです」

アルの兄は生まれたときから呼吸器官が弱いと前に聞いた。兄のことを慕《した》っているアルのために自分にできることをしたかった。

「エクラの力というのは、おまえのような優しい者に備わるものなのかもしれないな」

まぶしそうに細められたアルの目に見つめられると、なんだか胸の中がくすぐったくなった。

「献身的なのはおまえの魅力なのだろうが、決して無理はするな。リュカが体を壊しては元も子もない」

「はい」

「エクラの力のことは、誰にも話さず俺の中に留めておこう。そしてリュカが秘密を打ち明けてくれたように、いつか俺の話も聞いてくれるか？」

前方に視線を向けた深刻なアルの横顔を見て、リュカは首を傾げた。

「アルさんの、お話ですか？」

「そうだ。サリムやほかの者にも相談しないと言えないことなんだが……」

アルはめずらしく言葉を濁《にご》した。

（アルさんにも、なにか秘密があるのかな……？）

今すぐには言えない理由があるのだろうか。それにサリムの許可も必要だと言うからには、近衛騎士同士で相談が必要な事柄なのだろうか。

気になることはいろいろあったけれど、これ以上問うことはせず「いつか教えてくださいね」とだけ伝えた。

城下の街が近づいてくると景色が変わり、進行方向の左手には高い煉瓦の壁が続いた。

「この壁はなんですか？」

「王宮の外壁だ。この向こうに城がある」

壁伝いに馬車は進み、水堀にかかる長い橋を渡ると、城下の街の入り口にたどり着いた。差し出されたアルの手を借りて馬車から降り、あたりを見回す。

朝の大通りはにぎわっていた。殺伐《さつばつ》とした雰囲気の港町とは違い、城下は街行く人々の表情も明るく、さまざまな色彩に満ちている。

仕事に向かう職人らしき男や、道端の小さな露店で花や果実を買おうとする女たちが行き来している。

リュカはフードをかぶったまま、だがアルの助言に従ってうつむかずに街を歩いた。鮮やかな赤いケープは目立つらしく時々視線を向けられたが、今までのように瞳を見て避けられたり、気味が悪いと言われたりするようなことはなく、そんな当たり前のことに感動した。

大通りを抜けた先にある広場に面して、三階建ての白亜《はくあ》の建物があった。

「ここは城下の街でいちばん大きな診療所だ。元々王宮医だったフェリクスという男が所長を務めているんだが、見学していくか？」

「はい、ぜひ！」

ずっと来てみたかった城下の診療所を前にして、ほとんど考えもせず返事をしていた。即答がおかしかったのか、アルは笑いながら「では行こう」とリユカを促した。

建物の奥行きは見えないが、正面だけを見てもクルカ島でいちばん大きな屋敷であるモンフィス診療所の三倍はありそうだ。中に入ると広い待合所はたくさんの患者であふれていた。

「す、すごい人の数ですね……」

「ここはいつも混雑しているからな」

子どもを助けた際に訪れた港町の診療所とは大違いだ。あちらは閑古鳥《かんこどり》が鳴いていたが、ここは医者が足りているか心配になるほどの人気だ。クルカ島にいたときに貴族から聞いた、人手が足りない診療所というのはここのことなのかもしれない。

人をかきわけ診察室に向かおうとしていた壮齢の男が、アルに気づき柔和な笑顔で近づいてきた。

「お二人そろってこちらに来られるとはめずらしいですね」

「ああ、今日はサリムと一日休みを取ったんだ。リユカ、こちらは所長のフェリクスだ。そして彼はリユカ、俺の友人だ」

アルの紹介でフェリクスと握手を交わし、診療所を見学させてもらいたい旨を伝えた。

「見ての通り、待っている患者さんが多いのでお相手できないのが残念ですけど、建物の中は自由に見てくださってかまわないですよ」

フェリクスは所長でありながら今も現役の医者として活躍しているようで、患者が多いという言葉通りすぐに人に呼ばれてしまい、挨拶もそこそこに「あとはご自由に」というひと言を残して診察室に入っていった。

アルとサリムと三人で建物の中を見て回ったが、薬を処方している場所は見つからなかった。患者のひとりに薬はどこでもらうのか訊ねてみると、ここでは診察の終わりに医者が調合して出してくれるのだと教えてくれた。どうやらフェリクス診療所では、専任の薬師は雇っていないらしい。

待合所の患者はどんどん診察室へ流れていくのに、また新たな顔ぶれが来所しては順番を待っている。

活気のある診療所を見学して、リュカは自分がここでエクラの力を使っているところを想像した。それは漠然と夢に描いていた本土での生活に近い気がした。

実際の現場を見て興奮しているリュカを、鞄の中からティロンが眠そうな目で見上げていた。

「あ、ごめん、ティロンは退屈だったね」

馬車に乗せられてから診療所にいるあいだもずっと鞄に入ったままだ。

「外ですこし遊びましょうか」

サリムが提案してくれたので、診療所を出てすぐの広場でティロンを外に出してやった。

花壇に囲まれた噴水の前には、蛇腹楽器《じゃばら》を奏でながら木製の人形を糸で操る大道芸人がいた。ティロンは動く人形が気になるけれど怖くもあるらしく、サリムの長い足のあいだから顔を出して覗いていた。

広場をぐるりと回ったあと、アルの案内で路地に移動し、昼から営んでいる酒場に入った。

カウンターテーブルにはずらりと酒瓶が並んでいて、奥からスープの煮こまれたいい香りが漂ってくる。天井が低く細長い店内は、仕事の休憩時間に食事をしに来た客たちでにぎわっていた。

「いつものものを三人ぶんと、この子にミルクを」

アルがカウンター越しに店主へ注文してテーブルに着くと、まもなく料理が届いた。ティロンのための平たい器に入ったミルクもある。料理はじゃがいものポタージュとソーセージ、白パンというシンプルな組み合わせだが、本土に来てからまともな食事を摂っていないリュカには特別おいしく感じられた。

労働者らしき身なりの民たちの中で上等な服を着たアルとサリムは明らかに目立っていたが、周囲からは気さくに話しかけられていた。店主に顔を覚えられていることからも、この店の常連なのだろう。

「ここにはよく来られるんですか？」

「月に一度くらいかな」

アルが答えると、鍛冶屋《かじや》だと名乗る大男がカウンター席から振り返ってにやりと笑った。

「兄ちゃんらはさぼり魔だからな。いくら城から近くても、こんな庶民だらけの店に昼間っから来るのはこの二人だけさ。王族の護衛が手薄になっても問題ないくらいには、この王国が平和だってことなのかもしれんがね」

鍛冶屋の大男はガハハと笑って豪快にエールを飲み干した。周囲の客たちも平和だと口々に言っては笑っている。

「しかし気になるのは、どちらの王子が次期国王になるかということだな」

入り口の扉に近い商人ふうの男が唐突に声を張り上げた。どうやらこの話題は今、王国内でのいちばんの関心事らしく、店内の客たちがいっせいにざわつきはじめる。

「来年の四の月、国王陛下の生誕祭には次期国王の発表があるが、果たして病弱だが博識秀才の第一王子になるのか、武術に長《た》けた活発な第二王子になるのか」

「さあどっちだ」と商人の男が手を叩いたのを皮切りに、客たちはみな支持している王子の名を挙げた。

血のつながった二人の王子は仲が悪いらしいという声がどこからか聞こえた。議論は時々怒号が飛び交い白熱しているが、みなどこかこの激しいやりとりを楽しんでいる節がある。

「この酒場の名物だ」

雰囲気に取り残されたリュカがぽかんと周囲を見回していると、アルが苦笑しながらそんな耳打ちをした。

コルマンド王国では、国王が五十歳の誕生日を迎える日に次期国王を発表し、王国民にお披露目《ひろめ》するという決まりがある。

それまでは民の目に触れるような王子の表立った活動は見られないが、王宮から近い城下の街にはさまざまな情報が流れこんでくるらしく、その噂をもとに、みなどちらかの王子に肩入れしているようだ。

新しい国王の即位は現国王の死後もしくは退位後であるが、事前に決めておくことで後継者への引き継ぎが滞りなく行われる利点がある。通常であれば王位継承順位に従い第一王子が次期国王候補の筆頭となるのだが、現国王・クロヴァン王の長男であるシャルナン王子が病を患《わずら》っていることもあり、次男のアラン王子とどちらになるか蓋《ふた》を開けるまでわからないということらしかった。

孤島で育ったリュカも次期国王が事前に発表される制度のことはもちろん知っていたが、第一王子が病を患っていることは知らなかった。

王国の政治や歴史については家庭教師から習って知識としてはあるものの、王国内で実際にどんな動きがあるのかは、月に一度発行される島内月報やモンフィス家の屋敷内での話を耳にするくらいで、いまいち現実的に捉《とら》えられてはいなかった。だからこの酒場で聞こえてくる話はリュカにとってどれも初耳で新鮮なものだった。

店内では次期国王の話から、その結婚相手の話にまで発展していた。

候補として挙げられている、コルマンドの東にある隣国スハイセン王国の王女との結婚が濃厚なのだという。

スハイセン王国はコルマンド王国の七倍の面積、十倍の人口を誇る大国だ。

両国は同盟を結んでおり、スハイセンで生産された品質のいい羊毛を輸入してコルマンドの毛織物産業が発達した歴史もある。

リュカは食事をしながらも周囲の話に耳を傾けていた。活発な第二王子のほうが次期国王として有力だという意見が多いように感じる。

「アルさんはどう思われますか？」

王室とつながっているアルには守秘義務があるのかもしれないと思いつつ訊ねてみると、意外にもかもしれないと思いつつ訊ねてみると、意外にも
「第一王子のほうが国王向きだ」というはっきりとした答えが返ってきた。

「では次期国王になる王子様とスハイセン王国の王女様は結婚するのでしょうか」

食後に出してもらったほんのりとウイスキーの香りがするコーヒーを飲んで、リュカはすこし口が軽くなっていた。周囲の民の噂話に参加することで、酒場の常連の気分を味わいたかったのもある。

「愛しているならばするだろうし、愛していなければしないだろう」

リュカの質問責めに苦笑しながらアルは簡素な返答をくれた。

（アルさんは誰かを愛したことがあるのかな……？）

「愛している」という言葉にふと疑問が浮かんだが、さすがにそんな恥ずかしいことは聞けなかった。

酒場を出て、街をぐるりと見て歩くと日暮れになった。夕焼けに染まる街を馬車は森へと向かって走る。

「今日はありがとうございました。本当に楽しかったです」

あたたかい上着をプレゼントされ、診療所も見学させてもらい、酒場でおいしいものを食べ、そのすべての代金をアルが支払ってくれた。どんなに感謝

してもし足りないくらい贅沢で幸せな一日だった。

最後は森の入り口まで送ってもらい、馬車を降りたところで、アルが言いづらそうに切り出した。

「十日後は予定があって、その後も仕事が忙しくなりそうなんだ。次はいつリュカに会えるかわからない」

「そうですか……」

アルとしばらく会えないとわかると寂しかったが、仕事ならば仕方がなかった。

わかりましたと口をひらきかけたとき、アルがひとつ提案をした。

「いつになるかわからないが、リュカの休みの日に下宿先に直接迎えに行ってもいいか？」

「下宿先に……、そんなことまでしていただいていいんですか？」

「ああ。また一緒にどこかへ出かけよう」

休みが十日に一度であることはすでに伝えてあったため、アルは時間ができ次第、リュカの休日に合わせて迎えに来てくれると言う。

「森も気温が下がりはじめるからな。早朝はとくに散歩をするのがつらくなる。いつになるかわからない森での待ち合わせより、おまえの家まで迎えに行ったほうがいいだろう」

「いつも僕ばかりいい思いをさせてもらって、なんだか申し訳ないです……」

「そんなことは気にしなくていい。俺がしたいことをしているだけだ」

「……そう言っていただけると嬉しいです。お心づかいありがとうございます」

リュカは恐縮しつつも、アルの厚意に感謝した。

家はどこかと聞かれ、森からの道順を思い浮かべながらバザン夫妻の名とともに口頭で伝えた。

「ではまた会えるのを楽しみにしている。それまで風邪を引くなよ」

「はい。アルさんも無理をし過ぎないで、お仕事頑張ってください」

最後にもう一度今日の礼を言って、アルとサリムに見送られながら帰路についた。

帰宅すると、夫婦はまだ仕事から戻っていなかった。

掃除をさぼったことを怒られることは目に見えていたが、二人が帰る前に二階の寝室をできるだけ片して屋根裏部屋に戻った。

「今日はお疲れさま」

「ナァーア」

長時間の外出で疲れたのか、ティロンはごはんを食べると寝入ってしまった。すうすうと寝息を立てる姿を確認してから、赤いケープを大切にたたんで仕舞い、今日一日のことを思い返す。

城下の街は、赤い瞳のリュカを拒絶することなく受け入れてくれた。アルやサリムが一緒だったからかもしれないが、顔を上げて歩いていても、診療所や酒場で誰かと目が合っても、すこし見られることはあっても嫌悪感を露わにされるようなことはなかった。

バザン夫妻の家を出て、城下の街に住めたら暮らしやすいだろうと思うが、現状、生活するだけの給金しかもらえていないためいつまで経っても家を借りる金は貯まりそうにない。

それでもどうにかしてここを出たい気持ちが今日一日で強まっていた。それは城下の診療所の多忙さを目の当たりにしたからだ。

（やっぱり港湾の仕事をやめて、診療所で働きたいな）

たとえば、今の仕事を続けたまま、十日に一度の休みだけ城下の診療所で薬師として働かせてもらえないだろうか。

港町から城下までは歩くと相当時間がかかるだろうから、前日の荷役の仕事終わりに移動して野宿をし、城下で働いてその日のうちにまた歩いて港町に帰る。休日の掃除はできなくなるが、毎日の帰宅後にすこしずつきれいにしておけば、バザン夫妻も許してくれるかもしれない。

薬師として働きながら診療所との信頼関係が築ければ、いつかエクラの力を仕事で使えるようになる可能性も出てくる。

それに休日に働くことで今よりすこしでも給金が増えると、ティロンに毛布を買ってあげられるし、家を借りるための貯金もできる。

我ながら楽観的だと思いながらも、考え出すと止まらなくなってきた。

（今日はアルさんたちに街まで連れていってもらってよかった）

夢に一歩近づいている気がして胸が高鳴り、この日はなかなか寝つくことができなかった。


仕事が終わり食材を買い足すために港近くの露店に立ち寄ると、いつもは商品と金銭のやりとりしかしない女店主に話しかけられた。


「ねえ、つかぬことを聞くけど、不思議な力を持つ青年ってあんたのことだよね？」

「……はい？」

「ほら、このゴシップ紙に載ってるの」

女店主から藁紙《わらがみ》を手渡され、書かれている内容に目を通す。

そこには『赤い瞳の青年が持つ不思議な力について』という見出しの小さな記事が載っていた。

リュカの名前は記されていないものの、背丈や髪色、赤い瞳などの身体的特徴と、手を当てただけで病を治すことができる力の持ち主だということが書かれている。

「こ、これって……なんですか？　いったい誰が書いたんですか？」

「これはゴシップ専門の民報紙さ。誰が書いたのかはわかんないけど、どこぞの民が投書したものだよ。ここに書かれてることには信憑性《しんぴょうせい》なんてほとんどないんだけどね。もしこれが本当だとしたら、あんた魔法使いかなにかかい？」

女店主はげらげらと笑った。

どうしてリュカのことだと思ったのかと訊ねると、金色の髪に赤い目の人間などほかに見たことがないからすぐにわかったと言われた。

「いつもベールをかぶっていたのに、僕の髪や目の色がわかりましたか？」

「ああ、道ですれ違う人たちはわからないかもしれないけど、あんたはうちの店によく来てくれてたからさ。布かぶっていっつもうつむいてるけど、何度か対面してたらさすがに気づくよ」

ちらりと視線を向けると、目が合って微笑まれた。気さくな女店主が、赤い瞳に嫌悪感を抱いていないことも、民報紙に書かれている内容をまったく信じていないこともわかってほっとする。しかし彼女のようにこの記事を読んでリュカだと気づいた人がほかにもいるかもしれない。

「どうしたんだい？　なんだか顔色が悪いみたいだけど」

「だ、大丈夫です」

リュカの様子がおかしいと察した女店主が、心配そうに顔を覗きこんできた。

誰かがリュカの力が本物だと気づき噂になってしまったら、バザン家に人が押し寄せてくるかもしれない。それでモンフィス家の双子の伝承のことまで知られてクルカ島に迷惑がかかるようなことになれば大ごとだ。

「この民報紙ってどこに行けば買えますか？」

「昨日のだからもう売ってないよ。でも欲しければあげる」

「いいんですか！　ありがとうございます」

礼を言って帰宅し、ティロンに餌を与えてから再度記事に目を通した。

これは民が投書したものだと女店主は言っていた。

本土でエクラの力のことを話したのはアルだけだ。

しかしアルがリュカから聞いたことを民報紙に投稿

するとは思えない。

モンフィス診療所に通っていた本土の貴族も力のことは知っているが、リュカがいなくなった腹いせに守秘義務を破ったとも考えにくい。そんなことをしても彼らにひとつも得がないからだ。

（じゃあ、いったい誰が？）

ほかの投稿されている記事を読んでみると、空から人がゆっくりと落ちてきた話や、言葉を話すもぐらが世界の終わりを予言した話など、どれも怪しげな内容ばかりだった。

藁紙を折りたたんだ一面には『第二王子が次期国王候補有力』という見出しが大きく掲載されていた。

酒場の民たちの議論を思い出す。あの場でも第二王子が有力だという意見を多く耳にしたが、アルは第一王子のほうが国王に向いていると言っていた。

国王の生誕祭は年明けの四の月だ。それまで民のあいだでは次期国王が誰になるか、噂が絶えないのだろう。


一面の次期国王についての記事を読むと、信憑性のない自分の小さな記事など誰も気に留めないのではないかと思えてきた。

（店主さんも笑って信じてなかったし、そんなに心配しなくてもいいのかな……）

ただ、仕事仲間には赤い瞳や金の髪が認識されているので、しばらく周囲には用心することにした。


この二日間、仕事場でもその行き帰りでも、とくに変わったことは起こらなかった。

黒いベールをかぶってうつむき加減に道を歩いていても声をかけてくる人はいなかったし、真面目に働くリュカのことなど誰も気にしてはいなかった。

ドニスの様子も普段と変わらず、エクラの力を使ったリュカに「ありがとう」と言って去ると、いつものように仕事に励んでいた。

（やっぱりあんな怪しい記事、誰も信じないか）

特別気にすることではなかったのだろう。

ほっとしながらいつもの時刻に下宿先へ戻ったら、めずらしくバザン夫妻が先に帰宅していて驚いた。

慌てて目を見られないようにうつむいたが、「顔を隠さなくていいのよ」と妻がリュカの肩に手を置いた。

意図の読めない言動を不思議に思いながらそっと顔を上げると、夫婦は見たことのない穏やかな表情でこちらを見つめていた。

「……ただいま、戻りました」

「おかえり」

「遅くまでごくろうだったな」

給金の支給日でもないのに、猫撫で声を出して労《ねぎら》ってくれる二人に警戒心が募る。

昨日までは酒瓶とグラスを割ったことや掃除をさぼったことを蒸し返して何度も怒っていただけに、今日の変貌ぶりが余計恐ろしかった。それに夫婦は造船所で働いたあと酒場に寄って帰るのが常なのに、なぜこんな早い時間に家にいるのだろう。

「あの、今日はどうされたんですか？」

単刀直入に聞くと、夫のほうが「仕事ができなくなりそうなんだ」と切り出した。

「長年、腰の痛みに耐えながらだましだまし働いてきたんだが、とうとう限界が来てな。診療所に行ってもろくな治療もしてくれねぇし、貼り薬も効き目がねぇんだ。造船の仕事はきついだろ？　これ以上続けると腰がいかれそうなんだ」

立っているのもつらいのか、夫は妻の肩を借りて手近な椅子に腰かけた。

「腰が治らねぇと、こいつが俺のぶんまで働くことになって迷惑をかけちまう。この痛みが取れさえすれば、また働けるんだが……」

目に涙を浮かべた夫は妻の手を握ってうつむいた。今まで酔った状態の二人しか見たことがなかったため、意外な一面を目にして驚いた。

「実は私たちこの前ね、ゴシップ紙で不思議な力を持つ青年の話を読んだのよ」

「え……っ」

夫婦はあの記事を読んでいたらしい。

夫の手を握り返した妻が、リュカにまっすぐ視線を向けた。その目には奇妙なものを見てしまった怯えが潜《ひそ》んでいたが、見つめ返しても妻の視線は逸らされなかった。

「あんたのことだよね？　不思議な力で病を治す、赤い目をした金の巻き毛の青年って」

「…………」

仕事場の人に気づかれたらどうしようかと思っていたが、それよりも身近にいる夫婦のことをすっかり失念していた。

どう返事をするべきか迷っているリュカを見て、妻はそれを肯定と受け止めたようだった。

「お願い、この人の腰を治してください。お願いします！」

突然、悲痛な叫びを上げて、妻はリュカの足元にひざまずいた。

どうやら夫婦は民報紙の怪しげな記事を信じているようだ。

露店の女店主との反応の違いに戸惑っているあいだにも、妻が「どうか、どうか助けてください」と床に額をこすりつけている。リュカは慌ててしゃがみ、顔を上げるよう頼んだ。

「や、やめてください。力なら使いますから、そんなことをしないでください、お願いします」

「ほ、本当かい？　私たちを助けてくれるのかい？」

「ええ」

夫婦はリュカの手を取ってむせび泣いた。二人の口からはじめて「ありがとう」という言葉を聞くと胸がじんと熱くなった。

今までは暴言を吐かれたり、怒られたりすることばかりだったが、思い返してみるとそんなときの二人はいつも酔っ払っていた。もしかしたらただ酒癖《さけぐせ》が悪いだけで、本当は心根のいい人たちなのかもしれない。

　夫婦は本土に来たばかりの世間知らずのリュカを、容姿に驚きながらもはじめて受け入れてくれた人たちだ。世話になっている彼らに必要とされているなら、力を使って助けてあげたいという思いが胸に湧いた。

　うつぶせになった夫の腰に手で触れると、やや熱くなっている箇所があった。それはドニスの腕よりずっと小さな痛みのように感じられた。

（これなら何度も吸収しなくてもよさそう）

　力が集まってくるのを待って集中し、しばらく経つと体内にとろりと熱が入りこんできた。体にだるさを感じて、夫の腰の痛みがうまく吸収できたとわかる。

「今、目と髪が光ったわ……」

　呆然としている二人に終わったことを告げると、夫が立ち上がって腰を大きく回した。

「痛くない、痛くないぞ！」

　痛みが消えたことを確認したあと、リュカの手を再度握った。

「おまえが治してくれたおかげでまた働けるようになるよ。本当にありがとう。今日は祝杯を上げよう！」

　夫が妻に葡萄酒を用意させ、三つのグラスにたっぷりと注いだ。

　飲むとまた二人が不機嫌になってしまうと思ったが、リュカに彼らの飲酒を止める権利はない。自分は酒など飲んだことがないからと断ると「一杯ぐらい付き合ってくれ」と懇願《こんがん》されグラスを合わせた。

　コルマンド王国の法律では、成人年齢の十八になると飲酒ができる。

　リュカは本土にやって来た翌日に十八の誕生日を迎えたが、まだ本格的な飲酒の機会がなかった。

　深い赤色の液体を口に含むと、独特の葡萄の渋みが鼻に抜けた。はじめての酒の味に舌は慣れず、本当は残したかったがすでに二杯目を飲んでいる二人にじっと見られていたため、残り半分を一気に飲み干してグラスを空けた。

「もう一杯飲みな」と勧められたが、頭の中がふわふわとして視界が揺れていたため、丁重に断った。

「腰痛が治ってよかったです。お大事になさってください」

呂律《ろれつ》の怪しい口調で夫婦に告げ、屋根裏部屋へと戻った。ほろ酔いでティロンに餌を与えて、そのままベッドに寝転がる。

（二人とも、本当はいい人だったんだ……）

酔いでぐるぐる回る天井をぼんやり眺めながら、リュカは眠りに落ちるまで幸せな気分に浸《ひた》っていた。


寝返りを打つと、どこかから金属の触れ合う音がした。すぐ近くで猫の鳴き声も聞こえる。

（ティロン？）

ずいぶん騒いでいるなと思いながら目覚めると、体の節々に痛みが走った。

起きるとそこは、毎晩寝ているベッドではなく、かたい床の上だった。

いつもはとなりにいるはずのティロンの奇声が、部屋の隅のほうから聞こえてくる。振り返った先には金属製のケージが置かれていて、ティロンはその中にいた。

「な、んで……？」

ここは屋根裏部屋ではなく、一階の台所だ。どうしてティロンがあんな狭い籠の中に入っているのか。出してあげなければと立ち上がる途中で、左足首の違和感に気づいた。

鉛色《なまりいろ》の足枷《あしかせ》がはまっている。鎖が伸びている先をたどっていくと、部屋の中央の柱に何重にも巻かれていた。一歩踏み出すと金属同士が触れ合ってじゃらじゃらと音がする。

「な、にこれ……！」

慌てて足から抜こうとしても、かかとが引っかかる。どうやら鍵がないと外すことができないらしい。

とりあえずティロンだけでも出してやろうと重い左足を引きずって部屋の隅へ向かうと、寸前でつんのめった。鎖は腕を伸ばしてもケージには届かない長さになっていた。

「朝から騒ぐな。となり近所に迷惑だろう」

階段を下りてきた夫婦が、玄関と台所を仕切る板の向こう側から姿を現し、あくび混じりに言った。

「昨晩は酒を飲ませたおかげでよく眠ってくれていたな。上から運ぶ途中で起きたら殴って気絶させようと思っていたが、痛い目に遭わずに済んでよかったじゃねぇか」

にやりと笑う夫のとなりで、妻はティロンの入ったケージを持ち上げた。

「ギャーギャーうるさいから、この子は屋根裏部屋に戻しておこうかしらね」

「待ってください！　な、なんなんですか……！　どうしてこんなことをするんですか……っ」

妻はリュカの言葉を無視して、階段を上っていった。ケージの中のティロンは聞いたことのないような高い声で鳴き叫んでいる。

「昨夜の俺たちの演技は、なかなかのものだったろう？」

「演、技……？」

夫はゆがんだ笑顔をリュカに向けて、高らかに笑った。

「ど、どういうことですか？」

昨日、夫婦がリュカに泣いてすがったのは、力が本物かどうかを試すための芝居だったのだと明かされた。

民報紙を読んだ時点では、夫婦も露店の女店主と同じように病や怪我を治すことができる力なんてものが存在することを信じていなかったらしい。

しかし――。

「おまえ、何日か前に川岸の診療所で瀕死の子どもを助けなかったか？」

「助け、ましたが……」

あの感動を忘れるはずがない。だがどうしてそのことをバザン夫妻が知っているのか。

「あの診療所はな、医者の親父《おやじ》が二年前に死んで、今は出来の悪いバカ息子が跡を継いですっかり藪《やぶ》医者だと悪評が立ってんだ」

「藪医者……」

リュカはカードゲームに興じる助手らしき女性たちと、若先生と呼ばれていた酔っ払いの男を思い出した。

「そのバカ息子の藪医者が、ゴシップ紙に赤い目の青年のことを投稿したと酒場で言いふらしてたんだ。詳しく聞くと、数日前に運ばれてきた死にそうだった子どもが、赤い目の青年が手を当てただけでけろっと元気になったことを教えてくれた。奇妙な見た目をしていたからあいつは魔法使いに違いないと言って騒いでいるのを聞いて、そのときはまさかと思ったんだが、藪医者があまりに必死なんでどうにも気になってよ。まあ周囲で飲んでいたやつらは、酔っ払いの藪医者の言うことだからって誰も信じてなかったがな」

それで夫婦は、リュカに力が備わっているのかどうかを半信半疑で試したのだという。

あの日、診療所の人たちにエクラの力を使うところを見られてしまったが、体が冷たくなっていく男児を放置することはできなかったし、今もその選択を後悔していない。

けれどこのような弊害が起きてしまったのも事実だった。エクラの力を使って人助けをして、夫婦の嘘を信じた結果がこれだ。

「俺たちの泣きの演技にまんまと引っかかったな」

下卑た笑い声を上げる夫に向かって、階段を下りてきた妻が「猫、屋根裏に置いてきた」と報告した。

「あの、ティロンを籠から出して、ちゃんと餌をあげてください、お願いします……！」

リュカは二人に頭を下げた。

先ほどの叫ぶような鳴き声から、相当ストレスが溜まっていることがわかる。今まで部屋を自由に使っていたのに、突然あんな小さなケージに入れられたらティロンがおかしくなってしまう。

「ああ、おまえが俺たちの言うことを聞いてさえくれれば、猫には餌もやるし、屋根裏部屋で動き回れるようにしてやるさ」

「……望みは、なんですか？」

「おまえのその力を使って、俺たちのために金を稼げ」

「…………！」

あまりの衝撃に言葉を失い、リュカは体を大きく震わせた。

リュカを監禁した夫婦は、エクラの力で自分たちに貢げと言う。

「荷役の仕事は俺のほうから親方にやめると言っておいたから、もう行かなくていい」

「そんな……」

診療所で働きたいとは思っていたが、こんな形で今の仕事をやめたいわけではなかった。

「今日の午後に病を患った金持ちの客を呼んでるから、さっそく力を使ってもらうぞ。さあ、寝巻から着替えろ」

仕事に行くときに着ていた麻の作業着を渡され、着替えるあいだだけは足枷を外してもらえた。しかしその隙に逃げることなどできない。

目の前に夫婦が立ちはだかっていたこともあるが、なにより屋根裏部屋のティロンを置いていくわけにはいかないからだ。

二人の見ている前で着替えを済ますと、すぐにまた足首を拘束された。

足枷が届く範囲は動いていいと言う。台所のとなりに手洗いはあるし、食事は勝手に作って食べろということだ。

その後、夫婦は昼まで寝ると言って二階へ行ってしまった。

二人はリュカの力がどういうものなのか、なぜ備わっているのかといったことにはまったく興味がないらしい。ただエクラの力を利用して金儲けができればいいと考えているようだ。

この足枷さえ取れたら、夫婦が眠っているあいだにティロンを連れて逃げられる。そう思って近くになにかいい道具がないかと探してみたが、やはり夫婦もリュカが考えそうなことはわかっていたのだろう。金属の鎖を切断できるようなものは見当たらない。つないだ先の柱もびくともしないし、足から抜こうとふたたび奮闘したが、足首に傷ができただけで外すことは不可能だった。

昨日、バザン夫妻の涙の訴えを信じた自分が馬鹿だった。

けれど後悔しても、なにもかももう遅い。

午後から夫婦が招待した客が来るにあたり、リュカは黒い布製の袋のようなものを頭にすっぽりとかぶせられた。

「な、なんですかこれ……っ」

突然前が見えなくなった恐怖で衝動的に袋を取ろうとするも、その手を押さえられた。

「袋をかぶったまま客に会うんだ。手でさわれば治せるんだろう？　力が本物だとばれたら、おまえに価値を見出す人間が出てくるだろう。そのための、誘拐対策だ」

「誘拐、対策……」

「そうだ、ガキは誘拐しやすいからな。そんなことにならないように顔を隠すんだ。おまえを黒魔術師ということにして」

「く……、黒魔術師？」

夫婦はリュカの力で病を治す対価として、客に金貨と守秘義務を要求するという。

リュカの力が本物だと知られると、自分たちと同じように独占して金づるにしようとする人間が出てくるかもしれないと考えたらしい。それで気味の悪い黒魔術師ということにして、リュカをさらおうとしたり正体を調べようとしたり、なにかおかしな行動を起こせば呪いがかかると触れこむようだ。

バザン夫妻は驚くほどに悪知恵が働いた。

思いついた悪行で誰かを傷つけることになっても、それを実行することに躊躇《ちゅうちょ》がない。

スルヤが言っていた悪い人間というのは、バザン夫妻のような人たちだったのかもしれない。

（僕はこの先、どうなるんだろう……）

そんなことを考えているうちに午後になり、さっそくひとり目の客がやって来た。

リュカは夫婦の監視下で一時的に足枷を外され、光を通さない黒頭巾越しに客と面会した。

「最近、胃のあたりが絞られるように痛むんだが、ついさっきも昼飯を食べたら気持ち悪くなってしまって。ちゃんと食えるようにしてくれないか」

「さあ、黒魔術師様、魔力をお使いになってこの者の病を消してください」

「…………」

夫婦に促され、手探りで相手の腹に触れる。

声で男性であることはわかったが、年齢も人となりもわからない。客の顔を見ることはできず、触れた皮膚のぬくもりだけしか情報はない。

リュカにわかることは、ただひとつ。病に苦しんでいる人が目の前にいるということだけだ。

指先に痛みの根源が触れる。くすぶった熱の塊が、エクラの力に反応して指先に吸いついてくる。

自分は今、救うことのできる痛みに触れている。

この人を助けなければ。

痛みを取り除いて楽にさせてあげたい。

リュカは自身の内部から湧き上がってくる感情に従うことに決めた。

（僕は、僕にできることをしよう）

バザン夫妻は悪人だが、病を治してほしい客に罪はない。

覚悟が決まると腹に乗せた手に力をこめ、病の根源を吸収した。

「これは、すごい力だ……」

　処置を終えると男は感嘆の声を上げたが、リュカからはどんな表情をしているのかは見えない。

「胃の痛みが消えた。きみはいったい何者なんだ……？」

「………」

「追及はなさらず、黒魔術師様のことはどうか内密に。死者のような恐ろしいお方なもんで、一度でもおかしなことを考えたら後世まで呪われますよ」

「あ、ああ、わかった」

　リュカは客と話すことを夫婦から禁じられていた。

　一度でも自分のことを明かしたり、助けを求めたり、手紙を渡したりするようなことがあれば、すぐさまティロンを殺すと脅《おど》されていたため下手な行動は取れない。

　夫婦は客から報酬を受け取り、秘密を守れる金離れのいい新たな客を紹介してくれるよう頼んでいた。

　初日はひとりだけだった客は、守秘義務のもとでつながっていき、日を追うごとに増えていった。軽症から重症の者まで、さまざまな客がリュカのもとにやって来た。

　中には診療所へ行けば治る人もいるだろう。

　それでも診療所での治療となれば、時として出血や痛みを生じることもある。薬を使えば、主訴《しゅそ》に効く薬草が同時に健《すこ》やかな臓器を攻撃することもある。

　しかしエクラの力は施される者に苦痛を与えない上、副次的な作用もない。原因不明の病は、原因がわからないままに消すことができる。

　そんな力の存在を知れば、金さえあれば誰しもがその恩恵を受けたいと願って当然だった。

　バザン夫妻はリュカが商売道具になるとわかると、造船所の仕事を完全にやめてしまった。彼らはリュカの助手のような立場で客から症状を聞いたり、黒魔術の力について説明を施したりするようになっていた。

　客が新たな客を紹介することもあったが、賭場《とば》や高級酒場で夫婦に声をかけられてやって来る者もいた。みな一様に金を持っているようだった。

来訪者たちは黒頭巾をかぶってひと言も言葉を発しないリュカの正体を知りたがったが、そのたびにバザン夫妻は釘《くぎ》を刺した。

『この者のことを知ろうとすれば、黒魔術の力で一族の後世まで呪われますよ』と——。

二人はことあるごとにそんな出鱈目《でたらめ》を繰り返し、客はその言葉を聞くと口をつぐんだ。

夫婦は夜遊びに出かけるとき、必ずティロンをケージに入れて連れていった。万が一、リュカの足枷が外れることがあったときの質《しち》としているのだろう。

毎日ちらりと見えるティロンはケージの中でぐったりとしていた。真っ白な美しい毛並みは薄汚れて、日に日にみすぼらしくなっていく。

（せめて、抱きしめてあげることができればいいのに……）

そんな願いはもちろんティロンに伝わることなく、リュカ自身も一日にエクラの力を使う回数が増えて、日ごとに体が弱っていった。

ただ夫婦に監禁され、無理やりやらされていることでも、実際にエクラの力で人助けができているからか、精神だけは妙に高揚していた。

ここにやって来る客の話を聞くと、医術では完治が難しい長患いの人もいた。持病に苦しみ続ける彼らを救うことができるのはリュカしかいない。

（僕がやらなきゃ。僕が頑張っただけ、たくさんの人が助かるんだから……！）

しかしそんな奮起もむなしく、一日に五人以上と対面するようになると、どんなに眠っても体力は回復しなくなっていった。

「じゃあ行ってくるからな、留守番頼んだぞ」

「暇を持て余してるだろうから、鎖が届く範囲を掃除しておいてちょうだい」

「……………」

今日も夫婦は夜の酒場へ出かけた。

夫婦の寝室がある天井から、雨漏りのように赤黒い液体が垂れ落ちてくる。

リュカが一階を占領していることから、夫婦は二階の寝室で飲食するようになっていた。上から垂れてくる液体は葡萄酒のようだ。中身の入った瓶を倒してそのままにしているのだろう。ぼんやりと水滴が落ちるさまを見ているあいだにリュカは眠ってしまった。

起きると、帰宅した夫婦に掃除をしていないことを怒られたが、間近で怒鳴り散らされても恐怖心が麻痺《まひ》してしまったのか、もうなにも感じなかった。

最近、夫婦は来る客に対して「医者にも治せない不治の病を完治させることができる」と触れこんで、さらに金離れのいい新たな客集めに必死になっていた。どうやら賭け事にはまっているらしく、金はどんなにあっても足りないようだ。

今日はじめて来た男の客は、のんびりとした話し方とかすれた声から、どうやら老人のようだった。


「余命わずかでいつ死んでもおかしくないと医者には言われとるが、魔術師さん、わしの病は治るかね？」

夫婦が症状を問うと、酒の飲み過ぎで肝臓が悪いのだと言う。

「うちは代々、葡萄酒を製造しておるんじゃが、祖先もみーんなのんべえでなぁ。死ぬときは肝臓が壊れちまうのよ、ハハハ」

節をつけて自虐《じぎゃく》しながら笑う老人はヤニクと名乗った。余命わずかと言うが、今まで来たどの客よりも陽気な感じがした。

老人の腹に手を乗せてみると、そこは腹水が溜まっているのか水風船のようにふくれていたが、今までさわったどの人とも違う感触がした。

皮膚から体温は感じ取れるのだが、エクラの力に反応する熱がどこにも見当たらない。

「………」

老人に質問したかったが、夫婦から会話はするなと言われているので聞けない。

肝臓のあるあたりに手で触れ、眉間《みけん》に力を入れて集中する。しかしどんなに待ってみても、エクラの力が発動する気配はなかった。背中側に手を置いても、ほかの場所に触れても、どこにも熱は見当たらない。

よほど健康な人でない限りみななにかしらの不調を抱えていて、体のどこかはリュカのかざす手に反応して多少熱を感じるものだが、この老人は全身がひやりとしていた。

（どうしてなにも、感じないの……？）

余命わずかということは、臓器はもう機能していないのかもしれない。しかしどんなにひどい病であっても、エクラの力があればすこしずつでも回復させることができるはずだ。

そう信じて何度か挑戦してみたが、結局力は使えなかった。

こめかみを冷たい汗が伝い落ちる。


「おい、なにしてるんだ。さっさとしろ……！」

夫が黒頭巾の外側から、耳元のあたりでせっついた。

けれどなにを言われてもできないものはできない。

リュカは手を横に振って夫婦に無理だと伝えた。

「ヤニクさん、すまない。今日は黒魔術師様の調子が悪いみたいだ。また近々、日をあらためて来てくれるかい？」

「ああ、わかったわかった、また来るよ。そんなことより、この人は大丈夫かい？　こんな頭巾をかぶってたらなんも見えんだろうし、体も痩《や》せすぎでわしなんかよりずっとつらそうじゃ。ちゃんと飯は食っておるのか？」

「…………」

客からそんなふうに心配されたのははじめてで暗闇の中で目を見張る。

「ヤニクさん、この方は黒魔術師だからなーんも心配いらないんだ。人間じゃないんだからな」

「そうかい？　それにしてはあたたかい手をしてお

ったがな」

最後にヤニクは「魔術師さん、またね」とひと声かけて帰っていった。

その後、三人になると夫婦はリュカの黒頭巾を乱暴に取り「ふざけるな」と怒鳴った。

「なんで力を使わねぇんだ！」

「……できなかったんです」

「できないだと？　おまえはその力を使うためだけに存在してるんだろうが。それがなけりゃなんの役にも立たないってのに、できないなんて言わせねぇぞ」

「あのじいさんは商売上手で金はたんまり持ってんだから、次は失敗したら許さないわよ」

夫婦に脅されはしたが、リュカもヤニクを救いたい気持ちは同じだった。

余命を宣告されてつらいはずなのに、黒魔術師の体の心配をするような人だ。きっと周囲に愛され、彼を長生きさせたいと思っている人はたくさんいるに違いない。

二度目にヤニクがバザン家にやって来たのは、五日後のことだった。

「やあ、魔術師さん、元気かい？」

以前と同じく陽気に振る舞っていたが、声には覇《は》気《き》がなかった。それでもヤニクは黙りこくっているリュカ相手に、明るい口調で家族の話を聞かせてくれた。

「三年前に母ちゃんに先立たれたんだがね、ひとり息子が家業を継いで、器量のいい嫁さんもらって、五人も子どもを産んでくれたおかげで家の中はにぎやかでねぇ。いちばん下の孫はまだ五歳で、男の子と女の子の双子なんじゃよ」

「……！」

男女の双子と聞いて思わず顔を上げると、黒頭巾越しではあったが反応があったことに気づいたのか、ヤニクが「おや、もしかして魔術師さんも双子かい？」と、バザン夫妻に聞こえない小さな声で問うてきた。ついうなずいてしまったら、ヤニクはふふ、と嬉しそうに笑った。

「顔も性格もよう似てて、双子というのはかわいいもんだね。二人そろってじいちゃん、じいちゃんって慕ってくれたら、欲しいもんはなんでも与えちまうよ」

リュカは顔もわからないヤニクが、愛らしい双子を甘やかしているさまを想像した。

孫の双子は五歳だという。それはちょうどリュカとマリーが母を亡くした歳だ。大切な人を喪った当時の心の痛みがよみがえる。

大好きな祖父がこの世からいなくなったら、双子はリュカやマリーと同じ経験をすることになる。

（そんなことはさせない。僕がヤニクさんを助けるんだ……必ず……）

そう誓いながらも、心の中には黒い灰のような不安が静かに積もっていた。

「さあ、黒魔術師様、そろそろ力をお使いください」

バザン夫妻に促され、リュカは緊張しながらヤニクの体に触れた。しかし今日もやはり、どこにもエクラの力に反応する熱が感じられない。

（どうして……）

五日前のリュカは、自身の体力の低下によるエクラの不具合だと信じようとしていたが、ほかの客には力は使えた。ヤニクにだけ、使えない。

（もしかして……、治せない？）

エクラの力にも、治せない病や怪我があるのか。

「魔術師さん、無理するんでないぞ。わしはもう寿命なんじゃ。よう生きた。だめだったらだめでいいんだから」

「…………っ！」

リュカに負担をかけないよう労《いたわ》ってくれるヤニクの言葉に逆らうように、必死で手のひらを体に這《は》わせて熱を探した。けれどどれだけ時間をかけても、体温は感じても病の根源は見つからない。

黒頭巾の隙間からぽたぽたと水が滴り落ちる。

焦りでこめかみから冷や汗が流れていたものの中に、いつしか涙が混じっていた。

漆黒の視界の中、呼気と湿気で息苦しくなってもあきらめたくはなかった。そんな必死さが伝わったのか、ヤニクは自身の体に触れていたリュカの手を握ってさすり、「もういいよ」と言った。

「あんたが赤の他人のわしのために頑張ってくれたこと、嬉しかった。本当は悪い魔術師なんかじゃないんじゃろう？　顔が見えなくても声が聞こえなくても、この手のあたたかさでわかるさ」

「…………っ……」

「双子の相棒といつまでも仲よくな」

嗚咽《おえつ》をこらえるリュカの耳元で、ヤニクは最後に「ありがとう」と囁《ささや》いた。

七日後のことだった。

ヤニクの訃報がリュカのもとに届いたのは、その「あのじいさん、死んだんだとさ」

「あんたのせいでね」


バザン夫妻の嫌味はリュカの耳を素通りし、ヤニクがもうこの世にいないという事実だけが胸の底に鉛のように沈んだ。

その日の夜も夫婦は賭場にティロンを連れて出かけていった。リュカは家にひとりきりになった。

（この手は、神の手じゃなかったのかな）

以前より厚みのなくなった手のひらをじっと見つめる。

「……っ」

しばらく経つと小刻みに震える両手の輪郭《りんかく》がぼやけてきて、浅いくぼみにぽつりと涙が落ちた。

なんの根拠もなく万能だと信じていたエクラの力には、できないことがあった。それは祖先である七人のエクラの保持者にはできたことで、リュカが未熟だからできないのか、修行を積めばできるようになることなのか、今はわからない。

モンフィス家にいたころ、伯母のスルヤがリュカと会う患者を選定していた。屋敷で働く一部の人たちは金貨の多さで選んでいると噂していたが、それは違うのかもしれない。

スルヤはリュカの能力が万能ではないことを知っていて、治すことが可能かどうか、体力が消耗し過ぎないかどうか、そこを基準に篩にかけてくれていたのではないか。

（僕は、ヤニクさんの命を救えなかった。ヤニクさんの大切な家族や、双子のお孫さんにもつらい思いをさせたんだ……）

悲しい事実がリュカの心に重くのしかかる。

バザン夫妻が連れてきた客の中で、ヤニクだけはリュカの体を気遣ってくれた。手のあたたかさだけで悪い人ではないと言ってくれた。大切な家族の話を聞かせてくれた。

誰よりも救いたいと願った人だった。

（いちばん助けたい人を助けられない力なんて、なんの意味があるんだ……！）

体が衰弱しているところにヤニクの死が重なって、精神までもくじけはじめていた。

その後も、夫婦が不治の病を完治させると触れこんだことで、医者に見放された金持ちの客が来る頻《ひん》度《ど》が増え、エクラの力が発動しないことがしばしば起こった。

「なんでできねぇんだ！」

「役立たずね、あんたにはがっかりだわ」

ヒステリックに怒鳴り散らす夫のとなりで妻に冷たい目で吐き捨てられても、リュカはなにも言い返せなかった。

（僕は、役立たずだ……）

繰り返される夫婦の罵《ば》倒《とう》に洗脳されていくように、リュカは日ごとに自信を喪失していった。

はじめはバザン夫妻に利用されても、自分のもとを訪れる人たちが善人でも悪人でも、手をかざして触れる皮膚に熱を感じることができれば、助けたい気持ちがあふれ出してきた。

けれど今はそんな情熱が湧き上がってくる気配も

なく、ただ漠然とした恐怖がリュカの心を支配していた。

「膝が痛くて歩けないんです」

「時々、めまいを起こすほどのひどい頭痛に襲われて」

客と対面するたびに喉が渇き、全身に汗が噴き出す。

「黒魔術師様、この持病は治りますか？」

（僕に、治せるのか……？）

期待をされると必ず、失敗するのではないかという考えが頭をよぎった。

また救えないかもしれないという不安。

自分のせいで誰かが命を落とすのではないかという恐怖。

（僕には、エクラの力を使う資格なんてないのかもしれない……）

気づくとリュカは、絶望の淵《ふち》に立っていた。


暗黒の日々の中、どれぐらいの月日が経ったのだろう。

エクラの力が万能でないことは、数回の失敗ののちにバザン夫妻も覚ったようだった。

余命を宣告されているような病は、臓器がもう熱を発しなくなっていて、リュカが手で触れても力は発動しない。

バザン夫妻は余命すくない相手から財産を奪い取ることをあきらめ、客の数を増やすことで多くの金を稼ぐ作戦に変えたようだ。そのせいでリュカが一日に対面する人数は、ついに八人を超えるようになっていた。

リュカの体はもうぼろぼろだった。休日がなく、体力を回復することもできないままどんどん衰弱していく。

一日に何度も黒頭巾をかぶせられ、そのたびに失敗に怯え、恐怖心に苛まれた。暗闇を見つめる時間が長くなればなるほど、精神も崩壊していった。

ここ三日ほどは、まともな食事も摂れていない。料理をする気などとうになくなっていた。

いつ炊いたか忘れた豆を時々つまんではいたが、咀嚼《そしゃく》することも億劫《おっくう》だ。今は足枷がどうかすると抜けそうなほど痩せこけていたが、逃げ出す気力も残っていない。

最近は考えようとしているわけではないのに、頭の中にアルの姿が浮かんでくる。

決断が速くて、迷いのない颯爽《さっそう》とした人。

自分もあんな人間だったら、この悲惨な状況でも打開策を見出せたに違いない。

森での出会いから、一緒に街へ出かけた日のこと、赤いケープをプレゼントしてくれたこと。さまざまな場面が浮かんでは消えて、また浮かんだ。

アルと過ごした日々は、本土での苦しい生活の中でキラキラと輝いていた。

現実から逃れたいリュカの心は、目が覚めているときも理想の夢を見続けていたのかもしれない。

「こちらにリュカ・モンフィスという青年はいるか？」

脳内に、アルの芯のある低い声が響いた。

（とうとうおかしくなっちゃったかな……）

夢の中の存在を現実のことのように感じはじめているようだ。

「な、なんの用だ……っ」

「リュカと会う約束をしていたんだ。迎えに来たと伝えてくれ」

（約束……？）

いったいなんのことだろう。

「伝えるもなにも、ここにそんなやつはいない。か、帰ってくれ！」

台所と玄関を分かつ仕切り板の向こうから、アルとバザン夫妻の声が聞こえる。

「ここだと聞いてきたんだが。サリム、先ほどの男に描いてもらった地図を確認してくれ」

「ええ。……やはりここで間違いありません」

アルに続いてサリムの声もする。

「リュカはバザンという夫婦の家に下宿しているると言っていた。私は以前、彼の休日にここに迎えに来ると約束していた者だ。リュカに会わせてもらえないか」

その言葉で森での別れ際の約束を思い出し、リュカははっと目覚めたように現実に立ち返った。

（もしかして、本当にアルさんが来てくれた？）

テーブルの脚をつかんで立ち上がり、ふらつきながら仕切り板に近づく。

「ア……アルさん……っ！」

渇いてひりついた喉が破けんばかりに、リュカは声を張り上げた。

「……リュカか！　どこにいる！」

一瞬の間のあと、床板の上を走る音が近づいてきて、仕切り板の向こうから何度も夢見たアルが姿を現した。

「アル、さん」

「…………っ！」

鎖につながれたリュカの痩せ細った姿を見て、口をひらいたアルは言葉を失った。

「おい、てめぇら、人の家に勝手に入るな！」

「出ていきなさいよっ」

夫婦が喚《わめ》き散らしているが、アルとその背後にいるサリムはこちらを見つめたまま動かない。

リュカは天井を見上げ、サリムに向かって声を上げた。

「サリムさん！　三階の屋根裏部屋にティロンが監禁されているんです。助けてください！」

サリムは状況を把握したのか、険しい表情でうなずくと階段を上っていった。

リュカをまっすぐ見据えていたアルは、深く目をつむると、一切の表情を消してバザン夫妻を振り返った。

「リュカの拘束を解け、今すぐにだ」

「な、なに命令してやがんだ。ここは俺の家だ。おまえに指図されるいわれはない」

強気な態度で唾を飛ばしながら叫ぶ夫に、アルはひるむ様子もなく大胆に一歩前へと進み出て、羽織っていたマントを脱いだ。

「これが最後の忠告だと思って聞け。コルマンド王国第二王子アラン・ロメールより命を下す。すぐさまリュカの拘束を解け。早急に従わねば、上に背いた罰として刑に処すまでだ……！」

「な、…………っ！」

（第二、王子……アラン、ロメール？）

一瞬聞き間違えたかと思ったが、アルの声ははっきりとそう耳に届いた。

リュカが混乱しかけたところに、屋根裏部屋からティロンの入ったケージを持ってサリムが戻ってきた。

「アラン王子殿下、この夫婦はどういたしましょうか」

「ア、ア、アラン王子、殿下、だと？」

「ア、アラン、様……っ」

先ほどまで威張っていた夫はしどろもどろになり、ふくよかな妻の後ろに隠れた。夫に盾にされた妻も、驚きと怯えの表情で震えている。二人の視線はアルの上腕のあたりに釘づけになっていた。

そこにはコルマンド王国の国旗にも描かれている青い鳥の紋章《もんしょう》があった。リュカはそこでアルがいつもとは違う礼服を着ていることに気づいた。

「リュカの足の拘束を解かせてから、二人とも縛っておけ」

アルはよく通る声でサリムに命令した。

そこからはアルの指示で、すべてが着々と進められた。

リュカは足枷を外され、アルが身に着けていた黒い上質なマントを羽織らされた。ケージの中で弱っていたティロンを外に出してもらい、ぼんやりとして鳴くこともしない小さな体を抱きしめると涙がこ

ぼれそうになった。

夫婦はその後、サリムが連れてきた街の警吏《けいり》に引き渡された。

ふいに目の前に差し出された手に右手を重ねる。

「歩けるか？」

アルの声は今まで聞いたどのときよりも優しかった。

「はい」と立ち上がったはいいがひどいめまいがしてよろめいてしまった。アルにぶつかりそうになって距離を取ろうと後ろに引いた足は床に着くことなく、気づくと宙に浮いていた。

「あ……」

「俺につかまっておけ」

ティロンを胸の前に抱えたリュカの体は、マントに包まれたままアルに軽々と横抱きにされていた。

「す、みません」

「かまわない」

その後、バザン夫妻の家の前に停《と》まっている馬車に乗せられた。

外には人だかりができていた。

近くに住む民たちは、警吏によって腰を縄で縛られ許しを請いながら引きずられていくバザン夫妻と、立派な馬車に乗せられたリュカが、逆方向に離れていく様子を呆気《あっけ》に取られた表情で眺めていた。

「リュカ、おまえが無事で……生きていてよかった」

アルの力強い言葉に、虚ろな瞳でその横顔を見つめる。

「眠れ」

肩を抱かれ、アルの膝に頭を乗せられた。抱いていたティロンも取り上げられ、上目遣いで捜すとアルの腕の中で気持ちよさそうに目をつむっているのが見えた。

なにも聞く気がないらしいアルは、リュカの頭に手のひらを乗せて、時々、指先でとんとんとこめかみを叩いた。そのリズムが心地よくて、今まで溜めこんでいた感情が噴き出すように、目から涙がこぼ

れた。

「僕はもう……、エクラの力を使いたくありません」

自分の発した言葉で悲しみがあふれ、胸を抉《えぐ》られる気分でリュカは嗚咽《おえつ》した。

人を救うために、力を使うために本土へやって来たのに、そんなことを言いたくなんてなかった。

けれどそれが、今のリュカの紛《まご》うことない本心だった。

「力を使うことが、怖いんです……っ」

喉が引きつるのをこらえてなおも吐き出すと、アルは「もう話すな」とやわらかな絹の手巾《しゅきん》をリュカの目元に押し当てた。

「今はなにも言うな。目覚めたら話を聞くから、気が済むまで眠れ」

優しい口調の命令で、緊張を解いたリュカの脳は眠気に襲われた。

熱い涙を吸って冷たくなった手巾の感触が、気持ちよかった。

◆

かたい床の上で夜を過ごす日々が続いていたため、体を痛めないよう慎重に寝返りを打つ癖がついていたのだが、向きを変える際にやわらかいものが全身をまとっていることに気づいて、リュカは不思議な気持ちで目覚めた。

知らない場所だった。

天井の一点から放射状に伸びたレース編みの薄布が、正方形の広いベッドを覆っている。体には屋根裏部屋で使い古したものではない、厚手の毛布がかかっていた。

となりでティロンが眠っているのを見つけてやっと、どうしてここにいるのかを思い出した。

(そうだ、アルさんとサリムさんが助けに来てくれたんだ)

馬車の中で気を失ってからの記憶がない。

はっとして、リュカは自身の着ているものを確認した。

バザン夫妻の家で着ていたごわついた作業着ではなく、絹のような肌ざわりの貫頭衣《かんとうい》に亜麻布《あまぬの》の下着を着せられている。

寝起きのぼんやりした頭で、眠りに落ちる前の記憶をたどる。アルは助けてくれた際に、自身がコルマンド王国の第二王子だと名乗った。

（アルさんが、次期国王候補と噂のアラン王子殿下だなんて……）

バザン夫妻とのやりとりやサリムに指示を与える姿を思い起こしても、まだリュカは半信半疑だった。

森ではじめてアルに出会ったとき、うつむいて顔を見せない怪しい自分に怪我の経緯をおもしろおかしく話してくれた。

それから何度か会って互いの家族の話をして、エクラの力のことを打ち明けて、街にも連れていってもらって――。

今までアルと過ごした時間を思い返すほどに、あれほど気さくに接してくれた人がコルマンドの王子だったとは信じがたくなる。

しかしリュカが今置かれている状況から、きっと真実なのだろう。

（アルさんが、王子様……）

そう考えてみると、アルの堂々とした所作《しょさ》もよく通る声も凛々しい顔つきも、どれもがいかにも王族としてふさわしい気がしてきた。

ここはあの高く長い煉瓦の壁に囲われた王宮の中だろうか。天蓋《てんがい》のレースの透かし模様越しに見える天井の高さや、立派な調度品の数々を眺めながらきっとそうだと確信する。

ベッドのとなりには、水差しとグラスの置かれた台があり『自由に』という書き置きがあった。自由にとは言われても、ここが王宮だと思うと恐れ多くてためらってしまうが、喉が張りつきそうなほど渇いていたため、誘惑には勝てずに水差しを手に取った。

　グラスに注いでゆっくり時間をかけて飲み干した。ほのかに柑橘《かんきつ》の香る水が体に染み入って、ほっと息をつく。

　そのとき、部屋の扉がひらいた。

「目覚めたか？　おはよう、リュカ」

　室内に入ってきたのはアルだった。

「お、おはようございます」

「丸一日よく眠っていたな、体調はどうだ？」

「すこしふらふらしますが、気分はいいです。アルさん、あの……、僕のことを助けてくださってありがとうございました。そしてご迷惑をおかけして、本当にごめんなさい……」

　リュカは深く頭を下げた。

　アルが助けに来てくれず、あのままバザン夫妻に監禁され続けていたら心と体は崩壊してしまったかもしれない。想像すると恐ろしかった。

「顔を上げてくれ、そんなふうに謝ってくれるな。俺はおまえを助けたことを誇りに思っているんだ。しかしもっと早くに訪問していればと悔やまれるが、リュカが無事で本当によかった」

　大きなアルの手で髪をそっと撫でられると、安堵でまた涙がこぼれそうになった。

　たった数度会っただけなのに、こんなに親切にしてくれる人がいる。

　ここが王宮の二階にある客室であると説明を受け、リュカは事実を確認するために訊ねた。

「あの、アルさんは、王子様なんですか……？」

「ああ、今までずっと身分を偽《いつわ》っていて申し訳ない。実は昨日、リュカに本当のことを話そうと正装で会いに行ったんだ。俺がコルマンド王国の第二王子であることをリュカにはいつか話すつもりでいたが、ずいぶん時が経ってしまった」

　アルは十日に一度きりの休日を自分と過ごすリュカに、王子であるという事実を伝えることで緊張を与えたくなかったと説明してくれた。

「今まで黙っていて本当にすまない」

「いえ、とてもびっくりしました、けれど……。僕を気遣ってくださったんですね。あなたが王子様だってはじめからわかっていたら、僕はやっぱり緊張していたと思います。お心づかいも本当のことを話してくださったことも、どちらも嬉しいです」

力があることを打ち明けたとき、アルがいつか自分の話も聞いてほしいと言っていた。

あのとき、話をするにはサリムにも許しをもらわないといけないと言っていたが、サリムはアルの護衛をする本当の近衛騎士だそうだ。二人がいつも行動をともにしていたのはそのためだった。

アルは月に一度サリムと連れ立ち、民の生の声を聞くためにお忍びで街に出かけていた。その際も民には近衛騎士であると偽り、王子であることは隠していたようだ。城下の酒場には成人してからずっと通い続けているが、庶民じみているからか、店主や常連の客たちには未《いま》だ王子だとばれる気配がないと言ってアルは苦笑した。

王子であることを一王国民であるリュカに打ち明けると決意することは、きっと容易ではなかっただろう。

「名は、アラン・ロメールという」

「アラン王子、殿下……」

「その呼び方はやめてくれ。今までのままアルと呼んでもらえないか？　おまえに他人行儀にされると悲しい」

「アルさんがそうおっしゃるのなら……」

ちなみにアルというのは親しい者だけが私的な場面で呼ぶ愛称らしい。

その後、バザン夫妻のことについて質問され、リュカはひとつひとつ順を追って話した。

足枷をつけられ監禁された日から二十日以上が経っていた。

アルはあまりにひどい話だと眉をひそめた。たしかに厳しい目に遭ったと思う。

このひと月弱のあいだ酷使し続けた自分の手を、リュカはまるで他人のものを見るように眺めた。

「昨日、もう力を使いたくないと言っていたな」

ベッドの端に腰かけたアルに視線を移し、リュカは昨日よりすこし落ち着いた状態で心の中を打ち明けた。

「エクラの力は、どうやら万能ではありませんでした。バザン夫妻の連れてきたお客さんの中に、どうしても力が使えない人が何人かいたんです。お医者様にも治せない病を吸収できることが僕の取り柄だと思っていたので、とてもショックでした。力を信じて頼ってきてくれた人が亡くなった話を聞かされたときは、やり切れなくて……」

ヤニクを救いたかった。けれど彼にエクラの力は発動しなかった。

リュカの体調を気にかけて天に召されたヤニクのことを思うと、申し訳ない気持ちと喪失感で胸の中がじくじくと痛み出す。誰かを救いたいという活力や誰かを救うことができるという自信は、粉々に砕けてしまった。

「もう二度と、あんな悲しい思いはしたくありません。それに……っ」

言葉に詰まってもアルは続きを急かさず、ただじっとリュカを見つめていた。大きく息を吸うと涙がこぼれそうになったが、ぐっとこらえて本当の気持ちを吐露した。

「力を使うことが怖いんです。患部に触れて、そこにエクラに反応する熱がなかったらと想像すると、情けないことに怖くてたまらないんです。今まで当たり前のようにできていたことが、今はどうやったらうまくいくのかわかりません。僕自身がこの力を信じられなくなってしまったみたいです」

話すうちにあふれてきた感情のまま、言葉を継いだ。

「だから僕は、エクラの力を……もう、使いません……っ」

リュカの悲痛な宣言が響き、室内には沈黙が落ちた。

震えだした手をかたく握りしめていると、拳《こぶし》を包みこむようにアルの手が重なった。

「そうか……わかった」

アルは静かに受け止めてくれた。

リュカがエクラの力をたくさんの人に使いたくて本土に来たことをアルは知っている。

それでもこの後ろ向きな決断を、否定しないでくれた。

「おまえの手はあたたかい。触れているだけで心が安らぐ。リュカが今は力を使いたくないのなら、使わなければいい。また使いたくなったときに使え」

今がつら過ぎて、リュカには先のことまで想像がつかない。

「いつかまた、エクラの力を使いたくなる日が来るでしょうか……」

「持って生まれたものを手放したくなることがあるように、ふとまた欲しくなることもあるだろう」

アルはリュカをなだめるように重ねていた手の甲をさすってくれた。思い詰めるリュカと違い、アルの思考は柔軟だ。

「アルさんも、王家の血を引く者として、その立場から逃れたいと思ったことがあるんですか？」

王族として生まれたアルも、その運命を重荷に感じた経験があったのだろうか。

「ああ、だが俺はリュカと違って、退屈な公務に飽きて自由になりたいと思ったくだらない理由だが」

肩をすくめておどけるアルを見て、ふっと笑みがこぼれた。

「俺はリュカのように能力を持っていないが、子どものころは王家に生まれたというだけで万能だと思いこんでいた。王族の血が流れているのだからなんでもできると信じていたし、持っていないものは簡単に手に入れられると思っていた。思い上がりも甚《はなは》だしい」

アルは首を横に振って失笑した。

「だけど実際は違った。努力をしないと剣の腕前は年下のサリムに負けるし、その剣で心臓を貫かれたら俺もほかの者と同様、あっさり死ぬ。秀才の兄と同じ頭脳が欲しいと生前の母に言ったときは、笑われたよ。おまえが遊んでいるあいだに、兄がどれだけ勉学に励んでいるか知りなさいと。王族だからといってなにも特別ではない。俺もほかの者と同じだとあるとき気づいたんだ」

それからアルは、さぼりがちだった剣や弓の稽古に必死で励むようになったのだという。

以前、王族もただの人だとアルは言っていた。どこか達観したように見えたのは、過去にそんな挫折があったからなのだろうか。

「ただリュカは生まれつき能力があって使命感にあふれているから、力が万能でないことに対し自分を責めてしまうのかもしれない。だが血や能力というものは努力によって変えられるものではない。だから力が使えなくなったときは、今のおまえにできることをすればいい。エクラの力から一旦離れてみることで、見えてくるものもあるだろう」

(そんなふうに言ってもらえるなんて……)

アルの自分を見つめる目と声の優しさに、胸のあたりがじんと熱を持った。

伯母のスルヤに管理されたまま孤島で暮らしていれば、過酷な仕事もせず、監禁されることもなく、安全な一生を過ごせたはずだ。しかしリュカは本土に降り立ち、自分の力の限界を知った。

この経験が、いつか人生の糧《かて》となる日が来るだろうか。

しばらく無言で見つめ合っていると、部屋の扉がノックされた。「入れ」というアルの合図で門番が扉を開け、三人の女性が室内に入ってきた。みな丈の長い黒のワンピースに大きな純白のエプロンを身に着けている。

「今日からしばらくリュカの世話をするメイドたち

だ」

「よろしくお願いします」

三人のメイドは声を合わせて同時に頭を下げた。

料理の運搬や室内の掃除、暖炉《だんろ》の火の管理、湯浴みの手伝いなどをしてくれるらしい。リュカの体調が戻るまではこの三人が主に世話をし、元気になればほかのメイドも部屋に出入りするという。

「あ、あの、お世話をしてくださるというのはどういうことですか？　僕は家に帰れないのでしょうか」

王宮に保護されたのは一時的なことで、目を覚ましたのだからバザン夫妻の屋根裏部屋に戻るものだと思っていた。

「夫婦は罪人として投獄されたため、あの家は今空き家になっている。貸主のいない家に留まるわけにもいかないだろう。リュカの持ち物はすでにこの部屋に運んであるから、これからはここで暮らせばいい」

「そ、そんなことまでしていただくわけには……」

昨日の今日でアルはリュカの荷物をすべて運びこんだらしい。判断と行動の速さに驚きながらも、そんな恩恵を受けるわけにはいかないと首を横に振った。

広く立派な客室を与えられる権利などリュカにはない。なにより突然王宮に現れた得体の知れない自分の世話をさせられる三人のメイドたちも気の毒だ。

「王宮医にリュカを診てもらったところ、過労と栄養失調だと診断が下された。心配なんだ。せめて体調がよくなるまではどうかここにいてくれ。これは俺からの願いだ」

アルはリュカの痩せ細った手を握り、甲の骨のくぼみに沿って親指の腹でそっとさすった。

痛ましい見た目がアルを心配させているのか。

（本当に優しい人だ）

一庶民でしかないリュカにここまでの温情をかけてくれるなんて。それを無下にするのは不躾なのかもしれない。

リュカはアルの厚意に感謝し、甘えさせてもらうことにした。

「ありがとうございます。ではお言葉に甘えて、体調がよくなるまでどうぞよろしくお願いします」

アルと身の回りの世話をしてくれる三人のメイドたちに向け、リュカはベッドに座ったまま深く頭を下げた。そのうち年配の二人は一礼をして去ったが、ひとり年若いエマと名乗った女性は去り際ににこりと笑ってくれた。

「そうだ、最後にこれを」

「……？」

二人きりになると、アルから小さな革袋を手渡された。

それはバザン夫妻から給金を受け取るときの袋だったが、以前と違ってずしりと重い。

「あの、これは……？」

「話すとすこし長くなるが、昨日リュカに会いにバザン家に向かう途中で男に道を訊ねたんだ。その男はおまえと一緒に働いていたドニスと名乗り、バザン家までの地図を描いてくれた」

「ドニスさんが……？」

詳しく話を聞くと、その際にドニスはリュカにいつも痛む腕を癒してもらったことを感謝していたらしく、突然仕事をやめたことも心配していたという。

「実はドニスさんには仕事を教えてもらってお世話になって、会うたびにエクラの力を使っていたんです。僕がいなくなってからは、ドニスさんの腕の痛みはさらにひどくなってしまったかもしれません……」

監禁されているあいだは自分のことで精いっぱいだったため、ドニスのことを考える余裕はなかった。しかしリュカが毎日力を使っても改善されないほどの症状だったドニスは、ここひと月近くは相当つらかったのではないかと思う。

「いや、その心配はない。ドニスは荷役の仕事をやめて、知人の宿屋で働くことになったそうだ」

「そうなんですか？」

「ああ、実は昨日のうちにドニスのもとへ使いの者を走らせ、地図を描いてもらった礼とリュカを保護したことを伝えた。その際、荷役の仕事は以前から限界を感じていて、ついにやめる決心がついたと話していた。彼からリュカに、今まで腕を労ってくれてありがとう、と託《ことづ》かっている」

「そんなことがあったんですね。ドニスさんがつらい思いをしていないならよかったです。ご伝言ありがとうございます」

「それで話を戻すが、革袋の中を確認してくれるか」

「………？」

　アルに促され袋を開けてみると、金貨と銀貨が三枚ずつと銅貨が数枚、合計で五十メニルほどが入っていた。

「ドニスから港湾の責任者がリュカの最後の月の給金を預かっていると聞いて、使いの者が代理で受け取ってきたものだ」

「僕のお給金……、こ、こんなにたくさん……」

　バザン夫妻から受け取る際には家賃分を差し引かれていたため、もとの給金がいくらなのかは知らなかった。いつもの五倍ほどある金を目にして、リュカは驚きを隠せなかった。

「あの、このお金は、僕が使ってもいいのでしょうか？」

「もちろん好きに使えばいい。以前もそうしていただろう？」

　実際はほとんどが食費に消えて好きなものを買う余裕はなかったのだが、リュカは曖昧《あいまい》にごまかした。

「体調がよくなれば、城下の街へ買い物にでも行ってくるといい」

「はい……。本当になにからなにまでありがとうございます。ご迷惑をおかけしますが、しばらくお世話になります」

「リュカさえよければ、ずっとここにいていいんだからな」

恐れ多いと思いながらも、今はその言葉を素直に受け止めてうなずいた。

これから騎士育成のための剣術の指導で中庭に向かうというアルをベッドから下りて見送ろうとしたら、「寝ていろ」と厳しい口調で言われてしまった。

室内にひとりになると、体の力が抜けた。

アルにエクラの力を使わないと宣言してしまった。その決断にすこしの迷いはあるけれど、それを取り消す勇気も気力もない。

（こんな立派な部屋で、暮らせるなんて……）

リュカは自分と同じようにすっかり痩せ細ってしまったティロンの眠る姿を見て、この子のためにもそれはありがたいことだと思い直した。

しかし、エクラの力を封印すると決めたせいかリュカの心は虚脱状態で、今はまだそれ以上のことを考える気力はなかった。


それから三日が経った。朝になると必ず、王宮医がリュカの体調を確認しにやって来る。

「顔色はすこしよくなってきましたね。でもまだ体は栄養と休息が足りていない状態ですので油断はしませんように。今日も室内でゆっくり過ごしてください」

「はい、ありがとうございます」

王宮医が去ると、今度は初日にアルに紹介されたメイドのひとり、リュカと年齢の近いエマが料理を運んできた。食事は一日に三回、味つけを変えた具沢山のスープや白パンなど、やわらかく食べやすいものが出されていた。

「お味はいかがですか？」

「とてもおいしいです。エマさんたちにはお世話になっているのに、なにもお返しできなくてごめんなさい……」

「そんなことおっしゃらないでください。リュカ様が早くお元気になるようお世話をすることが、私たちの仕事なんですから。なにもご心配なさらずに、栄養をしっかり摂ってゆっくり休んでください」

「……ありがとうございます」

エマが去ったあと、ベッド脇の卓上に飾られた美しい花を眺めた。これは三人のメイドたちがリュカの気分が晴れるようにと、今朝、庭で摘んできてくれたものだった。

ベッドから下りることもできず睡眠と食事を繰り返すだけの無気力なリュカ相手に、メイドたちは真心をこめて世話をしてくれていた。

周囲の優しさに甘えているだけではいけないという思いはあっても、常に倦怠感が体を支配しているせいでなにも考えられない。ティロンの毛を撫でているうちに抗《あらが》えない眠気に襲われ、昼も夜も関係なく、夢の世界に入ってしまう。

そんな気だるい生活を数日過ごしたある日の夕方、室内が突然騒がしくなった。

メイドたちが慌てて部屋に出入りするさまを見て、午睡《ごすい》から目覚めてティロンと戯れていたリュカは何事だろうと不思議に思った。

「リュカ様、ベッドから下りられますか？」

「なにかあったんですか？」

「私たちも詳しいことは聞いていないのですが……」

戸惑いつつ返事をしたエマが「今の服の上にこちらを羽織っていただきたいのです」と高級そうな衣装を広げて見せた。

そろそろとベッドを出ると、背後から腕を広げるよう指示された。光沢のあるなめらかな素材が袖に通され、心地よい重みを感じた。

「ああ、よかった、ぴったりでよくお似合いです。どうぞこちらへ」

姿見の前へ導かれ、室内着の上から羽織ったものを確認した。

前立てに刺繍《ししゅう》が入った長衣は、妹マリーの瞳のような瑠璃色をしていた。その上からエマが金色の太いベルトを巻いてくれて、腰が絞られた形になると体の線が美しく見えた。

「苦しくないですか?」

「はい。でもこんなきれいな衣装を着せてもらって、いったいなにがあるんでしょうか?」

「実は私たちもわからなくて……。アラン王子殿下のご指示で、リュカ様のお召物をご用意しただけなので」

「アルさんのご指示、ですか……」

エマと二人で首を傾げていると、扉が外側からノックされた。部屋に入ってきたのは噂のアルだ。

「リュカ、体調はどうだ?」

目の前までやって来たアルが、すこしかがんで顔を覗きこんできた。

「あの、たくさん休ませていただいているので、体調は悪くないです」

「そうか。まだ本調子ではないところ無理をさせて悪いが、父上の予定が今日この時間しか空いていなくて、今からおまえを玉座の間へ案内したいんだ。動けそうか?」

「動く、ことはできますが……」

(玉座の間で、国王陛下にお会いする……?)

「ならば行こうか」

突然の誘いに呆然としているリュカの手を取り、アルはゆったりとした足取りで扉へと向かった。

廊下に出ると、燭台《しょくだい》を持った別のメイドが二人待機していた。

「玉座の間では、父と一緒に兄が待っている」

「アルさんのお父様と、お兄様……」

陽が落ちた薄暗い廊下を灯りで照らし先導するメイドに続いて、アルに手を引かれ歩きながら、以前城下の酒場で耳にした噂話を思い出した。

「あの、そういえば、二人の王子様は仲が悪いとみなさん話していましたが……」

「ああ、あれはあの者たちの勘違いだ。兄と俺の性格があまりに違うため、いつしかそのような噂が流れたんだろう」

説明を受け、リュカはアルとは似ていないという第一王子を想像した。

謁見《えっけん》の機会は、先ほど行われた会議の際に急遽《きゅうきょ》アルが得たらしい。衣装を用意してくれたメイドたちが慌てふためいていた理由がわかった。

「ここだ」とアルが立ち止まる。燭台を持った二人のメイドが通路を開け、部屋の前で控えていた門番の二人が観音開きの扉をひらいた。

奥行きのある長方形の間には数名の騎士と文官とおぼしき人物がそろっていて、アルが室内に足を踏み入れるとみな一様に胸に手を当て、首を垂れた。アルは全員に直るよう命じたあと、彼らが先ほどまで官僚会議に参加していた者たちであることをリュカに教えてくれた。

どうやらここは前室らしい。さらに奥にある扉がひらかれ、アルに続いてリュカは玉座の間に入室した。

「よく来られたな、そなたはリュカ殿と言ったか」

「は、はい」

アルよりさらに低音の声の持ち主は、扉の正面の数段高い場所にある立派な椅子に腰かけていた。

アルと目を合わせてから数歩前に出ると、立ち上がった国王が赤いじゅうたんの敷かれた道をリュカの前まで歩み寄ってきてくれた。

「私が国王のクロヴァンだ。アランが世話になっていると聞いている」

「はじめまして、リュカ・モンフィスと申します。アラン王子殿下には僕のほうこそいつもお世話になっています」

「体調を崩しているようだが、ここまで足を運んでもらってすまないな」

「とんでもないです。お目にかかれて光栄です」

握手を求められて恐縮しながらも手を握り、左手を胸に添えて敬意を表した。

凛々しい顔立ちが、クロヴァン王とアルはよく似ている。

「アランはそなたをとても気にかけ、心配しておるようだ。しばらくと言わず、息子の気が済むまでここにいてくれればいい」

「……ありがとうございます」

「こちらは長男のシャルナンだ。亡き妻によく似て、美しい面立《おもだ》ちをしておるだろう」

クロヴァン王の背後に控えていたシャルナンが、リユカに控えめな笑顔を見せた。

色白で線が細く優しい顔立ちのシャルナンは、先ほど言われたように王にも弟のアルにも似ていなかった。

唯一似ているところがあるとすれば、動じる気配のない王族らしい佇《たたず》まいだろう。アルから病気がちだと聞いていたし、実際に顔色は優れないが、シャルナンの背筋はぴしりと伸びて、目には強い力が宿っている。

クロヴァン王はその後、前室から大臣のひとりに声をかけられ、仕事が入ったとのことで忙《せわ》しなさを詫び退室していった。

三人で見送ったあと、シャルナン第一王子がゆったりとした足取りでリユカの前に近づいてきた。

「私はアランの兄のシャルナンと申します。リユカさんの話はアランからよく伺っていました。弟と仲よくしてくださってありがとうございます。これからも弟ともどもよろしくお願いしますね」

やわらかいシャルナンの声は耳ざわりがよく、話す速度も聞き取りやすい。彼には王やアルとは違った独特な魅力があった。

「こちらこそ、どうぞよろしくお願いします」

左手を胸に添え、差し出された手を握る。シャルナンの手は水のようにひんやりとしていた。

挨拶が済み、話をいくらもしないうちにシャルナンが咳《せ》きこみはじめた。

「だ、大丈夫ですか？」

「おか、まいな、く……っ」

そうは言うものの、シャルナンの咳《せき》は止まる気配

がない。

どうすることもできず困惑するリュカの前に、アルが一歩進み出た。

「兄上、部屋へ戻られたほうがいい」

「ああ、そうしよう」

ここにいても咳がひどくなるだけだと判断したのか、アルが声をかけ、シャルナンはリュカに「また会いましょう」と告げると、控えていた侍従《じじゅう》と連れ立って退室した。

シャルナンの姿が見えなくなったところで、アルが話を切り出した。

「兄の咳はいつものことだ。自室で安静にしているあいだは治まっているが、今日は会議に出たせいで悪化したようだ。あとは兄専属の王宮医が診るだろうから、心配には及ばない」

「はい……」

アルはリュカの心情を慮って、そんな話をしてくれたのかもしれない。


しかしシャルナンが出ていった扉を心配そうに見つめるアルの横顔を見ていると、エクラの力を使ったら……そんな考えが頭に浮かんだ。

以前森で、いつか会える機会があればアルの大切な人を救いたいと告げた。

でももしシャルナンの体に手をかざしたとき、どこにも熱を感じられなかったら……。

ヤニクのときのように、自分の力が及ばなかったら――。

暗い思考に耽っていると、アルは何事もなかったように話題を変えた。

「今日は一日、なにをしていた？」

「ベッドの上で過ごしました。なんだか食事を摂ると眠くなってしまって……無気力というか、情けないことになにもする気が起きないんです」

「まだ心が完全には回復していない状態なのだろうな。リュカさえよければ、明日は気分転換に城内を見学してみるといい」

「お城の見学、ですか？」

「ああ、体がつらくなければエマに案内させよう」

覇気がない自覚はあるが、王宮のことは室内以外ほとんどわからなかったため、アルの提案をありがたく受け入れることにした。


「ここに来られたときはどうなることかと思いましたが、すこしずつよくなっているようです。今日は王宮の中であれば自由に散歩してくださっても大丈夫ですよ」

翌日、朝食後に体調を診に来た王宮医はにっこりと笑って、城内見学の許可を出してくれた。その後、アルからリュカの同行を頼まれたエマが着替えを持ってやって来た。

用意してもらったシャツの上にジレを合わせ、脚衣と長靴を履いた。室内ではずっとやわらかい素材の体を締めつけない服を着ていたため、かっちりしたものを身に着けると気持ちが引き締まった。

「中庭に出てみようと思うので、上着も必要ですね」

「あの、それなら……」

リュカはバザン夫妻の家から運んでもらった衣装箱を開けて、アルからプレゼントされた赤いケープを取り出した。

「まあ！　リュカ様の瞳の色とおそろいじゃないですか、とてもお似合いです」

「ありがとうございます。でも城の中を歩くだけなのに、すこし派手でしょうか？」

「派手でなにが悪いんですか。さあ行きましょう！」

「あ、あと、ティロンも連れていっていいですか？」

ティロンはバザン夫妻の監禁から解放されたあとも、ずっと大人しいままだ。

元々活発というわけではなかったが、警戒心が以前より強くなっている。森に行っていたときのように、鞄に入れて一緒に散歩をしたら元気になるかもしれない。

「もちろん、ティロン様も行きましょう」

エマの了承を得、斜めがけの鞄にティロンを入れて部屋の外へ出た。

昨夕は薄暗くてきちんと見られなかった廊下をゆっくりと見回しながらエマに続く。

白を基調とした天井には美しい彫刻が施され、中庭に面した壁には縦長のアーチ窓がずらりと並んでいる。ずっと先まで続く廊下は明るく、室内よりもまぶしいくらいだった。

王宮内には数えきれないほどたくさんの部屋があり、リュカはエマから大まかな説明を聞きながら混乱していた。モンフィス家の屋敷もそこそこ広かったが、当然ながら規模がまったく違った。

城の中央に位置する大階段を下りて中庭に出る。

「王宮には、東側と西側にひとつずつ、用途が違う中庭があるんです」

王城の建物は左右対称の造りになっていて、中央の大階段を軸に、東と西にそれぞれ中庭がある。

東に位置する中庭では騎士たちによる剣術や弓術の稽古が行われており、対してこちらの西の中庭はひなたぼっこをしたり、絵を描いたり、詩を朗読したりと、王宮に住む貴族たちがひと息つくための空間になっているのだという。

案内された四阿《あずまや》のベンチに腰かけ、エマのはからいで厨房《ちゅうぼう》から運ばれてきたポットの紅茶をカップに注いでもらった。

寒い外であたたかい紅茶を飲むと、ほっとやわらかい息がこぼれる。鞄の中のティロンに外に出て遊ぶかと誘ってみたが、小さく鳴いただけで顔を引っこめてしまった。

「ティロン様は今日も元気がないのかしら……」

「ごはんはしっかり食べるし、ちゃんと眠ってるから体調は悪くないとは思うんですけど……」

リュカに対しては怯えることなく接するが、王宮に来て新しく出会った人に対してティロンは近づこうとしない。バザン夫妻につけられた心の傷が原因だとわかっているが、いつになったら回復するのだろう。

そのとき、建物の一階の窓越しに廊下を歩くサリムの姿が見えた。

ベンチに座っていたリュカは立ち上がり、そちらに向かって手を振った。サリムも赤いケープを羽織ったリュカに気づいたようで、中庭に続く扉から外に出てきてくれた。

「サリムさん」

リュカが名前を呼ぶと、サリムが返事をするより早く鞄からティロンがぴょこんと顔を出した。

「ニャァー！」

「あ、待って」

鞄から飛び出ようとするティロンを抱え上げる。

ついさっき声をかけても出てこなかったのに、サリムの名前に反応して興奮しだしたようだ。王宮に来てからティロンに元気がなかったのは、もちろん長期間の監禁によるストレスもあっただろうが、サリムに会えなかったことも原因のひとつなのかもしれない。

「リュカさん、お久しぶりです。体調はいかがですか？」

「おかげさまで体のほうはすこしずつよくなっています。このあいだはアルさんと一緒に助けてくださって、本当にありがとうございました」

あれからはじめて会うサリムにあらためて礼を告げると、「無事でよかったです」と無表情だが優しい声で返してくれた。

「ティロンも元気かい？」

「ニャーア！」

「さっきまで元気がなかったのに……サリム様にこんなに懐くなんて……」

エマはティロンのあまりの変わりようと手懐けているサリムの意外な特技に驚いたのだろう、うっかり呟いた言葉は独り言《ひとりごと》だったようで、慌てて口元を隠して話題を変えた。

「ところで、リュカ様はアラン王子殿下やサリム様とどちらで知り合われたんですか？」

「お城の近くに森があるでしょう？　アルさんとサリムさんとは休日にそこで会って話をする仲だったんです」

「近くの森って、御料林《ごりょうりん》のことですか？」

「ごりょうりん？」

エマの口からはじめて聞く単語が出てきて、リュカは首を傾げた。

となりではサリムがすこし気まずそうな表情を浮かべていたが、あきらめたように「アラン様から口止めをされていたんですが」と切り出した。

「実はリュカさんと会っていたあの森は国王陛下の所有物で、一般の民は立入禁止なんです」

「え……っ！　立入禁止？」

衝撃的な事実に、リュカはここ最近の倦怠感を捨てて頓狂《とんきょう》な声を上げた。

「ええ、御料林は城壁に沿って細長い形で広がっていますが、見張りの者は王城側にのみ配置されているんです。町側の一帯は針葉樹の高木が隙間なく植えられていて、警備は基本的に配置しておりません。民も立入禁止だとわかっていて、わざわざ入ってくる者がいなかったので……」

御料林だと知らなかったのは島からやって来たばかりのリュカだけだったようで、本土の民はみな、あの場所に近づかないのだという。

たしかに町側からの入り口は、高い木が密集していて霧が立ちこめていた。はじめは怖くて入るのをためらった記憶がよみがえる。

森で人に会わなかったのは早朝の時間帯だからか、もしくは外観が恐ろしいからかと考えていたが、そもそも入ってはいけない場所だからだった。

散歩しやすい道があり、美しい植物がたくさん群生していたのも、あの森が王室の管理のもと保全されていたからだと説明されて納得した。

「す、すみません。僕、森が国王陛下のものだとは知らなくて」

とんでもないことをしてしまったと頭を下げると、サリムが問題ないと言った。

「最初に会ったとき、リュカさんに御料林であることを説明して入らないように注意することもできましたが、アラン様はそうされなかった。あなたが十日に一度の休みに森へ来て癒されていることを知った上で、立入禁止であることは伝えない選択をされたんです。それはアラン様の決めたことですから、リュカさんはなにも悪くありません」

日が昇ると王室の森林保全係の者が森の中を歩き回るらしいが、リュカが来る日だけは彼らに待ち合わせ場所のブナの老樹付近に近づかないよう、アルが命じていたらしい。保全係には、たまには気分転換の散歩をしたいからと言って納得してもらっていたのだとサリムが教えてくれた。

アルの配慮に驚き、感動しつつも、サリムにも迷惑をかけたことを反省する。

「あの、サリムさんもお忙しい中、休日の僕にお付き合いくださってありがとうございました」

「いいえ、アラン様はあなたに会うのを楽しみにされていましたし、私もティロンに会いたかったのでなにも問題はありません」

アルは禁忌《きんき》を犯してまで、リュカのために時間と労力を割《さ》く選択をしてくれた。多忙な中、散歩に付き合って親身に話を聞いてくれたアルの温情を知って、小さな感動に包まれる。

(アルさんにはいつも、嬉しいことをしてもらってばかりだ。僕もなにかお返しがしたいけど、アルさんはなにをしたら喜んでくれるだろう……)

こんなによくしてもらっているのに、自分はアルを喜ばせる方法がわからないのが悔しかった。尽くしたい欲求とそうできない焦りが相克《そうこく》し、胸に詰まった思いがあふれ出しそうになる。

(なんだろう、この気持ち……)

引っかかるものがあったが、サリムとエマとティロンと楽しい時間を過ごすうちに、それはうやむやになった。

昼近くになり、中庭から部屋に戻るためエマと一緒に廊下を歩いていると、錠前がかけられた木製の扉が目に入った。

「ここはなんの部屋ですか？」

「こちらは王宮内図書館です。とは言ってもほとんど利用する方はいらっしゃらなくて、シャルナン王子殿下の書斎と言われています」

「シャルナン王子殿下の、書斎？」

リュカはつい昨日会ったばかりの、美しく儚《はかな》げなシャルナンの顔を思い浮かべた。

エマの話によると、午後から数時間だけ開館しているが、ちょうど貴族にとっての茶会や昼寝の時間に当たるため、人の出入りはすくないようだ。

蔵書は学術書が多く、幼いころから読書好きだったシャルナンは、ここにある本を半分以上は読んだという噂があるらしい。

「僕も利用できますか？」

「もちろんです。この中で読むこともできますし、借りていくことも可能です。リュカ様のお部屋から近いので、午後の開いている時間帯にぜひご利用ください」

「ありがとうございます」

城内の見学を終えて部屋に戻り昼食を食べると、久々に体を動かした疲れでまた午睡に耽ってしまった。そのあいだにアルが仕事の合間を縫《ぬ》って、リュカの様子を見に来ていたことを夕方に目覚めたときにエマから聞いた。

「アラン王子殿下がリュカ様の寝顔を見られて、今日は顔色がいいとおっしゃっていましたよ」

「そ、うですか」

眠っている気の抜けた顔を見られたことが恥ずかしくて赤くなっていると、エマが明日は城下の街へ出かけてみてはどうかと提案してきた。

「リュカ様が昼に活動することで体調が整うのであ

れば、馬車を用意するので街まで行ってみるといいと殿下がおっしゃられたんです」

「アルさんがそんなことを……」

また一方的に気遣われてしまったが、今日一日サリムやエマやティロンと一緒に外の空気を吸ったことで気持ちが明るくなったことはたしかだった。

「あの、ではお言葉に甘えて、明日は城下街まで出かけてみようと思います」

「わかりました。アラン王子殿下の侍従の方へ私からそのようにお伝えしておきますね」

「よろしくお願いします」

いつまでも眠って食事を摂るだけの生活ではいけないことはわかっていながら、気力が湧かないせいでなかなか動き出すことができなかった。アルがそんなリュカを労りながらも、きちんと先に進むように促してくれている。

(アルさんって、なんでこんなに親切なんだろう……)

ときめく胸の鼓動をやり過ごしながら、リュカは次にアルに会ったら森を追い出さないでくれてありがとうと必ず伝えようと思った。


翌朝、リュカは給金の入った革袋を斜めがけの鞄に詰め、出かける準備をした。

王宮に来て、今日で八日が経つ。

バランスのいい食事と十分な睡眠が取れているおかげで、体調は日ごとによくなっている。毎朝やって来る王宮医からも、体重は標準よりすくないが貧血や栄養失調の症状は改善されつつあると言ってもらえた。

準備が整い、ティロンの世話をメイドたちにお願いして一階まで下りると、玄関広間に待機していた乗馬服を着た御者の男が「馬車をご用意しております」と丁寧にお辞儀をした。

「今日は一日よろしくお願いします」

「こちらこそ、安全第一でリュカ様を城下までお運びいたします。もし途中で体調が優れないようなことがありましたら、こちらのベルでお知らせくださ い」

乗車の前にハンドベルを手渡され試しに鳴らしてみると、思いのほか大きな音がして二人で笑った。

街のことならなんでも知っているという御者に、薬の材料が売っている店まで案内してもらうことにした。

男は行き先を聞いて「薬ですか？」と驚いていたが、体調が戻りはじめた今、いつまでもアルの世話になるわけにはいかないし、荷役の仕事はやめてしまった。エクラの力を使うことをあきらめたリュカにできることといえば、薬を調合することぐらいだった。

前庭から城門を抜け、半時間ほど走った馬車が小路の突き当たりにある一軒の店に到着した。中に入ってみると、薄暗い店内は草と獣の匂いが入り混じった不思議な芳香がした。

「ここは城下でいちばん人気のフェリクス診療所に薬を卸《おろ》している生薬《しょうやく》店です。種類もたくさんあって、ちょっと匂いはきついですが……」

入り口付近で鼻をつまんでいる御者に外で待っていてくださいと伝えて、リュカは店の奥へと進んだ。

壁に備えつけられた棚《たな》には、ずらりと生薬の名前が書かれた瓶が並んでいる。モンフィス家の薬草園で栽培されているものもあるが、めずらしい植物の名前もいくつか見えた。

その中で『白及《びゃくきゅう》』と書かれた瓶が目についた。

白及とは、シランというラン科植物の球形の茎の部分だ。リュカは実際目にしたことはないが、薬学の書物で紫色の美しい花を咲かせると読んだことがある。

「いらっしゃいませ。お客様、はじめて見かけるお顔ですな」

「こんにちは。生薬をいくつかいただきたくてお邪魔しました」

分厚い丸眼鏡をかけた初老の男性店主が店の奥から顔を出した。リュカは先ほどから気になっていた瓶を指差し訊ねた。

「あちらの白及は、どこで仕入れたんですか？　シランは東方諸国でしか見られないと聞きますが」

「ええ、よくご存じで。実は私は母がテンヨウ人でして生まれが東方なんです。このシランは故郷のつてで旅商人から買っているんですが、若いのに白及がシランの偽球茎《ぎきゅうけい》だと知っていらっしゃるとは。どこかで学ばれたのですかな」

「僕はコルマンドの大陸北西にあるクルカ島の出身なんですが、小さいころから伯母に薬学を教わっていました」

「ほう、クルカ島で……」

出身地を教えてくれたのでリュカも故郷を明かしたら、老店主は丸眼鏡の位置を正して赤い瞳をじっと見つめてきた。

「クルカ島にひとつだけあるモンフィス診療所は古くからのお得意様なんですが、ご存知ですかね？」

「えっ！」

ご存知もなにも、自分の家だ。

「月に一度、所長のスルヤさんがいらっしゃるんです。つい十日ほど前にも来られたところで」

老店主の話を聞いてどきっとした。十日早ければここでスルヤとばったり会っていた可能性もあったのだ。

モンフィス診療所の薬の調合には庭の薬草を使うこともあったが、スルヤが本土に出向いて調達してくることもあった。それがこの生薬店だったらしい。

「実は、僕はモンフィス家の人間なんです。いつも伯母がお世話になっています」

ここまで話を聞いて隠すわけにもいかず、リュカはあらためて頭を下げた。

「その赤い瞳からして、もしかするとあなたがリュカさんですかな？　実はスルヤさんからはよく、亡くなった妹さんの子である双子の話を伺っているんですよ。仲が良く、とてもかわいらしい甥《おい》と姪《めい》だとね」

「スルヤ伯母さんが……？」

「ええ、ええ。スルヤさんはいつ来られても双子のお二人のお話ばかりです。姪っ子のマリーさんは、編み物が得意なおしとやかな女の子だと伺っています。甥っ子さん……リュカさんのことは、将来有望な妹思いの男の子だと言っていましたよ」

「将来有望、ですか？」

「小さいころから庭遊びが好きな子で、薬草について教えたらみるみる吸収して、まだ若いのに診療所の老薬師が太鼓判を押すほどの知識を持っているとね。あの子をここに連れてきたらきっと喜ぶだろうといつもおっしゃってましたよ」

「伯母さんが、そんなことを……」

意外な話を聞いて、リュカは目を丸くした。

母の死の直後から厳しく育てられてきたため、スルヤのことは苦手だったが、決して嫌いなわけではなかった。それでも笑顔のない彼女に手放しの愛を感じることはなかったように思う。

それがバザン夫妻に監禁され、たくさんの人を相手にエクラの力を使ったことで、モンフィス家にいたころはスルヤがリュカの体調を考慮して客を選定してくれていたのかもしれないと気づくことができた。

そして、遠く離れた馴染《なじ》みの店主に、自分たち双子の自慢話をしてくれていたことを知った。

（スルヤ伯母さんのこと、ずっと誤解してたのかもしれない……）

大切に思っていなければ、医者をやめてまで双子の育児に専念しないだろう。

島を出て離れて暮らすことで、リュカはスルヤの愛情の深さをはじめて知った気がした。

（エクラの力が使えなくても、本土できちんと仕事をして、いつかスルヤ伯母さんに感謝の言葉を伝えられるように頑張ろう……！）

将来有望だと期待を寄せてくれたスルヤのためにも、リュカは薬師として人の役に立つことをしようと決意をかためた。

それ以上なにも聞かれなかったので、老店主はモンフィス家の双子の伝承やエクラの力のことは知らないのだろうと推察できた。リュカが現在家出中であることも、スルヤはここでは話していないようだ。

「いやはや、お会いできて嬉しかったです。小さい店ですが、ゆっくり見ていってくださいな」

老店主に促され、リュカはいろいろな瓶の中身を見せてもらったり、生薬やドライハーブの有効な使い方について話し合ったりした。

モンフィス家を出てからは目にしていなかったたくさんの生薬に囲まれると楽しくなってきて、気づくと給金の半分以上を使っていた。

白及はあかぎれによく効く。少々高値だったが、めったに入らないという話を聞いてこれも買っていくことにした。

「ありがとうございました。また来ます」

「ぜひ、お待ちしています」

老店主に別れを告げ、次は御者に市へと連れていってもらった。

骨董《こっとう》を扱っている露店では、純白の羽根ペンが目に入った。店主に聞くと、それは白鳥の風切羽《かざきりばね》だと言う。リュカはその美しさに一目惚れして、これを世話になっている王宮医へのプレゼントにしようと決めた。

帰りも馬車で送ってもらえるため、最後に蜜蠟《みつろう》や精油に食用油、貼り薬用のクレイなど重いものも購入した。給金の入った革袋の中はほとんど空になってしまったが、満足のいく買い物ができた。

馬車に荷物を積む際、御者の男が手伝ってくれたのだが、時折り顔をしかめている。聞けばどうやら昨日から腰を痛めているらしい。

つらそうにしている彼の腰に無意識に手を当てよ

うとして、リュカはエクラの力は使わないと決めたことを思い出し、御者には「無理をしないでくださいね」と声をかけるに留めた。

「今日は一日お買い物に付き合ってくださりありがとうございました」

「いえいえ、お役に立てて光栄です。またいつでもお供しますよ」

「近々、時間が空いたときにでも僕の部屋を訪ねていただけますか？　いいものを用意しておきますので」

「…………？」

　御者は不思議そうな顔をしながらもうなずいてくれた。

　王宮の部屋に戻ると、メイドの三人はリュカの大荷物を見て目を丸くした。

「なにをそんなに買いこんだんです？」

「薬やら油やら、気づいたらこんなに買っちゃいました」

　薬と聞いて心配する三人に、自分の体が悪いのではなく調合するための材料だと説明した。

「リュカ様は薬の調合ができるんですか？」

「はい、小さいころから家族に薬学を習っていたんです。実は今日、あかぎれによく効くめずらしい生薬を手に入れたので、これで練り薬を作ってみようと思っているんです。もしうまくできたら、みなさんで使ってみてくれませんか？」

　勢いこんでお願いすると、三人は目を合わせて戸惑った表情になった。

「もちろんリュカ様のご厚意は嬉しいのですが、アラン王子殿下のお客様に私たちがそこまで気を遣っていただくわけにはいきませんし……」

　荒れた手を後ろに隠した彼女たちに、リュカは勘違いをさせてしまったと、慌てて言葉を継いだ。

「あの、違うんです……！　気を遣っているわけではなくて、僕が作りたいだけなんです。ここ最近は生家で学んだ薬学から遠ざかった生活を送っていたので、また薬を調合できることが嬉しいんです。それにお世話になっているみなさんに使ってもらえたら、もっと嬉しいなって思って」

　恩返しがしたい気持ちもあるし、自分のためでもあることを正直に伝えると、三人はほっとした表情で顔を合わせ「それならばありがたくちょうだいします」と言ってくれた。

　夜になり、ティロンとともにベッドに入ったところ、扉がノックされた。

　蠟燭の灯りは消され、暖炉に残った火もすでに消えかかっていた。

「もう寝てしまったか」

　アルの独り言が聞こえて、リュカは咄嗟に体を起こした。

「お、起きています！　どうぞ」

　昨日と一昨日《おととい》は会えなかったので、遅くても部屋まで来てくれたことが嬉しかった。

「ベッドから下りなくていい。体調はどうだ？　今日は街まで出かけて疲れたんじゃないか？」

「アルさんが馬車を用意してくださったので全然疲れてません。薬の材料もたくさん買えて、とても有意義な時間を過ごせました」

　礼を言って今日購入したものとモンフィス家から持ってきた調剤道具を並べたテーブルを手で指し示すと、アルはランプの光をそちらに近づけて目を見ひらいた。

「あれを全部買ってきたのか？」

「古びた道具は昔から愛用しているものですが、それ以外のものは全部。いただいたお給金を一日でほとんど使ってしまいました」

　メイドたちにもアルにも指摘され、リュカは計画も立てず買い過ぎたことを今さら恥ずかしく思った。

　生薬をなにに使うのかと聞かれ、民間薬やハーブティーを作って世話になっている王宮の人たちにプレゼントしたいと思っていることを話した。

「それでは、自分のものはなにも買わなかったのか？」

「すべて自分のものですが……？」

「いや、たとえばリュカの着たい服や食べたいものや、欲しいものはないのか？」

問われて考えてみるが、なにも思いつかなかった。

それは王宮で生活するようになってから、贅沢過ぎるほど与えられているからだ。

「この素敵な部屋に住まわせてもらって、着心地のいい服を着させてもらって、おいしくて体にいい食事もいただいて、僕がなにも欲しくないと思えるのは、アルさんをはじめ、王宮のみなさんがよくしてくださっているからです」

バザン夫妻の屋根裏部屋に住んでいたときは、食料を買うだけで精いっぱいで、必要だった毛布や上着ですら手に入れることができなかった。だから今のように薬の材料を買おうなどという考えは、頭に浮かぶことはなかった。

「リュカは変わっているな」

しみじみと呟かれ、自分はどこかおかしいのだろうかと不安に思っていると「いい意味で言ったんだ」とアルは付け足した。

「おまえからのプレゼントを受け取る者たちは、きっと喜ぶことだろう」

アルが断言すると本当にそうなる予感がして、リュカは微笑んだ。

「すこし、覇気が戻ってきたようだな」

「え……？」

真剣な目をしたアルに顔をじっくり覗きこまれ、心臓が跳ねる。

消えかけの暖炉の火とランプの灯りだけの薄暗い部屋で、近くなったアルの顔は濃い陰影に覆われ、いつもより色気が増して見えた。

「あんな目に遭ったんだから回復に時間がかかるのは当然だが、それでも再会して以来、なかなか笑顔が見えないから心配していたんだ。血色もよくなってきているようだし、買い物をして前向きな気持ちになれたのならばよかった」

「はい。実は今日立ち寄った城下の生薬店の店主さんが、スルヤ伯母さんの知り合いだったんです」

どういうことかと訊ねられ、スルヤがモンフィス診療所で使用する生薬を、定期的に本土で調達していたことを話した。

「家では厳しくて怖かったスルヤ伯母さんが、生薬店の店主さんにマリーと僕の自慢話をしていたと聞いて……驚きました」

リュカは店主との出会いを通してスルヤに薬師として期待されていることを知り、前向きな気持ちが芽生えたことをアルに伝えた。

「城下の街に出かけたことで、素敵な出会いに恵まれました。アルさんが外出を提案してくれたおかげです」

「役に立てたのなら光栄だ」

アルの穏やかな表情を見てひと呼吸おき、リュカは姿勢を正した。

「今日はもうひとつ、アルさんにお礼が言いたいんです」

「礼とは……？」

思い当たることがないらしく、アルは眉間を寄せた。

「一昨日、サリムさんから御料林の話を聞きました。僕たちが会っていたあの森は一般の民は立入禁止なのだと。けれどアルさんは僕の休日の癒しを奪わないようにと、本当のことを隠して忙しい中、一緒の時間を過ごしてくれていたんですね」

「サリムのやつ、言わなくてもいいことを……」

「サリムさんに教えられなくても、いずれ知ることになったと思いますよ」

「まあな」

秘密がばれて気まずいらしく、アルはめずらしく目を泳がせてリュカから視線を逸らした。

暖炉の火が完全に消えて、ランプの灯りひとつの室内は静寂に包まれた。アルがふたたびこちらを見たタイミングで、リュカは口をひらいた。

「アルさん、いろいろとありがとうございます」

「なんだ、あらたまって」

寒い日にもらったケープのこと、立入禁止の御料林のこと、バザン夫妻から助けてくれたこと、王宮に保護してくれたこと。その全部に心をこめて感謝の思いを伝えた。

「だけど僕はこんなによくしてもらっているのに、アルさんになにも返せていないのが悔しいです」

今日の買い物で、王宮医やメイドへのプレゼントは買えたのに、アルのために選ぶべきものだけがわからなかった。

（アルさんはなにが欲しいんだろう。どうすればアルさんを喜ばせることができるんだろう……）

そのとき、ほのかな灯りに照らされた目の前の表情がやわらかくほどけるのが見えた。

「そんなことで悩むな。王子であることを告白したあとも、リュカは敬意を表しながらひとりの人間として俺と接してくれている。王子だと伝えればみな距離を取り、態度を変えて崇めるようになる。それが当然のことだと思っていた。だけどおまえは今まで築いた関係を継続してくれた。恵み与えられるものに感謝した上で、お返しがしたいだなんて言われたことははじめてで、俺はその気持ちがなにより嬉しい」

薄暗闇で静かに語られるアルの言葉が心にじわりと染み入る。

リュカにとってアルは、王子である前にひとりの人間だった。

「僕にとってアルさんは王子様であってもそうでなくても、とても大切な人で、それは絶対に変わりません。だから一方的にもらうだけじゃなくて、僕も幸せをお返ししたいです」

そこで沈黙が訪れた。

張りつめた空気の中、アルが一度つむった目をゆっくりとひらく。

「俺がおまえからもらいたいものは、ひとつしかない」

(アルさんが、欲しいもの……?)

ひとつしかないという、それはいったいなんだろう。

ひたむきな視線にさらされ、次第に高鳴る心音に戸惑いながらも、アルの欲しているものを知りたいと強く思った。

目を逸らさず見つめ返していると、リュカの思いが通じたのか、アルが答えをくれた。

「リュカの心が欲しい」

「こ、ころ……」

「ああ、俺はリュカと恋人の関係になりたい。おまえのことを愛している」

「あ……」

(愛……)

アルの口からその言葉が告げられた瞬間、火を飲みこんだかのように心臓のあたりがカッと熱くなった。

(アルさんが、僕を、僕を……?)

予想外の答えに頭は追いつかず、ただ興奮がリュカの体を駆け巡る。

見つめ合った状態でしばらく経ち、アルは返事を欲しているのかもしれないと思った。

それなのにリュカは突然の愛の告白に動揺して、ひと言も発せない状態でかたまってしまっていた。

そんなリュカを見てアルは一旦視線を外し、苦笑した。

「す、すみません。考えもつかないことだったもので、驚いてしまって……」

「いや、こちらこそすまない。リュカはまだ体が本調子でなく、エクラの力のことで悩み心が不安定な状態だ。こんなときに伝えていいものかと思ったんだが、おまえを思う気持ちは自身の心に留めておけないほどのものになってしまっていたようだ」

「…………」

アルの真摯な思いはリュカの鼓動をさらに速め、気持ちを混乱させた。

「返事はおまえの気持ちが定まってからでかまわない。俺は何事にも気が急《せ》くところがあるから、リュカは流されずに、俺の思いに応えられるかどうか、ゆっくりと考えてみてくれないか」

「……は、い」

なんとか声を絞り出したものの、アルの告白に動揺してしまって、今の時点でリュカはなにを考えればいいのかさえもわかっていなかった。

「おやすみ、いい夢を」

「あの、アルさんもゆっくり休んでください」

暗闇に響く足音が遠ざかり、ひとりになった部屋の中でリュカは震える息を吐いた。

心臓は得体の知れないものに憑かれてしまったかのように、まだ胸を内側から激しく叩き続けていた。

(アルさんが、僕のことを愛しているって)

信じられないけれど、アルが嘘をつくとは思えない。

アルの言葉は真実なのだろう。

アルが自分の心を、愛情を欲している。

(どうしよう……嬉しい……)

リュカの心はアルに愛されているという事実に支配され、歓喜に包まれた。

その夜はいつまでも心音がトクトクと響いていた。


王宮二階廊下の突き当たり。大きなアーチ窓からは、東の中庭で若い騎士相手に剣術を教えているアルの姿が見える。

騎士たちによって振り回される剣をひらりひらりと躱《かわ》すアルの表情には余裕があって、その力の差は明らかだった。

アルは王子でありながら剣や弓の技術が優れているため指導係を担《にな》い、軍務の一環として若い騎士を育成しているとサリムから聞いた。

コルマンド王国は現状、陸続きの大国スハイセン王国をはじめ、周辺諸国と比較的良好な関係を築いているため戦争の気配はなく、軍務は防衛が主だ。アルの武術の教えは人を殺《あや》めるためのものというより、護身術で騎士の精神や所作を身につけるための修養に近いところがあるようだ。

無駄のない引き締まった体がしなやかに動く。足腰は安定し、背筋がすっと伸びて体に軸が一本通っているようだった。

以前、森でアルにエクラの力を使ったとき、その形のいい脚に見惚れて無意識に膝から足首にかけて手を滑らせてしまったことがある。アルの美しい肉体は、毎日の鍛錬《たんれん》の中で形作られたものなのだとあらためて感心した。

アルの告白から六日が経とうとしていた。

王子を相手に心のおもむくままに返事をしてもいいものなのか。

はじめは戸惑いと歓喜で自身の気持ちと向き合う余裕はなかったが、最近はそんなことを考えるようになった。

偶然姿を見つけ、時間を忘れて眺めてしまうほど、アルに惹《ひ》かれる思いはリュカの中で次第に恋心へと変わりはじめていた。

アルの一挙手一投足から目を離すことができず、必死で稽古に励んでいる若き騎士たちと同じ熱量で見つめていると、背後からそっと肩を叩かれた。

「リュカさん？　ここでなにをなさっているんですか？」

「シャ、シャルナン王子殿下……！」

振り返るとそこには、シャルナン第一王子が立っていた。

「王子殿下だなんてかしこまらないで、シャルナンで結構ですよ」

やわらかな微笑みを向けられて、リュカは対応に困った。

アルと違い、はじめから王子だとわかっているシャルナンを名前で呼ぶことは失礼に当たるのではないかと躊躇する。けれど彼もアルと同じように、王族としてではなくひとりの人間として誰かと向き合いたいと思っているのかもしれない。

「シャ……シャルナン様、体のお加減はいかがですか？」

思いきってそう呼びかけてみると、シャルナンは笑みを深くした。

「今日は調子がいいようです」

一歩前に歩み出てリュカのとなりに並ぶと、シャルナンはアーチ窓に顔を近づけた。そこには先ほどと変わらず武術の指導に励むアルの姿がある。

「アランは本当によくできた自慢の弟です」

慈《いつく》しむように目を細め、階下を見下ろすシャルナンの横顔は儚く美しかった。

リュカは妹マリーから自身に向けられる愛情に似たものを、シャルナンがアルを見つめるまっすぐな視線の中に感じ取った。


「もしお時間があれば、今から私の部屋で一緒にお茶を飲みませんか？」

「え、そんな、いいんですか……？」

「もちろん」

シャルナンが手で指し示す先、奥まった通路の突き当たりにある一室がシャルナンの部屋なのだという。

ぜひと請われて、恐縮しながらもシャルナンに続いて室内へと足を踏み入れる。扉は二重になっており、廊下側の扉の前には門番が控えていた。

中は王子の部屋なのだからさぞかし煌びやかなのだろうと想像したが、そこはリュカに与えられている客室よりずいぶん質素だ。華美な調度品のないすっきりした室内を見回していると「きらきらしたものは苦手なんです」と苦笑しながら教えてくれた。

ソファに座ったところで、メイドが紅茶と菓子を運んできた。シャルナンと二人だけの小さな茶会がはじまる。

シャルナンはリュカの知らないコルマンド王国の話をたくさん聞かせてくれた。

歴史に詳しく、哲学好き。そんな一面を知り、行動派のアルと理論派のシャルナンは兄弟でうまくバランスが取れているように感じた。

「リュカさんにはご兄弟はいらっしゃいますか？」

「はい、マリーという妹がひとりいます。マリーはどんなときも、自分のことより僕のことを思いやってくれる優しい女の子なんです」

本土に行きたいと言ったとき、マリーは自分を残して厳しい監視下から抜け出す兄を責めもせず、寂しさを訴えるより先にリュカの心配をしてくれた。

マリーの姿を思い描いていると、となりでふふ、と小さく笑う声がしてはっと我に返る。

「リュカさんはきっと、妹さんが思いやりたくなるような人なのでしょうね」

紅茶のおかわりを持ってきてくれたメイドに、シャルナンは「今は調子がいいからしばらく席を外してかまわない」と告げた。

室内に二人きりになってしばらくすると、シャルナンが静かに口をひらいた。

「年が明け、四の月には次期国王が決定しますね」

「ええ」

次期国王が発表されるクロヴァン王の誕生日まで、半年を切っている。

「アランが信頼しているリュカさんだからお話できることですが、私は弟にその役割を任せたいと思っているんです」

カップを優雅に手に取り、シャルナンはそれまでのたわいない会話と同じ調子で心の内を明かしてくれた。

アルのほうも、街の酒場で第一王子のほうが国王向きだと言っていたことを思い出す。

リュカは兄弟のどちらが王になっても、コルマンドを正しい方向へと導いてくれるように思えた。二人が陰で王の座を譲り合っていることからも、その適性を互いに感じ取っているのがわかる。

「僕は、シャルナン様とアルさんのどちらが王様になってもコルマンドの繁栄は約束されると思います」

「ふふ、ありがとう。でも私はやはりアランに任せたいかな。もちろん民のために王位継承者として王国を治めたい気持ちはありますが、付き合いの長い病はもう私の一部だと思っているからこそ、そのせいで誰かに迷惑をかけてしまうのがつらいんです」

弱音を吐きながらもシャルナンの表情は清々しく、本心を伝えることを躊躇しない強い人なのだと感じた。

そのとき、シャルナンが前のめりになった。ガシャンと音がして、ソーサーの上で横向きになったカップから紅茶がこぼれる。

「どうされましたか！」

手で口をふさぎ、苦しそうに咳きこみ出したシャルナンは、もう片方の手で扉を指差した。侍従に伝えてくれという意味だろう。

「呼んできます！」

内側の扉をひらくとすぐそばに控えていた門番に事情を説明した。室内の王子の様子を見て青くなった門番は、王宮医と侍従を連れてくると言い残し、慌てて廊下に出た。門番の驚き方からしても、ここまでの発作はめずらしいことなのかもしれない。

室内に戻ると、シャルナンは先ほどより苦しそうだった。初対面のときの発作とは様子が明らかに違っている。

シャルナンの青白い顔は今では真っ赤に染まって、つい今しがたまで穏やかに話していたのが嘘のようにぜいぜいと呼吸を乱している。

王宮医はすぐにやって来るのだろうか。その一刻のあいだに症状がさらに悪化してしまったら……。

（エクラの力を使おう……！）

アルの大切な人を救わなければ。その思いはリュカ自身がシャルナンと打ち解けたことで、より強まった。

けれどいざ力を使おうと思っても、体が動かない。脳内は一瞬で、監禁生活の記憶に埋め尽くされる。黒頭巾をかぶった闇の視界の中、必死で力を使った日々。けれど力は及ばず、救いたかった人の命は消えてしまった。

熱を感じられない体、万能ではない力、そのせいで消えていく大切な命……。

そんなことを考えているうちにも、シャルナンの発作はひどくなっていく。

(怯えてる、場合じゃない……っ)

リュカは自分を奮い立たせて、シャルナンの細い喉元に手を当てた。

「シャルナン様、どうか僕のことを信じてください」

「………っ！」

シャルナンの体は一瞬強張ったが、リュカの真剣な表情を見るとすぐに力が抜けた。眉間にしわの寄った顔で、激しい呼吸を繰り返しているシャルナンの痛みの根源を探る。

(あった)

不安に反して手のひらに熱いものが触れた。シャルナンが自身の一部だと言った根深い病は、エクラの力を拒否するように体の深部に沈んでいる。

伯母のスルヤからは、慢性的な病を抱える者の急性の発作には力を使うなと何度も忠告されていた。それはリュカの体力の消耗が著しく、吸収することで危険が及ぶ可能性があるからだ。

(もし、また失敗したら……)

迷いを残したまま、指先に届きそうな病の根源となる熱塊を引き寄せる。その熱さから今の自分の手に余る強さを感じ取った。

(だめ、だ……っ)

一瞬のためらいのせいで、エクラがリュカの体からすっと消えた。

届きそうだった熱が、あっという間に遠ざかっていく。

「シャルナン殿下！　いかがなさいましたか……！」

扉がひらき、背後からやって来た王宮医が、リュカの体を押しのけシャルナンに寄り添った。

「シャルナン殿下、もう大丈夫です。あとは私にお任せください」

シャルナン専属の王宮医の言葉を聞きながら、リュカは這いつくばった体勢で、顔から滝のように流れ落ちる汗が床に小さな水溜まりを作る模様を呆然と見つめていた。

その後の記憶はない。ただ顔からだらだらと汗が流れ落ちるのに、体が異常に寒かったことだけは覚えている。


ベッドで目覚めた瞬間、顔を覗きこんでいるシャルナンと目が合った。

「気分はどうですか?」

「シャルナン様、僕は……?」

「一時間ほど前にそこのソファの前で倒れました。私専属の王宮医の診断は過労と貧血で、しばらく安静にとのことです」

「そう、ですか……。ご迷惑をおかけして申し訳ありませんでした。それより、シャルナン様のお体は……?」

「発作は治まりました。強い薬は癖になると効かなくなってしまうので普段は控えているのですが、リュカさんとすこしお話をしたくて、今日は無理を言って処方してもらいました」

シャルナンの顔色は優れず、発作が治まったというのは一時的なものなのかもしれない。そこまでして話がしたいという内容はなんとなく想像できた。

「リュカさん、あなたは先ほど私の喉に触れて、なにかをしようとしましたね?」

「……はい」

シャルナンは発作の最中に、リュカが自身の喉元に触れたことについて説明を求めた。

「実は、アルさんにはすでにお伝えしていることなんですが、僕にはエクラの力といって、人の病や怪我を吸収する力があるんです」

「エクラの、力？」

「はい、本来はその力を使うと、僕の体力が消耗するんですが……」

「先ほどはその力を私に使ってしまったために、リュカさんが倒れたというわけですね」

「いえ、違います……使えなかったんです……！」

リュカは王宮に来る直前まで監禁されていたこと、そして衰弱するまで力を使っていたことをシャルナンに話した。その中でエクラの力が万能ではないことを知り、力を使うことに自信が持てなくなった経緯を説明した。

「そんなことがあって、エクラの力はもう使わないと決めたんです。だけどシャルナン様の苦しそうな顔を見ていたら居ても立ってもいられなくなって……。でも結局力は使えず、発作中の喉に触れて恐ろしい思いをさせてしまっただけで、なんの役にも立てませんでした。助けるつもりが僕のほうが倒れてしまって、ご迷惑とご心配をおかけしました。本当にごめんなさい……」

リュカは浅はかな自分の行動を恥じて、頭を下げた。

「そんなふうに謝らないでください。けれど力を使えなかったと言いましたが、リュカさんはずいぶん疲れてしまったようでしたが……」

シャルナンの言う通りだった。

あのときシャルナンの体から病の熱塊を引き寄せることはできなかったが、リュカの体力は力を使ったときのように消耗していた。こんなことははじめてだ。

（いったい僕の体はどうなってしまったんだろう）

リュカは自身の手のひらを恐ろしいものであるかのように見つめた。

今まで力を使うことと体力が消耗することは、必ず同時に起こっていた。けれど先ほどは、力は発動しないのに体力だけが奪われた。

（もしかして神様が怒ってるのかな……）

エクラの保持者として生まれながら、それを使わないと決めたことで罰が下ったのだろうか。

なににしても今、エクラの力がリュカの体によからぬ作用を及ぼしていることはたしかだった。

リュカは生まれてはじめて、自分の背負う運命の強大さを思い知った。

モンフィス家にいたころは、ただ言われるままに使っていた力。それがいやで島を出たときも、力は自分の意思で自在に扱えるものだと過信していた。

しかし現実は違った。七人の祖先が引き継いできたエクラの力は、リュカがコントロールできるようなものではなかった。

（僕には荷が重い……、僕はご先祖様たちとは器が違うんだ。どうして僕なんかが、こんな力を授かったんだろう）

「リュカさん、あらためて先ほどはありがとうございました」

「え……？」

唐突にシャルナンから礼を言われ、落ちこんでうつむけていた顔を上げた。

「私を助けようとしてくださったので」

「で、でも、助けられませんでした」

「ええ、そうかもしれません。しかし一度は封印した力を使ってまで、リュカさんが私を助けたいと思ってくださった、その気持ちが嬉しかったのです」

青白い顔で微笑むシャルナンを、リュカは神聖なもののように見つめた。

自分がつらい状況にあっても、相手を思いやることができる人。

それは以前アルから聞いた、幼少期のシャルナンの話と重なった。

エクラの力が使えなくても、シャルナンのために自分にできることはあるのだろうか。

（そうだ……）

自分にはスルヤが授けてくれた薬学の知識がある。シャルナンの病を治すことはできなくても、すこしでも楽にさせてあげることはできるかもしれない。

その後、迎えに来てくれたエマと一緒に自室に戻った。メイドたちには貧血だと説明し、心配をかけてしまったことを詫びて、この日は彼女たちの指示に従い一日ベッドの中で過ごした。

そうして日中に浅い眠りを繰り返していたため、夜が来るとなかなか寝つけなくなってしまった。何度も寝返りを繰り返しているうちに、小さな不安が脳裏をかすめる。

(今日のシャルナン様の部屋での出来事、アルさんにも伝わってるだろうな)

シャルナンの部屋で倒れたと知ったら、アルはどう思うだろう。

エクラの力を封印したはずが、中途半端に使おうとして失敗した。その結果、体調の悪いシャルナンに迷惑をかけてしまった。

告白をされたことで浮かれていたけれど、今回の一件で呆れられてしまうかもしれないと思うと悲しくて心の中が曇ってくる。

寝てしまいたいのに、いつまで経っても睡魔が訪れてくれないことに嫌気《いやけ》が差したころ、扉がそっとひらく音がした。

「リュカ、眠ったか?」

「…………!」

入ってきたのはアルだった。

暖炉の火はもう完全に消えていた。先日と同じように、暗闇の中をランプのほのかな灯りと静かな足音が近づいてくる。

リュカはかたく目をつむり、寝たふりを決めこんだ。

今日はアルの前で元気に振る舞える自信がなかったし、シャルナンのことで失望させてしまったのではないかと想像すると対面する勇気が出なかった。

(明日にはちゃんと、お話しますから……)

今日だけは見逃してほしいという祈りをこめて狸《たぬき》寝入りを続けていると、ベッド脇に人の気配がして、緊張感がいや増した。

「兄を助けようとして、倒れたんだってな」

低音の囁きを耳にして、やはり昼間の出来事は伝わっていたのだと知る。

（アルさんはきっとがっかりしてる、よね……）

沈黙が続き、リュカはだんだん耐えられなくなってきた。

もしかしたら起きているとばれているのだろうか。目の閉じ方が不自然なのかもしれない。顔が強張っている可能性もある。

もう目を開けて、昼間のことを謝ってしまおうか。

リュカの不安がピークに達したとき――。

「俺にもエクラの力があればいいのに」

静寂に落とされたアルのやわらかい声が、リュカの脳内にすっと入りこんできた。

「そうしたらおまえがつらいときには、俺が痛みを吸収してやれるのにな」

「…………」

アルはリュカに失望などしていなかった。ただ体調を崩したことを心配していた。

リュカの緊張と不安が詰まった心は、アルのひと言で甘くしびれた。

（アルさんが、エクラの力で僕を助けたいと思ってくれてるなんて……）

アルが自分をどのように愛してくれているのか、どれほど大切に思ってくれているのか、リュカは理解することができた。

「……アルさん」

そっと目をひらくと、アルの持つ燭台の灯りが暗闇に揺れていた。

「悪い、起こしてしまったか」

「いえ、起きていました、ごめんなさい」

リュカは狸寝入りを告白し、上体を起こした。アルは倒れたばかりの体を心配してそのまま寝ていろと言ったが、このまま眠ることなどできそうにない。

(僕の気持ちを、アルさんに知ってもらいたい)

リュカは決意をし、話したいことがあると伝えてベッドを下りると、戸惑うアルを引き連れてソファへと移動した。

「話とは?」

ソファに座ると続きを促され、覚悟を決めて本題を切り出す。

「このあいだのお返事を、お伝えしたくて」

「ああ、聞かせてくれるか」

真摯な瞳と見つめ合っていると、アルがどんな答えでも受け止める覚悟を決めているように感じ取れた。

小さく息を吸い、アルの告白を受けて芽生えた思いを吐き出す。

「僕も、アルさんのことが好きです。誰よりも、とても、大切な人です」

声が震えてしまったが、アルはリュカのたどたどしさを笑わず、真剣な表情で受け止めてくれた。

「ありがとう、おまえの思いが聞けて嬉しく思う」

そう告げると同時にリュカの右手を取り、指先にそっと口づけた。一秒にも満たない接触だったが、唇が離れた指はしびれて熱を放っているように感じた。

「あの、でも僕は男だし、孤島出身の庶民です。それに唯一の取り柄であるエクラの力も、もう使えなくなってしまったので……」

「だからなんだ?」

「ア、アルさんとは不釣り合いではないでしょうか?」

話している途中からアルは明らかに不機嫌になっていった。

「リュカは相手の身分を調べてから人を好きになるか?」

「いえ……」

「では好きになった相手と身分が釣り合わないから

嫌いになるか?」

「なりません」

「そうだろう? 俺はリュカの美しい瞳に、謙虚な心に、献身的で前向きな姿勢に惹かれたんだ。リュカが男でも女でも貴族でも平民でも、エクラの力を使えても使えなくても、そんなことは関係ない。俺はおまえを愛している。ただそれだけのことだ」

アルのまっすぐな言葉は、リュカに大きな喜びと感動を与えた。

王子であるアルのことをひとりの人間として好きになった。

その気持ちと同じように、アルも自分のことをひとりの人間として愛してくれた。

「リュカは俺が惹かれてやまないほどに素晴らしい人だから、卑下《ひげ》することはない。これから先、おまえを惑わす言葉を吹きこむ人間も出てくることだろう。どうか周りの噂に流されず、俺の言葉だけを信じていてくれないか」

「はい」

アルの懇願にリュカは心をこめてうなずいた。

(不安に思うことなんて、なにもなかったんだ……)

愛し、愛されている。ただそれだけでいい。

アルはありのままのリュカを愛してくれた。その事実がリュカに希望を与えた。

エクラの力を使えないことで落ちこんでいても、状況はなにも変わらない。

リュカは薬師としての能力を生かし、アルの大切なシャルナンのためにも、今の自分にできることをしようと心に誓った。


シャルナンの部屋で倒れて以降、毎日体調を確認しにやって来ていた王宮医が、今朝はもう大丈夫だと太鼓判を押してくれた。

「この調子だとほとんど問題ないでしょう。あとは体重を増やすためにしっかり食べることですね。それからこのあいだは素敵な羽根ペンをありがとうございました。使ってみたところ、美しいだけでなくとても書きやすいんです」

「気に入っていただけてよかったです」

最後に秘密を打ち明けるように報告され、城下の骨董店で一目惚れした羽根ペンを王宮医へのプレゼントに選んでよかったと思った。

ここ最近のリュカの一日は、午前中に薬を調合し、午後からは王宮内図書館で本を借りてティロンを西の中庭で遊ばせながら読書する。生活が規則的になり、昼間にだらだらと眠ることもなくなった。

リュカが作る民間薬は、王宮の一部の人のあいだで評判になっていた。

以前、城下の街を案内してくれた腰痛持ちの御者には貼り薬を処方した。固形のクレイを水で伸ばして泥状に戻し、ペパーミントの精油を垂らしてガーゼで包んだものだ。

部屋を訪れて早々、腰に冷たいものを貼りつけられた御者は驚いていたが、数分後にはがして部屋を出ていくころには痛みがましになったと喜んでくれた。

世話になっているメイドたちには、白及入りの練り薬を渡した。乾燥した白及を砕いて粉末にしたのちに油で練ったものだ。

最近はリュカが元気になってきたこともあり、部屋には体調を管理してくれていたエマたち三人以外のメイドも出入りしていた。手渡した女性たちからあかぎれによく効いたと言ってもらえることが嬉しくて、二度目は多めに作ってたくさん配った。

はじめは王子の客から物をもらうことをためらっていたメイドたちも、リュカが生き生きと楽しんで薬を作っていることを知ると、みな喜んで受け取ってくれた。

「リュカ様がここに来られたときは衰弱されていてどうなることかと思いましたけど、最近は頬にも赤みが差して、いつも上機嫌でいらっしゃるからみんなほっとしています」

　エマからそんなことを言われ、頬が赤いのはきっと別の理由からだろうとリュカは自分を分析して苦笑した。

　アルと両想いになった日からずっと、心がそわそわと浮《うわ》ついている。

　夜に部屋を訪ねてきてくれるアルの態度が、以前よりずっと甘くなっていた。リュカの頬や髪に触れることが増え、そのたびに胸が苦しくなるほど高鳴った。

（浮かれているなぁ）

　会っていない時間までアルのことを考えてしまうのはどうしたものかと思うが、自然と頭に浮かんでくるのだから仕方がなかった。

　午後になると、図書館へ向かった。

「こんにちは」

「いらっしゃいませ、リュカさん、ティロン」

　いつも本の貸し出しをしてくれるのは、文官を引退した猫好きの老紳士だ。

「今日は王子殿下が来られていますよ」

　書架を指し示す老紳士に礼を言ってティロンを預け、リュカは本で埋め尽くされた室内を奥へと進んでいく。

「リュカさん、こちらです」

「シャルナン様、こんにちは」

　屋根裏の書庫に続く狭い階段に腰かけ、手招きするシャルナンに挨拶を返した。

　ここ最近、リュカは一日おきにこの場所へ通っている。受付の老紳士だけしかいないことがほとんどだったが、稀《まれ》にシャルナンが来ていることがあった。

　以前エマから、シャルナンはここにある本の半分は読んでいるらしいと聞いたが、実際本の話をしてみると、彼の知識の豊富さには驚かされた。埃《ほこり》が溜まりやすい場所は持病によくないのではないかと聞いてみたら、シャルナン曰《いわ》く、好きな本に囲まれているとなぜか発作は出ないらしい。

「前にお会いしたときにリュカさんが探していたのは、この本では？」

以前は見つけられなかった薬用植物の利用法について書かれた本を手渡され、リュカは目を見ひらいた。

「そうです！　これです。いつもありがとうございます」

書架の膨大な本は分類されず雑多に並べられていて、目当ての本を探すのは大変なのだが、シャルナンに聞けば必ず見つけてくれる。

「リュカさんにはお世話になっているので、これぐらいお安い御用ですよ」

「そんな、僕は大したことはしていません」

シャルナンにエクラの力を使おうとして失敗してしまった出来事のあと、リュカは彼の専属医と侍従を通して、薬師としての経験を生かして自分にできることをさせてほしいとお願いしていた。

その時点では断られたものの、あきらめずに図書館の本で呼吸器の病について知識を深め、発作の予防になるハーブティーや抗炎症作用のある精油を使ったアロマセラピーの提案をすると、シャルナン本人からぜひとも部屋に来てほしいと希望してくれた。

今では五日に一度はシャルナンの部屋に通い、エクラの力は使わずに癒しを提供している。シャルナンの病にリュカのアロマセラピーは効果があったようで、王国から材料費と報酬《ほうしゅう》を与えられることになった。

「それではリュカさん、また後日に」

図書館をあとにするシャルナンを見送り、ティロンを預かってくれていた老紳士に礼を言って、リュカは中庭へと向かった。

西日の差す夕刻の中庭で、ティロンを時々確認しながら芝生に座って借りた本を読んでいると、しばらくしてひらいたページに影が差した。

「あなたが噂の、アラン王子殿下のお気に入りですかな」

突然、真上から話しかけられ、驚いて読みかけの本をパタンと閉じてしまった。見上げると、黒地に金の刺繍が入った上質な服を着た男が立っていた。

アルのお気に入りだと言われたことで心臓が大きく跳ねた。二人の関係を彼が知るはずなどないと思いながらも、緊張で鼓動が速まっていく。

リユカは若干の警戒心を抱きつつも立ち上がって自己紹介をした。

「あの、リユカ・モンフィスと申します、はじめまして」

「外務大臣のギヨームです。私もアラン様とは親しくさせてもらっているんですよ」

ギヨームが口角《こうかく》を上げて笑うと、両端のはね上がった左右対称の口髭《くちひげ》がぴくりと揺れた。吊《つ》り上がった細い目と髭が特徴的な四十代半《なか》ばとおぼしき小柄な男だ。

リユカのことは王宮入りしたときから噂で聞いて知っていたらしい。

「最近、体調のほうはどうです?」

「ご心配をおかけしましたが、おかげさまでずいぶんよくなってきました」

「ああ、それはよかった。完全に治れば、もちろん王宮を出ていくつもりなのでしょう?」

「そのつもり、です……。でも前に借りていた家にはもう戻れないので、お金を貯めて新しい家が見つかるまでは、こちらでお世話になろうかと……」

「ほう。それでは、仕事のほうはもうお探しになっておるのでしょうな?」

「いえ、仕事はまだ……」

「まだ!」

ギヨームが大仰《おおぎょう》に驚くので、リユカはびくりと肩を揺らした。

王宮に来た日に比べると体調は格段によくなっている。現在、王国から報酬はもらっているが、ギヨームが言うように、ここから早く出ていくためにはそろそろ新しい仕事をはじめるべきだった。自分はのんびりとし過ぎていたのかもしれない。

「すぐに、探しはじめます」

リュカはギヨームの助言をありがたく受け取った。

「早くいい仕事が見つかるといいですなぁ」

高笑いをしながら去るギヨームの後ろ姿を見送り、リュカは新しい仕事について考えを巡らせた。


翌日、さっそく仕事探しのために城下の街へと向かった。

アルに出かけることを報告すると馬車を用意すると言われたが、丁重に断った。事前に街に詳しい御者の男に描いてもらった地図を片手に、一日がかりで三軒の診療所を自分の足で歩いて回ろうと決めていた。

城下の街にはフェリクス診療所を含めて四つの診療所があった。

それぞれ規模は違うものの、どこも医者や助手の若者たちが懸命に働いている。以前訪れた港町の診療所とは大違いだった。

一軒ずつ丁寧に、すべてを見て回ったところで、フェリクス診療所以外の三軒は、どこも忙しそうではあったが医者と患者のバランスが取れているように感じた。そして最後にちらっと覗いてみたフェリクス診療所は、前回の訪問時と変わらず待合所が人であふれていた。

「あそこだけはいつも人手が足りていない状態なのでねぇ。人気の秘訣はやはり、王宮にいちばん近いことと医術の高さ、そして入所できる施設の規模の大きさでしょうな」

「なるほど」

夕方、帰りに立ち寄った生薬店で買い物をしながら、リュカは老店主の話に耳を傾けた。

「フェリクス診療所は専任の薬師がいないと聞きましたが、募集しているというお話はないのでしょうか？」

今日ひと通り診療所を巡ってみて、リュカの中ではフェリクス診療所で働きたいという気持ちが大きくなっていた。ほかの三軒もいい診療所だったが、今のところ患者がスムーズに治療を受けられていて、医者たちの連携も取れているように見えたからだ。

「フェリクスさんのところはいつでも優秀な人材を募集しておりますよ。リュカさんがお望みであれば、私から所長に面談をお願いしたい旨を託けましょうか」

「いいんですか……！」

「ええ、もちろん。スルヤさんにはお世話になっていますし、リュカさんはまだ会って日は浅いですがとても薬にお詳しい優秀な青年ですし、なによりモンフィス家の方ならば信頼できますのでね」

「ありがとうございます！」

老店主はフェリクスから返事が来たら、結果を手紙に書いて王宮まで使いの者を走らせると約束してくれた。リュカは恐縮し、「また来ます」と低頭して店を出た。

外はもう陽が沈みかけていた。食事も摂らず歩き回ったせいで体は疲れていたが、仕事につながる収穫があったため足取りは軽かった。

夜になってアルが部屋にやって来ると、リュカはさっそく今日の出来事を報告した。

「仕事を探しに城下の街へ行ってきました。そこでフェリクスさんとお知り合いの生薬店の店主に、彼の診療所で薬師として働きたいことを伝えて、面談のお願いを託けてきたんです」

昨日ギヨームと話したことは伏せて、新しい仕事を探してきたことを伝えると、アルはなぜかすこし不満そうな顔になった。

「それで出かけていたのか。しかしそんな遠回りなことをしなくても、俺に言ってくれればフェリクスに直接伝えてやれたのに」

「アルさんがお願いしたら、フェリクスさんは断ることができないでしょう？」

「まあ、たしかにそれはそうだな」

仕事に関しては、ほかの面談者と同じように正しく評価してもらいたいと思っていることを話したら、アルはリュカの本気の思いを汲んでくれた。

「診療所で働くことになっても、エクラの力を使わないのか？」

「え……？」

アルの質問にリュカの表情はゆっくりと強張った。

「いや、リュカがそれで納得しているならいいんだが」

「…………」

納得は、していなかった。

もう使わないと決めてからも、エクラの力はリュカの中にずっと存在している。

本当はできることなら今でも力を使いたいと思う。けれどそれと同じくらい手放したいとも思う。

リュカがうまく使いこなせなくなったことで、エクラの力を信じてくれる人を失望させてしまうことが怖くてたまらない。

「力は……使いません。使いたいと思っても、うまく使える自信がないんです。僕は出来そこないだから……」

こんな弱音を吐いてもアルを困らせてしまうだけだと、言ったそばから後悔した。

けれど、言葉は取り消せないので冗談にしてしまおうと笑いかけたら、真剣な表情のアルと目が合った。

「俺はそうは思わない。おまえが力を使って助けた人間も、助けようとしてできなかった人間も、みんな等しくリュカに感謝しているはずだ」

助けようとしてできなかった人間。

それはシャルナンのことを言っているのだろうか、それともヤニクたちか。

「エクラの力については、リュカが考えて決断することだ。ただ、おまえはひと月近い監禁生活の極限で力を使い過ぎたんだ。だから力を使わないと焦って決める必要はない。今すぐに決められないことは、時間をかければいい」

「………はい」

「面談が決まれば、フェリクスにエクラの力のことを話してみるといい。あの男は信頼できる上、医者としても優秀だ」

リュカは一度だけ会った温厚そうな壮齢の男の顔を思い出した。

「それと俺からもリュカに報告がある。明日から数日間、城を空けることになった」

「え……？　す、数日間って、どこかへ行かれるんですか？」

唐突な話に、リュカは調子はずれの大きな声を出してしまった。

「驚かせてすまない。実はこの話をするために、遅くなったがリュカに会いに来たんだ。明日から父に代わって、スハイセン王国との国境警備強化に向けて視察に行くことになった」

「国境警備、強化……？」

聞くところここ数日、コルマンド王国東側の国境付近で小さな暴動が続いているらしい。スハイセン王国から手続きを踏まずに忍びこんだ若者の集団が、コルマンドの農地を荒らしたり、民家で窃盗したりする事件があったと国境警備隊から報告が入っているのだという。

スハイセンとの国境線上には、入国と出国の通行所が交互にほぼ等間隔で計四か所、配置されている。両国間を行き来するには、身分証明と各王国が発行する通行手形が必要になる。国境に沿って山脈が連なっており、これまでは通行所を通らないルートで山道を越えてくる者などいなかったのだが、ここ最近急速にスハイセン側の国境付近の治安が悪くなっているらしく、暴徒がコルマンドへの侵入経路を見つけてしまったことで混乱が起きているのだという。

視察の日数は具体的に決まっていないそうで、行きと帰りにそれぞれ一日から二日かけて移動し、現地で問題が解決するめどが立つまで滞在する予定だという。

「危険な地域に行って、暴動などでアルさんが怪我をしたら……」

よほど不安な顔をしていたのだろう。困ったように笑ったアルが頭をそっと撫でてくれた。

「いや、人には危害が及んでいないんだ。一部の暴徒化した若者が自己を主張するために暴れているだけだろう。国境付近の様子を視察して、警備強化の対策をするだけだ。心配は要らない」

「そうですか……」

優しい手つきに心を奪われながらも、寂しさと一《いち》抹《まつ》の不安は拭《ぬぐ》いきれなかった。

（次に会えるのは、いつになるんだろう）

離れがたさにアルの手を思わず握ったら、リュカを安心させるように握り返してくれた。

「長旅の前におまえを堪能したい。かまわないか？」

「…………？」

問われたことの意味がわからず、うるんだ目で見上げると、今度ははっきりと「キスをしたい」と言われた。

アルと心を通わせてから、まだ恋人としての触れ合いはしたことがない。突然接触の機会が訪れたことに緊張しながらも、リュカは小さくうなずいた。

いつになく真剣なアルの顔がゆっくりと近づいてくる。その唇が額に触れ、目尻に触れ、そのまま下りていって最後は唇に触れた。

「ん……っ」

すぐに離れたあと、自分の発した声に恥ずかしくなってうつむいたら、指先で顎を下から押し上げられ、ふたたび唇にキスされた。

次は軽く触れるだけでなく、肉厚なアルの唇が自身の薄い唇にしっとり吸いついてきた。また声が出そうになってこらえていると、喉元をくすぐられてうっかり口をひらいてしまった。

「ふ……、ぁ」

上唇を挟《はさ》んで引っぱられた拍子にアルの胸元にしがみついたら、口内に舌が入ってきた。ぬるりとした感触に驚いて押し出そうとした舌を、アルの舌がまた押し返してくる。

そんな攻防を繰り返しているうちに、気づいたら互いの唾液を味わうように深く舌を絡ませ合っていた。

「は、っ……、あぅ……っ」

もう許してほしいという意味をこめて力なくアルの胸板を叩いた。ようやく解放されて目をひらくと、興奮を隠さないアルの濡れて光った目が自分を見つめていた。

「は、はじめてなのに、こんなのって……」

「怖かったか？」

恥ずかしさから不満のような言葉を呟いてしまったら、アルがふたたび後頭部を優しく撫でてくれた。

「……いえ、気持ちよかった、です」

アルの胸に顔をうずめ、正直な感想を伝えると「煽《あお》るなよ」と苦笑混じりの声が頭上から聞こえた。

恋人になってからはじめての濃厚な触れ合いを経て、二人の気持ちが同じものなのだとあらためて気づくことができた。

「俺が留守のあいだ、体調を崩すなよ。体がつらければ必ず誰かに伝えて王宮医に診てもらうように」

「はい、アルさんは旅の途中でお怪我などされませんように、気をつけて帰ってきてくださいね」

「ああ、またグエンに振り落とされないようにしないとな」

最後は冗談を言って笑い、アルは立ち上がった。明日は朝が早いため、見送りは不要だと言う。

「数日後に会えるのを心待ちにしている」

「僕も、アルさんのお帰りを楽しみに待っています」

しばしの別れを惜しむように、二人は扉の前で長い抱擁を交わした。

明朝、まだ明けきっていない薄暗い空の下、アルが騎士を引き連れ旅立っていくのを部屋の窓から眺

めた。

（何事もなく、無事に帰ってきてくださいね……）

小さくなっていく後ろ姿に祈りをこめて、不安な気持ちを打ち消した。

これからしばらくのあいだ、アルのいない王宮で過ごす。

数十名の団体が旅立ったが、大勢の人が生活している王宮内の様子はとくに変わらないだろう。けれどどこにアルがいないと思うとやはり寂しくなった。

今日はエマに紙とペンを用意してもらって、妹のマリー宛《あて》に手紙を書くことにした。

王宮に来て薬の調合をはじめるようになってから、リュカはモンフィス家での生活を思い出すことが増えた。

港町で暮らしていたころはマリーに報告したいことより知られたくないことのほうが多かったけれど、今はそんな過去も含めて伝えたいことがたくさんあった。

下宿先でひどい目に遭ったこと、その後王宮に保護され今は安全なこと、島での暮らしが懐かしいこと、離れてはじめてスルヤの愛情に気づけたこと、マリーに会いたいこと。

そして、今はエクラの力を使っていないこと。

力を使うのが怖くなってしまったこと。

リュカはそうなってしまった経緯を丁寧につづり、エクラの保持者として不出来な兄であることをマリーに謝罪した。

最後にアルのことを書こうとしたら、便箋《びんせん》の上をするすると走っていたペンが止まった。

恋人がコルマンド王国の第二王子であるという事実を、誰にも伝えてはならない気がした。

（マリーにはなんでも相談してきたし、いちばん信頼してるのに……）

心の中に生じた迷いに戸惑いながらしばらく机に向かっていたが、結局アルという恋人ができたことについては書くことができずに封をしてしまった。

エマに手紙を送りたいことを伝えると、郵便係の者に渡しに行ってくれた。

船便の到着まではすこし時間がかかるとのことだった。そのことを伝えに来てくれた際に、エマは国王の侍従長をしている父親から聞いたという話を教えてくれた。

「今回の国境視察には、コルマンドとスハイセン両国の重役が派遣されるみたいです」

スハイセン王国は領土の大きな国なので、王の目が行き届かないところで時々暴動が起きてしまうらしい。友好関係を築いている二つの国は、今回のような些事《さじ》で関係が悪化することは互いに望んでいないため、重役が参加して円満に収めるための視察と会合が行われることになったのだという。

「だから危険なことはないって、父が言っていました。きっと大丈夫ですよ」

「それなら安心ですね、教えてくれてありがとうございます」


アルが旅立って、リュカが沈んでいるように見えたのかもしれない。笑顔を見せるとエマはほっとした表情になった。

（心配だからって暗い顔ばかりしてちゃだめだな）

励ましてくれたエマのためにも、アルが帰ってくるまで元気に過ごそうと決めた。


生薬店の老店主から手紙が届いたのは、アルの旅立ちから七日が経った年の瀬の夕方のことだった。

フェリクスとかけ合って了承を得た旨と、面談の日時が書き記されていた。とりあえず会ってもらえることにほっとして、手紙をたたむ。

アルが不在の王宮内で、リュカは以前より忙しい日々を過ごしていた。

リュカの作る薬やハーブティーが今では貴族のあいだにも知れ渡り、王宮内でちょっとした話題の人になりつつある。

王宮医が処方する薬のように効き目がはっきりとは表れないが、手作りの民間薬は体に負担がすくない。病気というほどでもないが体の調子が優れない人はリュカの部屋を訪れ、症状を伝えて薬を調合してもらうという形ができていた。

ハーブティーは晴れた日の西の中庭に大きなポットを用意し、貴族たちに振る舞った。飲む人の症状を聞いてからブレンドするやり方が好評で、つい二日前には王宮から程近い侯爵夫人邸で行われたサロンに招かれ、ハーブの効能と組み合わせ方を集まった夫人たちにレクチャーしたばかりだ。

すこし前までのリュカは、猫を連れた赤いケープ姿の王子の客人として認識されていたが、今では多くの者に名前を覚えられ、「王宮の小さな薬師」と言われるようになっていた。もちろん、赤い目を気味悪がられることはない。

そして三日に一度はシャルナンの部屋を訪れている。以前より訪問の頻度が高くなったのは、シャルナンが希望したからだ。

エクラの力は使わず、ハーブティーと精油を使ってシャルナンを癒す。最近ではシャルナン専属の王宮医と相談して、リュカ手製の民間薬を処方することもあった。

薬を調合し、必要とする人に処方する。シャルナンや貴族や使用人たちからは感謝され、リュカの毎日は忙しくも充実していた。

そんな時間を過ごしていると、ふとしたときにエクラの力とはなんだったのだろうと考えてしまう。

今は力を使っていたときのように体力を消耗することなく、人を癒す日々を送れている。

(今の生活のほうが、いいんじゃないかな)

それならエクラの力はもう必要ないのかもしれない。

そんな考えが頭に浮かぶと、胸がちくりと痛んだ。導き出した結論に、体に備わるエクラの魂が間違いだと訴えているようだった。

（僕の中にいても、うまく使ってあげられないよ……？）

リュカは、祖先から受け継がれた強大な力に心の中で話しかけてみたが、胸の痛みは治まらなかった。

フェリクスとの面談の日、約束の時刻に診療所二階の指定された部屋の扉を叩くと、中から「どうぞ」と穏やかな声が聞こえた。

「ご無沙汰《ぶさた》しています、リュカ・モンフィスです。今日はお忙しいのに時間を作ってくださってありがとうございます」

「こんにちは、リュカさん。堅苦しい挨拶は抜きにして、まあこちらへ」

ここはフェリクス専用の診察室らしく、リュカは患者が座る丸椅子を勧められて腰かけた。

「ではさっそく本題に入るけど、きみは薬に詳しいと生薬店の店主から聞いていますが、薬師としての経験はありますか？」

「はい、薬師としては……」

リュカは薬学を学んだ期間から、島の診療所で老薬師の助手を務めていたこと、今は王宮内でちょっとした薬の配布を行っていることなど、聞かれたことにひとつひとつ丁寧に答えていった。

「私もむかしは王宮医をしていたので、今でも城の一部の仲間とは懇意にしていましてね。実は近ごろのきみの王宮での活躍については、耳にしていたんです」

「そ、そうだったんですか！」

まさか自分の話が王宮の外の人の耳にまで届いているとは思いもせず、リュカは頓狂な声を上げてしまった。

「わが診療所としては、リュカさんを歓迎します。はじめのうちは私の診察室で薬の調合などをお願いすることになりますが、いかがでしょうか？」

フェリクス診療所には現在専任の薬師はいないが、

リュカが入ることによって新たな診療の形ができればとフェリクスは期待を寄せてくれた。

「そう言っていただけて光栄です。あの、……それから最後にひとつ、フェリクス先生にお伝えしたいことがあるんです」

「なんでしょう？」

アルからエクラの力のことをフェリクスに話してみるといいと勧められたことから、彼を信頼して打ち明けてみた。

「エクラの力か……初耳ですね、なるほど」

力を使ったときに目や髪が光る現象や体力の消耗について詳しく話すと、フェリクスは何度かうなずきながら紙にペンを走らせた。

「ご自分の体力と引き換えに人の痛みを吸収する。なんとも素晴らしい力ですね。薬師として働きながら、エクラの力も使ってもらうのはいい試みだと思いますよ」

「いいえ、それがここ半月ほどは、力を使っていないんです」

「なぜですか？」

フェリクスの疑問に、リュカは監禁されて力を使い過ぎた話から、挫折に至った経緯を話した。

「最後はシャルナン王子殿下に使おうとしたんですが、そのときは僕の体力だけが消耗し、力は発動せずに失敗に終わりました。助けたい人を助けられない経験が重なって、だんだん力を使うのが怖くなったんです……」

「そうでしたか。それはさぞおつらかったことでしょう」

フェリクスはペンを置いて顔を曇らせた。

その後しばらく顎に手を添えて、考えを巡らせているようだったが、最後は笑顔になって「気楽に行きましょう」と言った。

「リュカさんを薬師として採用します。ここで働くうちに、気持ちが変化することもあるでしょう。エクラの力を使いたいと思えば、そのときにまた相談してください」

「はい、いろいろと話を聞いてくださって、ありがとうございました」

「どういたしまして。では、最後に給金の話ですが……」

そう言って提示された額の多さに驚いたが、フェリクスは妥当だと言う。リュカは現在、王宮でシャルナンに癒しを提供しているので、診療所が忙しい午前の時間帯だけ働くことになった。

こまごまとしたことも取り決め、契約書に署名をして面談は終了となった。

王宮に戻り、フェリクス診療所での仕事が決まったことをメイドたちに報告した。ずっと診療所で働きたかったことを話したら、夢がかなってよかったと言ってみな喜んでくれた。

(仕事が決まったこと、アルさんに報告できるのはまだ先かな)

アルが国境警備に出向いてから、十日が経過していた。離れている時間が長引くほど、アルへの恋しさは募っていった。

長旅になるとは聞いていたけれど、帰りはいったいいつになるのだろうか。

(会いたいなぁ)

窓辺に立ち、雲のない水色の空を見上げると昼間なのに薄い月が出ていた。

リュカは遠くのアルを思いながら胸に手を当て、彼が元気な姿で戻ってくることを願った。

◆

「もうすぐ建国記念日ですね」

年が明け、朝から部屋の掃除に精を出すエマが笑顔で話しかけてきた。

「その日は王宮でもなにか催しがあるんですか？」

クルカ島にいたころ、年明けの建国記念日には広場でひらかれる祭に毎年親族と一緒に参加していた。

年に数回しかない外出の機会はリュカとマリーにとって特別なものだった。

「王宮では国の誕生を祝って宮廷舞踏会が開催されるんです。一年でいちばん大きな催し物ですから、みなさんとても楽しみにしているんですよ」

エマは華やかな衣装を着た貴族たちが各広間に大勢集まって、宮廷音楽家の演奏に合わせダンスを踊るのだと興奮気味に説明してくれた。

「僕も、参加していいんでしょうか……？」

「ええ、もちろん。ご婦人をお誘いになってみてはいかがですか？」

「そんな、僕はダンスの経験もほとんどないですし……」

島にいるときにマリー相手に簡単なステップを踏んだ経験しかないので、誰かを誘って踊るなんて考えられなかった。

「リュカ様は貴族の若いご婦人たちに人気がありますから、踊ってみたいと思われる方に声をかけてみるときっと喜ばれますよ」

「踊ってみたい方、ですか……」

その相手ならひとりだけいる。

（だけど、男同士でダンスなんてしないよね）

そんなことを考えていたら、背後で扉を叩く音がした。

振り返ると同時にひらいた扉から現れたのは、アルだった。

「ただいま戻った」

「ア、アルさん……！　おかえりなさい。長旅お疲れさまでした」

ハットを取り乱れた髪をかき上げる仕草が、疲れのせいか妙に色っぽく見えた。まだ上着も脱いでいない状態のアルを確認して、王宮に戻っていちばんに自分に会いに来てくれたのだとわかり、嬉しさと興奮で鼓動が速まりだした。

「リュカ、顔をよく見せてくれ」

グローブを外しながら近づいてきたアルが、素手で頬に触れてきた。今、室内にはほかにエマしかいないが、彼女の前でこんなに近づいてはおかしく思われるのではないかと一瞬不安が頭をよぎった。

しかしアルの体温を肌で感じ、見つめ合っていると、だんだん脳内はアル一色に染まっていく。

「元気そうでよかった」

「アルさんこそ、無事に帰ってきてくださってありがとうございます」

二人の世界に浸っていると、今度は乱暴に扉が叩かれた。その音に現実に戻され、リュカは体を引いて振り返った。

「アラン王子殿下、こんなところでなにをなさっているんです？」

甘い雰囲気を切り裂くかたい声が室内に響いて、リュカとエマはびくりと体を揺らした。扉の前には、厳しい表情のギヨーム外務大臣が立っていた。

「会議の時間まで間もないというのに、帰国早々、こんなところで子どもを相手になさっている場合ではないでしょう」

「ああ、すぐに向かう」

すんなりと返答したアルの態度にギヨームはなにか言いたそうにしながらも、そのまま引き返していった。

アルはエマに向かって、「騒がせてすまない」と謝罪し、エマは「とんでもないことでございます」と恐縮して頭を下げた。

「また夜に」

「……はい」

最後にアルはリュカにだけ聞こえるように耳元で告げると、ギヨームに続いて部屋を出ていった。

二人になってしばらくすると、扉を無言で見つめていたエマが質問してきた。

「つかぬことをお聞きしますが、アラン王子殿下とリュカ様は、お付き合いをなさっているのですか？」

「えっ？」

確信を突かれかたまってしまったが、答えをじっと待つエマの視線にさらされると顔が赤らんでくるのがわかった。

「あの、あ、いえ……」

リュカの動揺を見て取って、エマは答えを聞かずして納得したような顔でうなずいている。

「わかります。誰にでも秘密にしておきたいことはありますものね。立ち入ったことを聞いてしまって申し訳ありません。でもこのことは私の胸に秘めておきますので、どうか安心してください」

リュカがなにも言えないでいるうちに、エマは話を終わらせた。

「しかし先ほどのギヨーム様は、なんだかすこしご機嫌が悪かったようですね」

エマは即座に話題を変えると、扉を見て顔をしかめた。たしかに部屋をノックする音からとげとげしく怒りがこもっていたように感じた。

「ギヨーム大臣は、どんなお方なんですか？」

リュカは西の中庭で声をかけられ、一度だけ会話をしたことがあったものの、彼のことはよく知らなかった。

「ギヨーム様は頭の切れる方で、外務大臣としてとても優秀だと聞きますが、人に対しては少々厳しいようです。ほかの大臣の方に強い態度を取られているという噂をよく聞きますし……あっ」

言ってしまったあとで失言だったと気づいたのか、エマは手で口を隠して「ごめんなさい」と言った。

「誰も聞いていませんから、大丈夫です。このことはエマさんと僕だけの秘密にしておきましょう」

リュカは片目をつむり、先ほど機転を利かせてくれたエマの気配りにお返しをした。

「そうおっしゃっていただけると助かります」

秘密を共有した二人は、目を合わせて微笑み合った。

夜になると、約束通りアルが部屋にやって来た。

あらためて二人きりで対面すると、喜びがこみ上げてくる。

近づくと吸い寄せられるように体が密着し、見送ったときと同じように長い抱擁を交わした。厚い胸板に顔を埋め、男性的でかつ涼やかなアルの香りに包まれて安堵で涙が出そうになった。

「フェリクス先生にお会いして、城下の診療所で雇ってもらえることになりました」

「そうか、よかったな」

ソファに移動し、リュカはフェリクスとの面談でエクラの力について打ち明けたことと、診療所での働き方について説明した。

アルは質問を挟みながらじっくり話を聞いたあと、最後に「無理だけはするなよ」と忠告した。

その後、アルは国境付近の現状について簡単に教えてくれた。スハイセンの一部の若者が暴動を起こしているが、両国の民の生命にまで危険が及ぶようなことはないらしい。

「今後の二王国間の対応次第で、暴動も徐々に治まるだろう」

「そうですか。それほど大事にならなくてよかったですね」

無事解決しそうな話ぶりだったので笑顔を向けたが、アルはなぜか浮かない顔でため息をついた。

「長旅で、お疲れですよね？」

「あ、ああ……、いや、まあ疲れはしたが……」

めずらしく歯切れの悪いアルの様子をじっと見つめる。額に手を置いて何事かを考えているようだった。

「旅先で、なにかありましたか？」

心配になって訊ねると、アルはちらりと視線を寄こしてから首を横に振った。

「いや、リュカが気にすることはなにもない」

「…………」

なんとなくごまかされた気がして目を逸らさずにいると、アルは苦笑いしながら話題を変えた。

「エマと仲がいいんだな」

「え？　ええ。エマさんとはずっと親しくさせていただいています」

「浮気はしていないか？」

微笑みながら聞いてくるアルが、リュカの答えを知らないはずがなかった。先ほどの熱い抱擁で、どれほど自分がアルを欲していたかは確実に伝わっている。

「僕は疑われる余地なんてないくらい、アルさんのことを愛しています」

真摯な気持ちを伝えると、アルは疲労をにじませた顔を引き締めて「俺もだ」と答えた。

「俺も、リュカ以外の誰かと添い遂《と》げる気はない。これだけは信じていてくれ」

決然と告げられた言葉に、リュカは胸を震わせながらうなずいた。

（僕たちは、愛し合っているんだ……）

久方ぶりの再会で愛をたしかめ合い、リュカの心は幸せでいっぱいだった。

（アルさんの旅の疲れが取れて、早く元気になりますように）

顔色が優れないことだけが心配だったが、それも日が経てばいつものアルに戻るだろう。

「おやすみ、リュカ。また明日」

「おやすみなさい、アルさん」

アルは最後にリュカの頬と唇にキスを落とし、名残惜しそうに離れていった。

アルが去ったあとの部屋でひとりになると、触れ合いの余韻で体がじんわりと幸福に浸された。

「ああ、ティロン！　アルさんが無事帰ってきたよ。これからはまた毎日のように会えるんだよ」

「ニャー……」

消えかけの暖炉の前で寝転がっていたティロンを抱え上げ、喜びを伝えるもそっけなく返された。


今日はリュカの初仕事の日だ。

早めに城を出て、診療所の脇の小道を歩いていると、頭上から声がした。

「きれいな金色の髪だね！」

突然の呼びかけにはっとして見上げると、建物の庇《ひさし》に腰かけた若い男がリュカを見下ろしていた。

「あ、ありがとうございます」

礼を言うと、男は浅黒い肌に映える白い歯を見せて笑った。

城下ではベールをかぶらず外を歩いても後ろ指をさされることはなかったが、街の民から髪の色を直接褒められた経験ははじめてで、思わず笑みがこぼれた。

年明けから診療所は外壁の修理をしているらしく、男は大工だと名乗った。

「作業をはじめてから五日ほど経つけど、ここはほとんど人が通らないから思わず声をかけちゃったよ」

「そうだったんですね」

木の梯子《はしご》を伝って下りてきた大工の青年に、リュカは今日から診療所で働くことを伝えた。「頑張って」と送り出してくれた大工の青年と手を振りながら別れた。

診療所に到着後、しばらくしてはじまった朝礼の際に、リュカは十数名の医者たちに紹介された。しばらくはフェリクスの診察室専属の薬師として働くことが伝えられると、ここでも目や髪の色を気味悪がられることなく和《なご》やかな雰囲気で歓迎された。

朝礼が終わると診療開始のベルが鳴り、医者たちは各自の診察室や処置室、入所病棟へと分かれていく。

リュカはフェリクスの診察室で、途切れずやって来る患者ひとりひとりの症状を紙に書き出しながら、処方が必要な場合は薬を調合する作業に没頭した。

「やはりリュカさんは慣れているからか手が早いですね。私が指示を出して助手たちに薬を作ってもらうより、断然効率がいいよ」

「ありがとうございます。そう言っていただけると働き甲斐があります」

時間はあっという間に過ぎていき、仕事が終わると、いつもよりたくさん患者を診ることができたとフェリクスがリュカの仕事ぶりを褒めてくれた。

(役に立ててよかった)

帰り道、大きな失敗もなく初日を終えたことにほっとしながら、診療所から王宮までを一時間ほどかけて歩いていく。

リュカの仕事は午前だけなので、今日は帰宅後にシャルナンの部屋を訪問する予定だ。

はじめての仕事の感想をどのように伝えようかといそいそ歩いていたら、城門をくぐったところで、草陰に飛べなくなったイエスズメを見つけて思わずしゃがみこんだ。

「おまえ、足をくじいちゃったの?」

リュカは懸命に羽ばたこうとして失敗を繰り返すイエスズメを苦い思いで見つめた。

鳥の怪我は薬では治せない。

薬師として人の役に立ち、充実した日々を送っていると、エクラの力は必要ないのかもしれないと思うこともあった。けれど目の前に苦しんでいる動物がいて、薬ではどうにもできないとなると、やはり力を使えればと思う。

アルは焦って答えを出す必要はないと言ってくれたが、診療所で働く機会を与えてもらい、本来の夢に近づけた今、エクラの力とあらためて向き合うべきなのかもしれない。

(力を使えるか不安だけど、動物が相手だと失敗してもがっかりされないし、僕の体力が消耗するだけだし……)

これは自身のリハビリにもなるかもしれないと思い、しばし躊躇しながらもイエスズメにそっと手を伸ばしたときだった。

「おや、リュカさん、こんなところで死にかけの鳥と会話ですか」

前方から話しかけられ、リュカは地面から顔を上げた。

王宮の美しい前庭を背景に悠々とこちらに向かってくるのは、ギヨームだ。

彼の声に驚いたのか、イエスズメはバタバタと羽根を不格好に動かして低空を飛んでいってしまった。

「今日はどちらへ？」

「じ、実は今日から新しい仕事をはじめたんです。それで城下の街まで……」

「ほうほう、いいことではありませんか。それで、いつごろになったら王宮を出ていくおつもりですかな？」

「それは……」

フェリクスから提示された給金も王宮から支給される報酬もリュカにとっては大きな額だったが、それでも薬やハーブティーの材料などの出費もあるので、今すぐ家を借りるというわけにはいかなかった。

答えに困っていると、ギヨームがこれ見よがしにため息をついた。

「もうここへ来てずいぶん経つというのに、今回の客人はなかなか厚かましいと噂になっていますよ。だいたい客というものは数日で出ていくものだというのに……」

ギヨームは挨拶もなく、リュカの脇をすり抜けて小言をこぼしながら去っていく。遠ざかる背中に「さようなら」と声をかけるも、彼が振り返ることはなかった。

（僕のこと、よく思ってない人もいて当然だよね）

王宮内では親しくしてくれる人たちも増えたが、リュカのことを知らない人もまだまだ多い。そんな中、客という立場で長期間留まり続けているリュカのことを、ギヨームのように疎《うと》ましく感じている者もすくなからずいるはずだ。

薬を配布したりハーブティーを提供したりして一部の人たちに馴染みはじめていたため、王宮での客人という立場を忘れかけていた。

（いつここを出ていくか、ちゃんと考えなきゃ）

アルと離れるのは寂しいが、いつまでも甘えているわけにはいかない。本当の意味でひとり立ちしなければ。

リュカはもう姿が見えなくなったイエスズメの怪我がよくなるようにそっと祈り、城に向かって歩き出した。

王宮に戻ると、アロマセラピー用の精油とハーブを用意してシャルナンの部屋を訪問した。

「昼間はほとんど咳が出なくなりました。ただ、陽が沈むころから夜にかけて軽い発作があるので、寝つきが悪いんです」

話を聞いて、毎回記録しているシャルナンの体調の状態を紙に書き足した。

「日中に活動した疲れが夜に出ているのでしょう。精油を浸した布を寝具に置いて眠ると効果があるかもしれません。今日の夜にさっそくお届けします」

「ありがとう、助かります」

シャルナンに眠る時間を聞いて、昼間は咳が出ないということなので、今日は蒸気の吸入をすることにした。

深い鉢《はち》に湯気が上がる温度の湯を張り、ユーカリの精油を数滴落とす。シャルナンの頭から鉢を囲うように綿布を垂らし、リュカは吸入後のハーブティーを調合しはじめた。

目をつむり、ゆったりと蒸気を吸いこんでいるシャルナンを見守りながら、気づくとぼんやり考え事に耽っていた。

先ほどのギヨームとの会話が思い出される。

シャルナンに癒しを提供していることは本人と近しい侍従たちとアルしか知らないため、今リュカがここにいることも、多くの人からはただの客が王子の部屋に用もなく出入りしているだけのように見えるはずだ。

（きっとこれも、厚かましいって思われてる原因なんだろうな……）

「リュカさん？」

「はい」

「吸入はいつまで続ければ？」

「あ！　すみません、もうお仕舞です」

湯の温度はすっかり下がっていた。

慌てて鉢を持ち上げようとしたら、うっかり傾けてしまい中身がすこしこぼれた。

「ご、ごめんなさい……っ！　シャルナン様、お召物は濡れませんでしたか？」

「大丈夫ですよ、落ち着いてください。鉢は彼が運ぶので、リュカさんは椅子に座って」

シャルナンの後ろで控えていた侍従が鉢を下げ、メイドが濡れた台座と床を拭いてくれた。

「申し訳ありませんでした」

後始末をしてくれた二人に謝罪すると、彼らは小さく会釈《えしゃく》をして離れていく。

「ところでリュカさん、先ほど前庭でギヨームとお話されていましたね」

「え、あ、はい……、すこしだけ」

この部屋の窓から、二人の姿が見えていたらしい。

「ギヨームには、できるだけ近づかないほうがいいですよ」

「どうして、ですか？」

前にエマもギヨームのことをよく思っていないようなことを言っていたので気になって訊ねてしまった。

「私の目から見て、彼にはすこし過激なところがあると思われますので」

扉付近にいる侍従やメイドをちらりと見たあと、シャルナンは口元に手を添え、リュカにだけ聞こえる声でそう言った。

（過激とは、どういうことだろう？）

その後もハーブティーを飲みながらゆっくり話す時間はあったが、常に近くに人がいるため、さらに深く問うことはできなかった。

夕方からは突然、雨になった。

シャルナンの部屋から戻るときに、東の中庭で弓の稽古をつけているアルを見かけたが、どうやら中止になったらしく、次の仕事までの合間に部屋に来てくれた。

　国境警備強化の視察から帰ってきて以降、アルはかたい表情をしていることが増えた。はじめのうちは長旅の疲れが抜けていないのだろうと思っていたが、数日経っても、アルからは時々思い詰めたような雰囲気が感じられた。

「どうされましたか？」

　今もリュカの手元の本に視線を落として眉間を寄せていたので声をかけたが、「なんでもない」と苦笑しながら首を振るだけだ。

（僕に相談できない悩み事なのかな……）

　三か月後にせまった次期国王決定についてか、政治や外交のことか。

　次期国王となるのはシャルナンかアルのどちらかだ。二人とも互いを国王に推《お》しているが、どちらが選ばれても兄弟の絆《きずな》にひびが入るようなことはなさそうに見える。

　王宮内の人との会話の中ではシャルナン王子派やアラン王子派という意見は時々耳にしたが、兄弟の思想や政治に対する考えが同じ方向を向いているからか、みな「どちらかというと」という前置きがつけられることが多かった。

　二人とそれぞれ接しているリュカから見ても、互いを尊重し合っている兄弟二人が次期国王決定について大きな悩みを抱えているとは思えなかった。

　そうなると、以前の国境視察の際にスハイセン王国とのあいだでなにかあったのだろうか。

　アルは問題なく視察を終えたと言っていた。けれど一王子として口外できないこともあるだろう。

　王国のこととなると、リュカには想像することはできても解決の手助けをすることはできない。

（それとも、僕のことで悩んでる？）

　恋人である自分になにか不満があるのだろうか。ただ、それでもアルほどまっすぐな人なら黙っていないで直接教えてくれるような気がした。

窓の外の雨は先ほどより激しくなっていた。

ガラス戸を滝のように滑り落ちる水の流れを目で追っていると、ソファでとなり合うアルの手が、リュカの手にそっと重ねられた。背後の扉から人が入ってきても、見つからない角度での触れ合いだった。

無言のまま手の重みを感じていると、互いの体温が徐々に近くなっていく。リュカは心地よさに自然と目を閉じていた。

触れ合っていると、アルの愛情が感じられた。

雨音を聞きながら静かに目をひらいて、与えられた豪奢《ごうしゃ》な室内を見回した。

リュカは昼間のギヨームとの会話を思い出して、そっと息をついた。

アルと恋人の関係になれたからといって、客室をのうのうと使い続け、いつまでもこの恩恵を受けていてはいけない。

「アルさん、診療所での仕事に慣れてお金が貯まったら、僕はここを出ます。まだすこし時間はかかると思いますが」

リュカの話が唐突だったからだろう、アルの眉間にはしわが寄っていた。

シャルナンはギヨームに対してなにか思うことがあるようだったが、それでも彼の言っていたことは間違いではないとリュカは思っていた。

自分は王族でも貴族でもない。監禁されていたところから助けてもらっただけでもありがたいのに、いつまでも客人としてこんないい部屋に居座り続けるわけにはいかない。

「ここにずっといればいい。出ていく必要はない」

きっぱりと言われてしまったが、やはり自分だけが特別扱いされるわけにはいかないという思いがある。

「いつまでもアルさんのお世話になるわけにはいきません」

「そんな寂しいことを言うな」

重なっていたアルの手が、つなぎ止めるようにリユカの手を握った。

「ずっとここで暮らせ」

「………」

甘く求めるアルの言葉に心は揺れたが、リユカは曖昧に笑って流した。


一の月半ば、今日は建国記念日のため、早朝からみな忙しなく立ち働いていた。

昼間は客人を招いた宮中午餐《ごさん》会がひらかれ、夜は王宮内だけの舞踏会が控えている。

診療所も祝日は休みなので、そんな王宮中が浮き立った雰囲気の午前の時間帯に、リユカは通い続けている静かなシャルナンの部屋の中にいた。

「シャルナン様は今日の舞踏会に参加されますか?」

「ええ。リユカさんのおかげで最近は発作がほとんど起きないので、参加してみようと思ってるんです」

「それはよかったです」

シャルナンは会議には時々出ることはあるが、舞踏会などの人が多過ぎる集まりにはここ数年参加できていないらしく、今日をとても楽しみにしているようだった。

「リユカさん、診療所でのお仕事はどうですか?」

「フェリクス先生が丁寧に教えてくださるので、だんだん慣れてきました。ただ、歩いて一時間ほどでしかない距離を、毎日送り迎えをしていただくのが申し訳なくて……」

一度、ギヨームと前庭でばったり会った日以降、仕事帰りに彼と遭遇することはなくなった。それというのも働きはじめてしばらくすると、アルからの指示でリユカは診療所との往復を馬車で移動していたからだ。

ギヨームのようにリユカをよく思っていない人もいるかもしれず、目立つ行動は控えたくて断ったが、アルは命令だと言って聞かなかった。

幸い、毎日変わる御者たちは誰もリユカの送迎を面倒だと思っていないようで、そのことだけが救いだった。

「アランはあれで案外、心配性ですから」

シャルナンは微笑しながらそんなことを言う。

彼の自己満足のためだと思って、恩恵は遠慮なく受け取るといい、と。

「それでは。夜の舞踏会楽しんでくださいね。もし途中でつらくなったときのために、お守りをどうぞ」

手巾に精油を染みこませたものをシャルナンに手渡した。森林のような香りがする乳香《にゅうこう》の精油は、緊張を緩和して呼吸を楽にする効果がある。

「ありがとう。これがあれば安心です。リュカさんも楽しい夜を」

顔色のいいシャルナンと別れて自室へ戻ると、舞踏会用の衣装が入った箱が届いていた。

その中には「リュカへ」とだけ書かれたアルのサイン入りのカードが入っている。

メイドたちにアルから届けられた服に袖を通すよう促され、さっそく試着してみると、驚くほどぴたりと体に合った。

「リュカ様、とってもお似合いですよ」

「本当！　あなたのために作られた服みたいですわ」

褒められて照れながら、姿見の前に立ってみる。

なめらかな質感のシャツは胸元にフリルがあしらわれており、羽織った上着には花模様の細かな刺繍が施されている。腰がくびれていて全体的な線も細いが、寸法が合っているおかげで着ていても苦しさは感じなかった。

「こんないいものを着させてもらってもいいのでしょうか……？」

「いいんです。今日は一年に一度の舞踏会なんですから」

「リュカ様、今夜は思う存分楽しまないといけませんよ」

上機嫌のメイドたちの言葉に、リュカは笑顔でうなずいた。せっかく素敵な衣装を用意してもらったのだから、今日一日を心から楽しむべきだ。

日が暮れて、城の各所に灯りが点《とも》されていく。

いつもは夕暮れとともに王宮内は徐々に静けさを帯びていくが、今日はざわめきはじめていた。廊下ですれ違う貴族たちはみな美しく着飾り、これから煌びやかな宴《うたげ》の時間がはじまることを予感させた。

以前、エマから舞踏会では婦人を誘ってダンスを踊るように言われていた。

しかしリュカには誘ってまで踊ってみたい女性はいなかった。もちろん中庭で茶会をしたり、サロンに呼ばれたりする仲の貴婦人たちはいるが、本当に踊りたい相手が別にいるため、彼女たちを誘う気にはなれない。

リュカはひとりで大階段を下りていき、舞踏会の会場である一階へと向かった。複数ある大広間も大階段下の大理石のホールも華やかな人たちであふれ、みな煌々《こうこう》と照らされるシャンデリアの下、音楽と踊りに明け暮れていた。

「リュカ様、今から国王陛下のご挨拶ですよ、さあ、乾杯用にこちらをどうぞ」

にぎやかなフロアをあてどもなく移動していたら飲み物を運んでいたメイドに声をかけられ、礼を言ってグラスを受け取った。そして彼女の手が指し示す先を見上げた。

大階段の踊り場の中央にクロヴァン王が立つと、音がやみ、空気が張りつめた。

「今日は王国建立のめでたい日だ。ここで私が長々と話す必要もないだろう。みな夜更けまで存分に楽しんでくれたまえ」

クロヴァン王は宴に水を差す気がないのか、簡潔に挨拶を済ませ、演奏の続きを促した。ふたたび時間が動き出し、みな近くの者と手を取り合ってダンスの続きをはじめた。

ステップを踏む人の波をすり抜けながらリュカは周囲を見回した。誰もがダンスに夢中で、自分のようにグラスを持って飲み物を飲んでいる人はいなかった。

（クロヴァン国王陛下もグラスを持っていなかったし、乾杯の号令もなかったし、なんで僕にだけ配られたんだろう）

そもそも飲酒の経験はほとんどないし、葡萄酒にはバザン夫妻との苦い思い出があったため、もらったはいいものの口をつけていないグラスを持て余しながら、リュカはアルの姿を探した。

クロヴァン王の挨拶の際、国王を挟む形でアルとシャルナンが控えていたのが見えた。

シャルナンはここしばらく舞踏会にはほとんど出席していないと言っていたので、正装して並ぶ兄弟の姿はよほどめずらしかったのだろう、周囲がざわめいていた。それは決していやな空気ではなく、豪華絢爛《けんらん》な舞踏会の中で一段と輝くものを目にしたような憧れに満ちていた。

リュカは先ほど見た、深い青緑の上着に鮮やかな赤いマントを羽織ったアルの姿を探しながら移動した。周囲を見渡しながら歩いていると、複数の面識のない貴婦人たちから目配せのような熱い視線を受けて、途中からはアルを探すことをあきらめて逃げるように大広間を抜け出した。

甘い香水の香りに酔ってしまったのか立ち眩《くら》みがして、咄嗟に廊下の柱にもたれかかる。こんなことならシャルナンのぶんだけでなく、自分用にも精油を染みこませた手巾を用意しておくべきだった。

ぐらぐらと揺れる景色の中、颯爽とこちらに向かってくるアルの姿が視界にはっきりと映し出された。

「リュカ、気分が悪いのか？」

すこしかがんだアルに耳元で問われる。音楽と喧《けん》噪《そう》の中、アルの声は清涼剤のように耳に心地よく響く。

首のわずかな揺れがうなずいたように見えたのか、アルが肩に手を回しかけたところで、リュカの手の中のグラスに気づいて「それはなにか」と聞いてきた。

「国王陛下のご挨拶の前に、メイドの方からいただいたものです。でも僕以外は誰もグラスを持っていなくて……」

どうして自分にだけ葡萄酒が配られたのか不思議に思っていたことも伝えると、アルの顔が硬直し青ざめた。

「あの……？」

「……グラスには、口をつけたか？」

「い、いえ、誰も乾杯をしていなかったし、葡萄酒はバザン夫妻に飲まされて以来苦手だったので、ひと口も飲んでいません」

「そうか、それならばいい……」

顔の強張りは取れないものの、すこし安堵した様子のアルの受け答えからして、どうやら自分は酒に酔った状態にあると思われていたようだった。

アルはリュカの手からグラスを抜き取ると、それを背後にいる侍従の男に渡した。そしてリュカの肩にあらためて手を回し、体を支えるようにして人のすくないほうへと導いていく。

中央の大階段ではなく、裏手の階段から二階へ上がった。廊下を進むうちに人の気配はなくなり、門番が立つ二重の扉を抜けた部屋にたどり着いた。

「俺の部屋だ。今は誰もいないから、ここで休め」

ソファに座らされると、アルが一度退室しどこから薬を持ってきてくれた。

「酔い止めだ。人の多さに酔ったのだろう、これを飲めばよくなる」

「ありがとうございます」

粉薬を水で流しこんでひと息つく。まだすこし頭は揺れている気がするが、気分は落ち着いてきた。

アルはマントを外して腕をまくると、人を呼ぶことはせずみずから暖炉に火を点け、窓を開けて空気を入れ替えた。風に乗って外から階下の人々の笑い声や音楽が微かに聞こえてくる。

アルは舞踏会で忙しいメイドたちの手を煩《わずら》わせたくないのだろう。テーブルに置かれた果実の入った籠から洋梨を取り出し、ナイフで器用にむいてくれた。王子なのになんでもできてしまうアルの手さばきに見惚れていると、フォークに刺さった洋梨を口元に運ばれる。

「口を開けろ」

自分でできますと言いたかったが、アルの強引さに流されて熟した果肉を口に含んだ。甘い果汁が口内に広がる。食べさせてもらったことへの羞恥《しゅうち》と世話をされる心地よさに、めまいはよくなってきたのにまたくらくらしてしまった。

「うまいか？」

「はい、とても甘くておいしいです。でもアルさんに見られていると緊張して食べづらいです」

「そうか」

アルはふっと優しく笑って、皿をリュカに預けると席を外してくれた。

洋梨を一皿平らげるころには、体調はすっかりよくなっていた。余裕ができて周囲を見渡してみる。

室内はシャルナンの部屋と同じように過度な装飾は施されていなかった。アルも彼と同じくきらきらしたものに興味がないのかもしれない。趣味の似た兄弟の部屋を見て笑みをこぼしていると、窓辺から戻ってきたアルが顔を覗き見てきた。

「気分はどうだ？」

「お薬が効いたみたいです。ありがとうございます」

「それならばよかった」

微笑みはしたものの、先ほど廊下で見せた表情のかたさは抜け切れていない。そもそも帰国してからこちら、心の底から笑っているアルを見ていない気がする。

（アルさんの心に、なにがわだかまっている？）

アルに元気を取り戻してほしくて、リュカはその場に立ち上がった。

「おい、大丈夫か……っ」

体調がよくなったことを伝えるために、くるりと一回転してみせる。

「さっきはちょっとふらついただけだったので、もう平気です。こんな立派な衣装を用意してくださってありがとうございました」

リュカの突飛《とっぴ》な行動に不意を突かれたようでアルは目を見ひらいていたが、ゆるりと表情をゆるめた。

「ああ、よく似合っているな。プレゼントした甲斐がある」

やわらかな笑顔で褒められると、気分が高揚した。

（楽しまなくちゃ。アルさんも、僕も）

今日は年に一度の舞踏会で、目の前には大切な人がいるのだから。

「アルさん、僕はダンスの経験がほとんどないのですが、今日の思い出に、一緒に踊ってくださいませんか？」

勇気を出してソファに座るアルの手を取ると、すぐにかたく握り返された。

「喜んで」

立ち上がったアルに導かれ、ソファの前から移動する。

階下から漏れ聞こえてくる幻想的な演奏に合わせ、アルの指示に従いステップを踏んだ。

はじめは緊張してうまく動けず数度足を踏んでしまったが、「気にするな」とアルが言ってくれたので、縮こまらずに大胆に動いてみると次第に息が合ってきた。リードされ、力強い腕に抱かれながらアルに体をゆだねる楽しさは格別だった。

音楽が途切れた拍子に、アルの胸にもたれかかった。わざとそうしようと思ったわけではなく気づくとそうなっていた。

「またいつか一緒に踊ろう」と誘われ、嬉しくて頭がぼうっとしてくる。はずんだ息を整えながら厚い胸板に耳を押し当て力強い鼓動を聞いていると、耳元でアルが囁いた。

「リュカ、俺はおまえだけを愛している」

いつになく熱い言葉と触れ合いに、リュカの体に火が灯った。

「僕も、アルさんのことを愛しています」

もたれかかっていた体を立て直し、アルを見上げた。目が合うと互いに吸い寄せられるように口づけていた。

自然と舌を絡ませ合い、整いかけていた息があっという間に乱れていく。

今夜はこのまま夜をともに過ごすのかもしれない。

リュカの期待に満ちた欲望がはち切れそうになったとき、アルが唐突に体を突き放した。

「アル、さ、ん……?」

愛の言葉を囁き、求め合っていたはずの男が雰囲気を一変させ、リュカの目の前で背後の扉を振り返っていた。

「どうか、されましたか?」

「いや、なんでもない。物音がしたように感じたが、気のせいだろう」

アルのことしか考えられないほど体が昂《たかぶ》っていたリュカには、物音なんて聞こえなかった。アルはリュカほどには、行為に集中していなかったのだろう。

まだすこし空いている窓からはしっとりとした音楽が静かに流れていた。宴はそろそろ終わりの時間が近づいているのかもしれない。

「リュカ、もう夜も遅いからそろそろ部屋に戻ったほうがいい」

「はい……」

なんとなく続きはないのだろうと感じていた。けれど今夜は一緒に過ごせるかもしれないと期待をしただけに、はっきり言葉にされると拒絶されたような気がして落ちこんだ。

その後はアルと別れ、彼の侍従が部屋まで送ってくれた。

「おやすみなさいませ、リュカ様」

「送ってくださってありがとうございます。おやすみなさい」

部屋に入るとひとりきりになった。

アルはやはりまだ疲れている。

先ほどの物音ひとつに敏感に反応しているところからも、よほど神経が過敏になっているように見えた。

(本当に、ただ疲れてるだけなのかな……?)

リュカはアルの心を不安にさせるものに思いを馳《は》せてみたが、見当もつかなかった。

「今日はどうされましたか?」

「喉が痛くていがいがするんじゃが」

患者が大きくひらいた口の中を見て、フェリクスは「すこし腫《は》れてますね」と言った。

「先生、わしはもう死ぬかの?」

「ちょっと喉を痛めただけでなに弱気なこと言ってるんですか。どうせまたマルクさんのお店で、夜通し歌っていたんでしょう」

「ああ、先生には隠し事はできん。なんでもお見通しじゃ」

二人の微笑ましいやりとりを横に、リュカはフェリクスの診断結果から、生薬の甘草《かんぞう》の粉末を一包ずつ分けて処方薬を作り、老人に「お大事に」とひと声かけて渡した。

今日もフェリクス診療所は朝から忙しかった。

不安そうな顔で診察室に入ってきた患者は、フェリクスの下す診断にほっとして、リュカから薬を受け取り帰っていく。

モンフィス診療所では医者と患者が一対一でじっくり話をする環境だったが、ここでは迅速で的確な判断力が必要だった。診療所の在《あ》り方は違えど、街も島もそれぞれの適性を生かして、患者にとって最良の医術を提供していると感じる。

「今日もごくろうさま、リュカさんが来てくれてから仕事がはかどって助かっています」

「いえ、お役に立ててなによりです。ではまた」

仕事を終え、迎えの馬車へ向かう途中、診療所脇の小道に目をやると、前方に男が倒れているのが見えた。

「え……、あの人……？」

小走りで近づくにつれて、男は初仕事の日に声をかけられ知り合いになった大工の青年だとわかった。あの日以降、小道を覗いて彼を見つけると、挨拶を交わす仲になっていた。

外の仕事で全身が日に焼けており、健康そのものといった若者だ。そばに落ちている木片は、梯子の部品のようだ。上って壁を修繕している最中に、足場が壊れて落下したのかもしれない。

心臓がいやな音を立てていた。リュカはうつぶせの体勢で動かない男の傍らにしゃがみこみ声をかけた。

「だ……大丈夫ですかっ？　僕の声が聞こえますか？」

返事はない。ぴくりとも動かない首元に手を当てると脈は刻まれていてすこしだけほっとする。

「どうされましたか？」

前方から若い女性がやって来て、倒れた男を見て「ひっ」と声を上げた。リュカのいるほうからは見えなかったが、女性が指差す先、右耳の下に血溜まりができていて、じわじわとその円を広げていた。

「あの、医者を呼んできてください！」

「は……、はいっ」

女性は診療所の入り口に向かって走り出した。

幸いにも倒れたのは診療所の真横だ。しかし今は昼休みなので、診療所の中に医者は残っていない可能性もある。

（僕に、なにか、できること……）

リュカには薬学の知識はあっても、処置を施す医術はない。

（でも、僕には力がある……）

封印した、エクラの力が。

数日前、城の前庭で見つけたイエスズメは、リュカが力を使うか迷っているあいだに足をくじいたまま飛び立ってしまった。

こんな葛藤をいつまで続けるのだろう。

せっかく持って生まれた力を封印したまま、この先幾度、救えなかったと後悔することになるのだろう。

（だけど、またうまくいかなかったら……）

リュカの中で力を使いたい欲求と失敗を恐れる不安がせめぎ合っていた。

だが診療所から医者が来るのを待つ一刻の猶予もない。今こそエクラの力を使って彼を助けるべきだ。

決意をしたリュカは、大工の青年の後頭部に手を置いた。意識がないのは倒れた際に頭をぶつけたからだろう。ほかにも怪我があるかもしれないが、最優先して処置すべきは脳だと判断した。

それなのに後頭部に触れた手が震えて定まらない。

（落ち着け、大丈夫だ……）

川で男児を助けたときのイメージを頭に浮かべた。あのときはできたのだから、今も集中すれば必ずできる。

手の震えが徐々に治まり、リュカは自分の中にあるエクラの力を引き出そうとした。

しかし――。

（ない……）

以前は当たり前のように自身の中に存在していたエクラの力が、今は発動する気配すら感じられない。

それは老人ヤニクの体に触れたときとはまた違う感覚だった。

大工の青年の体からは、ヤニクのように体温以外の熱を感じないわけではない。そこにはエクラの力さえ発動すれば、吸収できる熱塊がたしかに存在している。

しかし誰かを救いたいと願う気持ちによって引き出されるはずの力は、リュカの体の奥底でじっと鳴りを潜めている。

「大丈夫か！」

小道の先にフェリクスと数人の医者の姿が見えた。

リュカはぼんやりと、後頭部に触れていただけの手を上げた。

医者たちは大工の青年の頭をできるだけ動かさないよう慎重に診療所へと運んだ。リュカも一緒に戻って青年の処置が終わるまで待合所で過ごした。

「リュカさん」

処置室から出てきたフェリクスが、大工の青年は脳震盪《のうしんとう》を起こしていたことを教えてくれた。大量に出ていた血は側頭部の切り傷で、脳に損傷はないという診断だった。

「無事で……よかったです」

「リュカさんはもしかしてさっき、前に話してくれたエクラの力を使おうとしていたんじゃないですか？」

フェリクスの問いかけに、リュカは小さく微笑んだ。

「はい……でも、だめでした。僕はもう、完全に力を使えなくなったかもしれません」

「…………」

フェリクスにはリュカの笑みが痛々しく見えたことだろう。

なにも言えなくさせてしまったことを申し訳なく思いつつ、挨拶を交わしてフェリクスと別れた。

力を使うことが怖くて、自信がなくて、エクラの保持者としてふさわしくないと決めこみ、ここ数か月封印していた。

いっそのこと、自分の体から切り離してしまいたいと思ったこともあった。

しかしその力をいざ使おうと思ったら、もう自分の中にはなかった。

以前、シャルナンに使おうとして失敗したときは、リュカの体力だけが消耗して力は発動しなかった。けれど今日は力の発動もなく、体力の消耗すら起きなかった。

力をコントロールできるできない以前に、エクラを扱う資格がなくなったのかもしれない。

大工の青年を救いたい。その気持ちに偽りはなかった。

けれど、エクラの力は発動しなかった。

リュカはどこかで、自分の覚悟さえ決まれば今まで通り力を使えるようになると、そんな甘い考えを持っていた。

（だけど、僕には悲しむ権利なんてない……）

力を封印すると決めたのはほかの誰でもない、リュカ自身なのだから。

◆

それから十日ほど、リュカの心が晴れる日はなかった。

王宮とフェリクス診療所を行き来する多忙な日々を過ごしながら、時折、エクラの力が使えないことを思っては鬱々《うつうつ》と悲しみに浸っていた。

暦《こよみ》は二の月になり、王宮内は次期国王の話題で持ちきりになっていた。

三か月前、アルに連れていってもらった城下の街の酒場では、次期国王は第二王子のほうが有力だろうと噂されていた。エクラの力のことが載った民報紙にも、有力候補は第二王子と書かれていたと記憶している。街では病弱なシャルナン第一王子よりもアラン第二王子のほうが王に近いと踏んでいる声が多かった。

王宮の中でも同様にアルの人気は高かった。

しかし建国記念の舞踏会で、いつも部屋にこもっているシャルナンが大勢の前に元気な姿を見せたことから下馬評《げばひょう》は混乱し、噂話はさらなる盛り上がりを見せていた。

「リュカ様、ごきげんよう」

「こんにちは、いいお天気ですね」

西の中庭へティロンを連れて散歩に出向くと、若い貴族の女性の集団に声をかけられた。リュカがもてなすハーブティーの茶会に参加してくれた女性たちだった。

彼女たちは昼下がりに寄り集まってお喋《しゃべ》りに花を咲かせていた。西の中庭ではよく見る光景だ。

「アラン様は決断力があって武術にも長けていらっしゃるから、きっと国を大きく発展させてくださるわ」

ブルネットの髪の美しい女性が自信ありげに発言した。

「上に立つのならばやはり、秀才で王国の動向に詳しいシャルナン様のほうが向いていますわよ」

対抗する別の女性の声も上がった。シャルナンはなかなか人前に顔を見せることはないが、学術書に寄稿される彼の思想や政治学は民のあいだで評価が高く、こちらも支持者はすくなくない。

集団の輪の外側から話を聞いていると、二人のように一方の王子に肩入れする者はすくなく、シャルナンの病が落ち着いているのならどちらがなっても安泰だという意見が多いようだった。

次期国王の発表日まであとひと月とすこしだが、最終的にクロヴァン王がシャルナンとアルのどちらを選んでも、彼女たちの中にその結果に反発するような者は出てこないだろう。

「そうそう、近々スハイセンの王妃様と王女様が訪問されるらしいわ」

「今の時期に来るということは、きっと公式なお見合いね」

（お見合い……？）

はじめて耳にする情報に目を瞬かせると、次期国王になる王子と隣国スハイセンの王女との結婚はほぼ確定しているという声が聞こえてきた。

広い国土を持つ大国スハイセンにとって、繊細《せんさい》な織物の技術や品質のいい作物を提供してくれる小国コルマンドは魅力のある同盟国であるため、婚姻となると相当な持参金がつくらしい。

ましてコルマンド王国の適齢期の二人の王子は周辺諸国のどの王子にも引けを取らぬ美貌の持ち主だ。それゆえ各国の王女たちがこぞって狙《ねら》っているとも言われている。

「おとなりの大きな国とは仲よくしておいたほうがいいし、こちらも断る理由はないですわ」

「スハイセンのお美しいカルラ王女殿下なら、どちらの王子と結婚してもかわいい子どもが産まれそうですしね」

最後に高らかな笑い声を上げると、貴婦人たちはリュカに「ごきげんよう」と告げ、はしゃぎながら中庭を去っていった。

ひとり取り残されたリュカは、足元から見上げてくるティロンが寒さで震えているのに気づいて慌てて抱き上げ、ケープの中に顔だけ外に出す形でくるんだ。

(アルさんが次期国王になれば、スハイセンの王女様と結婚することになる……?)

今までは次期国王がどちらになるかという噂話ばかりが耳に入ってきたが、それと同時にすでに婚姻の話も持ち上がっているようだ。


そういえば、街の酒場でもそんな話題を耳にしたような気がする。あのときはまだアルが王子であることを知らなかったため、なんとなく聞き流してしまっていた。

ここ数日、エクラの力のことで沈んでいたリュカの胸に、新たな不安の種が芽吹いた。

舞踏会のあと、アルの部屋でいい雰囲気になったところで自室に帰された記憶がよみがえる。

あの日から半月近くが経ち、アルがリュカの部屋を訪れる回数は減っていた。だからこそたまに夜遅くに来てくれたときは嬉しかったが、エクラの力について相談したくても、ゆっくり話をする時間もなく帰っていってしまう。

以前アルは、リュカのことを惑わす言葉を吹きこむ人間が出てきても信じるな、周りの噂に流されるなと言った。しかしアルとはまともに話すこともできず、周囲の声が大きく聞こえてくるようになると、心は惑い、信じるべきものを見失いそうになりそうだ。

エクラの力の喪失とアルの結婚の話。

心配事は相乗効果で増幅していく。リュカは浮かない顔に笑顔を貼りつけ、夕方にシャルナンの部屋の扉を叩いた。

今日は植物油で希釈《きしゃく》した精油を、シャルナンの胸部と背部に手で塗りこんでいく。精油は皮膚に直接吸収され、香りでも癒される二重の効果がある。

「リュカさん、体調はどうですか？　疲れは出ていませんか？」

以前、目の前で倒れてしまったこともあり、シャルナンは時々こうしてリュカの体を気遣ってくれる。

「診療所の仕事も順調ですし、生活が整ってきているおかげで調子はとてもいいです……」

体調がいいのはたしかだった。

けれど二つの憂《うれ》い事のせいで気持ちは晴れなかった。

「なにかつらいことがありましたか？」

無意識に手の動きを止めてしまったリュカを振り返り、シャルナンが心配そうな目を向けてきた。

今まで部屋を訪問するたびにシャルナンとはいろいろな話をしたが、次期国王のことやスハイセンの王女との結婚のことは聞いたことがなかった。

はじめてここを訪れたときに、アルに国王になってほしいというシャルナンの思いは打ち明けてもらったものの、実際の動向については守秘義務があって言えないのだろう。

それはアルも同じなのかもしれない。

恋人という近しい間柄であっても、王族として話せないことはあるのだろうと気持ちを切り替えて、リュカはもうひとつの憂い事をシャルナンに相談することにした。

「実はこの前、診療所の近くで怪我をした人にエクラの力を使おうとしたんですが、また失敗してしまったんです。しかもシャルナン様のときのように力をコントロールできなくて失敗したのではなく、力の存在自体をもう感じることができなくなっていました」

ずっと心の内に溜めていたものをひと息に告白してしまうと、シャルナンが静かに受け止めてくれた。

「そんなことがあったんですね」

シャルナンの背後で小さくうなずき、またゆっくりと手を動かしはじめる。

「そうなったのは、エクラの力を使っていない時間が長かったせいでしょうか？」

問われたリュカは、島のモンフィス家での生活を思い出した。あのころは力を過信することも恐れることもなく、数日客が来なくても力を使えなくなるのではないかという心配などしなかった。

「力を使っていない時間の長さは、あまり関係ないのかもしれません」

「そうですか……。では原因が気持ちの問題にあるのだとすれば、エクラの力というものは、リュカさんの不安や恐怖や欲望といった心の中と連動しているのかもしれませんね」

（僕の心と、連動してる……？）

夜になってベッドに入ってもなかなか寝つけず、暗い天井を見上げ考え事をしていると、部屋の扉がひらく気配がした。

アルが来てくれた。

数日ぶりのことで嬉しくて声をかけようとしたが、開閉音のあと近づいてくる足音は聞こえてこない。

どうしたのだろうと体を起こしかけたとき、間仕切りの衝立《ついたて》の向こう側からアルと誰かの話し声が聞こえてきた。

「アラン様」

「リュカがもう眠っているんだ、続きは明日にしてくれ」

小声で退室を促すアルの声には、若干の怒りが含まれているように聞こえた。

「明日、明日と言って、いつまでもはぐらかされてはなりませんからな」

声を潜めているアルの話し相手は男だった。聞いたことのある声だったが、それが誰かまではわからない。

「あの方には王は務まりませんよ。あなたがなるべきだ」

(あの方って、シャルナン様のこと……?)

次期国王候補は二人しかいない。男はシャルナンではなくアルを国王に推しているらしい。

「国境の視察に出向いた際に会合したスハイセンの国王陛下も、あなたのほうが王に適任だとおっしゃっていたでしょう」

「それは、陛下が俺の前だからと気を遣われただけだ」

「なにを謙遜《けんそん》なさることがありますか。カルラ王女殿下だって、あなたをいたくお気に召されていたじゃありませんか。アラン様ご自身も、あのお美しい王女に好かれて悪い気はしなかったでしょう」

(アルさんが、スハイセンの王女様に会った?)


二人の会話はところどころ聞こえづらかったが、どうやら国境視察に出向いた際に、スハイセン国王のはからいで次期国王筆頭候補のアルとカルラ王女を同席させての食事会が催されたようだ。

「近隣諸国の醜い王女などと結婚するより、素晴らしい大国スハイセンの見目麗《みめうるわ》しいカルラ王女とのご結婚をお考えになったほうがよろしいかと」

「そういえば、おまえは父上がスハイセン王国の出身だったな」

「ええ、私の母はコルマンドの片田舎《かたいなか》出身ですが、父方は代々、スハイセンで立派に軍人を務めておりました。スハイセンは大変素晴らしい国ですよ。生まれ育った私が言うのですから間違いありません」

「ああ、もちろんそれは承知している」

「スハイセン国王陛下も大事な娘をシャルナン様にではなく、アラン様に託したいと願っておられるのですからな。それにカルラ王女殿下の持参金は相当な額なので、コルマンドにとっても決して悪い話ではないでしょう」

　男の囁きは、誘惑するような甘い響きを帯びていた。

　アルはいったいどのような表情でこの話を聞いているのだろう。覗き見したい欲望が湧き出すのを必死でこらえていると、アルは決然と言った。

「俺は愛する者と結婚したい」

「……ほう。あなたが婚姻を私的なものだと考えていらっしゃるとは意外でした。国王ともなる方のご結婚は、王国のための重要政策であるということをきちんとわかっていただかないといけませんな」

「俺が国王になるとはまだ決まっていないだろう」

「そうだとしても、です。あなたは二人の国王候補のうちのひとりなんですから。王族として、世継ぎのことを今からしっかりと考えてくださらないと困ります」

（王族として、世継ぎのこと……）

　アルに求愛されて受け入れ、リュカははじめての恋とその成就という只中にいた。

　けれどももっと大きな視点で物事を眺めてみると、二人のあいだには問題が山積みなのかもしれない。

　男同士では世継ぎは作れない。

　そんな当たり前のことに、今さら思い至ってリュカは愕然とした。

　アルから言葉を尽くされ、人を愛することに身分や性別は関係ないのだと思った。もちろん今でもそう思っている。

　けれど、周りはどう思うだろうか。

（だって僕は、マリーへの手紙でアルさんと恋人になれたと書けなかったし、エマさんにアルさんとの関係を聞かれたときも答えられなかった）

　マリーはずっと一緒に生きてきた大切な妹だ。エマはこの王宮に来てからはじめて仲よくなった信頼できる存在だ。

　アルを好きになって結ばれたと報告したら、きっと二人とも喜んでくれただろう。リュカ自身も本心では、打ち明けたいと思っていた。

けれど実際は言えなかった。それは、好きになった相手が王子だからだ。

マリーやエマに打ち明けず自分の心の内に秘めておこうとしたのは、次期国王候補である王子のアルと自分は日陰の関係なのだと、リュカ自身が無意識にわかっていたからなのかもしれない。

アルだけを見つめて、アルだけを信じていられれば、幸せだった。

けれど相手が一国の王子である以上、二人の恋愛感情だけでは解決できない問題がある。

「リュカさんのことを大変気にかけていらっしゃるようですな」

男の口から自分の名前が出てきて、心臓がびくんと大きく跳ねた。

「しかしあれは男でしょう？　彼はお子を産めませんよ。アラン様、次期国王筆頭候補の自覚を持って、これからは間違いのない行動を取られるように。では、おやすみなさいませ」

男は最後に釘を刺した。

扉の閉まる音がしたあと、アルのため息が聞こえた。どうやら男は部屋を出ていったらしい。

足音が近づいてきて、リュカは慌てて目を閉じた。

昼に中庭で耳にした噂話と、先ほど男が語った内容がつながった。

心臓がいやな音を立て加速していく。以前も狸寝入りしてしまったから、今日はばれてしまうかもしれない。

（アルさんは、スハイセンの王女様と結婚するの？　僕は子どもを産めないよ……。それでもまだ、僕を好きでいてくれる？）

いろんな思いが頭の中に渦巻いている。

国王になれば世継ぎはどうするつもりなのか。国王にならなくても、王族として結婚をどのように考えているのか。

今しがたの会話を聞いてしまったと告白して質問

すれば、アルはきっと答えをくれることだろう。

衝立の向こう側から、アルがベッドの脇に来た気配がした。

けれど目をひらく勇気はなかった。

「リュカ、騒がしくしてすまない」

「………」

無言で寝たふりを続けていると、髪をそっと撫でられた。アルはリュカが起きていることに気づいているのかもしれない。

(アルさんとちゃんと話し合わなきゃだめだけど、王女様と結婚するって言われたら……)

どうしても怖かった。真実を知りたくなかった。

髪から手の感触が消えてしばらくすると、アルはベッドから離れていった。

愛していると言ってくれたあの言葉をなかったことにされてしまう恐怖から、リュカはアルと向き合うことを避けてしまった。


その後もアルときちんと話をする機会がないまま、三日が過ぎた。

朝食後にサリムが部屋にやって来て、今日はシャルナンの部屋に行かなくていいと言われた。

「昼前にスハイセン王国の王妃殿下と王女殿下が来られるので、今日はシャルナン様もアラン様も準備で時間が取れないそうです」

「そう、ですか」

ここ数日、王宮のどこにいても見合いの話を耳にした。今日がついにその日なのだろう。

サリム曰く、王妃と王女はリュカの滞在する部屋と対《つい》になっている東側の客室に一泊して、明日の朝、スハイセンに帰る予定なのだそうだ。サリムも多忙なようで、用件を伝えるとこちらが質問する間も与えず、すぐさま部屋を去ってしまった。

今日はフェリクス診療所が休診のため、リュカは一日王宮で過ごす予定だった。

（こんな日に限ってお休みだなんて）

図書館でシャルナンに探してもらって借りた薬草の本をひらいてみるも、目が文字の上を滑っていくだけで内容は頭に入ってこない。

なにも手につかないまま、スハイセン王国の王妃と王女が訪問する時間が近づいていた。アルと王女が出会う場面を想像してしまい、胸の中にすうすうと風が吹いているような寂しい気持ちになった。

扉を開けて廊下を見てみると、見合い当日だからか、行き交うメイドたちはみな慌ただしくしながらもどこか浮き立って見える。きっと王妃たちが泊まる部屋は美しく飾り立てられていることだろう。リュカは言い知れない孤独を感じ、そっと扉を閉めた。

この三日間はアルと顔を合わせても、挨拶程度の言葉しか交わしていない。

先日、また狸寝入りでアルの会話を盗み聞きしてしまった罪悪感からよそよそしい態度を取ってしまったが、アルのほうもリュカの前でどこか緊張した雰囲気をまとっていた。

（アルさん、なにか言いたいけれど言えないことがある感じだった）

今日の訪問のことを事前に話してくれようとしたのかもしれない。けれどそれを伝えることで、見合いをする話もしなければならないから、サリムに伝言を頼んだのではないだろうか。

暗くなる思考は振り払っても泉のようにあふれ出てきて、リュカの心を悲しみで満たした。

予定通り、昼のすこし前に、スハイセン王国の王妃と王女が乗った立派な馬車が城の前に到着した。

エスコートされ、城内に入っていく二人の女性の姿を、リュカは二階の部屋の窓からこっそりと見ていた。薄いパープルのドレスを着たカルラ王女は、遠目に見ても美しいことがはっきりとわかる。

二人が城に入ったあとも、リュカは窓の前から動くことができず、曇り空を眺めていた。今ごろ王族が彼女たちを迎え入れていることだろう。

アルとカルラ王女はもう対面しただろうか。自分のことを気に入っているという美しい王女と再会して、アルはどう思うのだろうか。

「ナァ……？」

窓辺に立って動かない主が心配になったのか、足元からティロンがこちらを見上げている。リュカははっと我に返って、ティロンを抱え上げた。

「お散歩に行こうか」

散歩という言葉を聞いて、ティロンが嬉しそうに鳴いた。

城の中にいるとどうしてもアルとカルラ王女のことを想像してしまう。今日は仕事がなく体力は余っているため、できるだけ遠くへ出かけて気分を変えたかった。

ふと、久々に森へ行ってみようかと思った。港町にいたころ、アルと出会ったあの森へ。

森は御料林で、王族の所有物であるため民は立入禁止になっている。けれど、あそこに行けば気持ちが安らぐ気がして、その考えにどうしようもなく惹きつけられてしまった。

（ちょっとだけ散歩させてもらおう）

もしばれてしまったら、謝って帰ってこよう。

外出着に着替えて鞄をひらくと、ティロンが中に飛びこんできた。「森に行くよ」と声をかけると、意味がわかっているのか喜んでごろごろ喉を鳴らした。

部屋を出るとすぐ、数人のメイドがアーチ窓に張りついているのが見えた。

「リュカ様、ご覧になってください！　アラン王子殿下とカルラ王女殿下ですよ」

振り返ったメイドはエマの友達だった。彼女に導かれ、リュカは窓から中庭を見下ろした。

そこにはアルと、先ほど王宮に到着したばかりのカルラ王女が並んで歩いている姿があった。

メイドたちの「お似合い」とか「美男美女」という言葉が耳に入ってきたが、その情報と実際目で見

た二人の姿がぴったり重なる。

長身のアルが小さな王女の歩幅に合わせて、ゆったりと歩きながら談笑しているさまは、仲睦まじい恋人のようにしか見えない。

王女が石畳に靴のかかとを引っかけてつまずいたとき、アルが肩を支えて助ける様子を見たメイドたちから羨望《せんぼう》のため息が漏れた。二人は上階から眺めているリュカたちに気づくことはなく、中庭を横切って建物の中に入っていった。

興奮していたメイドたちは、まだぼんやり窓の外を見ているリュカに声をかけて持ち場へと戻っていった。

その直後、背後から肩を叩かれた。

驚いて振り返ると、そこには左右対称の口髭をたくわえた男が立っていた。

「ギヨーム大臣」

「ああ、リュカさん、こんなところで奇遇ですね」

ギヨームは窓から無人になった中庭を見下ろして、「王子と王女は行ってしまわれましたか」と残念そうな顔をした。

「リュカさんもお二人の姿をご覧になったでしょう？　アラン王子殿下とカルラ王女殿下は小さいころに何度か遊んだことがある仲なんです。それが数年の月日を経て、またこうして巡り会うことになるとは、なんとも素敵なご縁だと思いませんか？」

感慨深くうなずくギヨームの横顔を見ているうちに、リュカの胸の中はしんと冷えていった。

（アルさんとカルラ王女殿下は幼なじみなんだ。知らなかった）

数日前の夜、アルと一緒に部屋へやって来たのはギヨームだったと、今になってわかった。あのときアルにカルラ王女との結婚を促していたし、小声ではあったがよどみない話し口調は今日の彼にそっくりだった。

アルとギヨームの会話を聞いてしまったとき、国境視察の際に二人ははじめて会ったのかと思っていた。しかし彼らはむかしからの知り合いだという。

一緒に歩く二人の距離がやけに近く感じた。互いを見つめる瞳のやわらかさには、特別な親しみがこもっていたようにすら思えてくる。

たった今目にしたばかりの似合いの二人の姿を思い浮かべると、突如強い嫉妬心が湧き出した。

（いやだ……！）

アルが自分以外の誰かを愛していると想像したら、目の前が暗くなった。

（アルさんを誰にも渡したくない）

意思を無視して頭に流れこんでくる言葉は、果たして自分の考えなのか。

今まで覚えたことのない強烈な感情に支配されていると、「そういえばお仕事を頑張っているようですね」とギヨームが空々しい口調で言った。

「王宮の中でも話題ですよ。アラン王子殿下の連れてきた子が外で働きはじめたから、そろそろここから出ていくつもりなのだろうと、ね」

「そ、それは……」

「結婚を控えた若き王子の囲い者として、あなたはいつまでここに居座るおつもりですか？」

「…………っ」

耳元で囁かれたギヨームの言葉に、リュカはなにも返せず言葉に詰まってしまった。

アルは以前、リュカに王宮から出ていく必要はないと言ってくれた。ここにいてほしいのだと。

けれどあれからひと月以上が経過してカルラ王女との結婚話が現実的になり、状況は変わった。

（アルさんもギヨーム大臣のように、僕に出ていってほしいと思っていたら……）

先ほどまで嫉妬の熱が渦巻いていた脳内は、悲しい気持ちで一気に冷たくなった。

アルが心変わりをしていたら、それこそもうここに留まる理由はなくなってしまう。

「王宮から街の診療所まで通うのは大変でしょう」

不安なリュカの心情に追い打ちをかけるように、

ギヨームはたたみかけてきた。

「診療所の近くに住んだほうがきっと生活が楽になりますよ。実はあのあたりに一軒、いい空き家があるんです。持ち主が次に住む人を探しているので、リュカさんが入れるように私から頼んでおきましょうか？　お金がないのであれば幾月分かは立て替えて差し上げましょう」

ギヨームは言い切ると笑顔になった。

シャルナンの病は日に日によくなっている。

癒しを提供する頻度が今後低くなっていくことになれば、ギヨームの言うように、城下の街に住むほうが断然生活がしやすくなるだろう。

「す、すこし……、考えさせてください」

「一刻も早くご決断を」

頭を下げたリュカに、大臣はきっぱりと告げて去っていった。

ギヨームと別れ、とぼとぼと大階段を下りて玄関広間へ着いたところで、背後から呼びかけられた。

振り返ると、そこには息を切らしたエマが立っていた。

「リュカ様、どちらへお出かけですか？」

「あ、ちょっと森まで、ティロンと散歩に……」

御料林は立入禁止のため止められるかと思ったら、エマは「お気をつけて行ってらっしゃいませ」と優しく微笑んで見送ってくれた。

王宮を出て、外壁沿いに西へしばらく歩き続けると森にたどり着いた。

アルと待ち合わせをしたブナの老樹の前まで来て、鞄からティロンを出してやる。ここに来るとサリムと会えると思っているらしいティロンは周囲を見回していたが、誰もいないことがわかるとひとり遊びをはじめた。

（僕は、アルさんのことをあきらめたほうがいいのかな……？）

結局アルにはエクラの力が使えなくなったことも伝えられず、カルラ王女との婚姻の話も直接聞けていない状態だった。

リュカは今日カルラ王女が訪問してくることも、彼女とアルが幼なじみであることも知らなかった。噂話はいくらでも耳にしたが、真実はアルからひとつも語られていない。

（だけど、アルさんは僕のことを愛しているって言ってくれて、キスしてくれた）

余計な情報を遮断して、アルからもらった言葉と触れ合いだけを信じることができたらどんなに幸せだろう。

けれど脳裏には先ほどカルラ王女と仲睦まじく歩いていたアルの姿が焼きついていた。切ないけれど、誰が見ても似合いの二人だった。

（それに、僕は子どもを産めない……）

ギヨームの言っていた世継ぎの問題は、男である自分には解決できない。アルが王位を継承してもしなくても、カルラ王女と結婚すれば、誰にそしられることもなく王国中の民に祝福されることだろう。

アルと添い遂げるということは、王族の一員になるということだ。拾われて王宮に入り浸っている男のリュカにはそんな資格などない。

エクラの力までなくなってしまった今、アルにとっての自分の価値がいったいなんなのか、もうわからなくなってしまった。

（でも、好き……、アルさんが好き）

リュカの本心は、ただずっとアルと一緒にいたい。それだけは変わらなかった。

アルをあきらめることはできないが、アルと王国のためを思うと身を引いたほうがいいのかもしれない。

こんなに愛していても、愛だけではどうにもならないことがある。子を産めない男の自分の愛はただのわがままなのだろうか。

アルと両想いになったあの日、幸せの絶頂の中で人を愛することの喜びを知った。

エクラの力を使うことをあきらめたように、この愛をみずから捨てる決断をする日が近い将来やって来るのかもしれない。

想像するとぞっとして、リュカはかたく目をつむった。冷たい風が頭上を吹き抜け、気づくと膝をつき、唇を噛みしめていた。

（こんなにアルさんのことが好きなのに……！）

リュカにとってはじめての恋の試練は厳しいものだった。

◆

二の月が終わろうとしていた。

アルと最後に会ったのは果たしていつだったか。それがはっきりと思い出せないほどに、彼がリュカの部屋を訪れる回数は激減していた。

実際、アルは多忙のようだった。王宮内で見かけるときは、人を引き連れ忙しなく移動している場面ばかりだった。アルが来ない代わりにサリムが時々リュカの部屋を訪れ、ほんの数分、ティロンの相手をしながらアルの忙しさとここに来られない理由を伝えてくれた。

王宮内での次期国王に関する話題は少々落ち着きを見せていた。

それはアラン第二王子でほぼ決まりだろうという空気が貴族や下働きの者たちのあいだで共通してきたからだった。

シャルナンの病状は、三日に一度は会うリュカから見ると日を追うごとによくなっている。それでもアルのほうが外交や軍務などで表立って活動しているため、やはり人の目に触れる機会が多いと注目が集まるのだろう。

そして今日、クロヴァン王のスハイセン王国訪問にアルが同行することで、周囲の予想はほぼ確信に変わっていた。

次期国王の結婚相手と噂されるカルラ王女の訪問から二十日、今回のスハイセン王国での会合で、アルと王女の婚姻の約束が交わされるのではないかと言われている。

リュカはアルが今日旅立つことを、本人からではなくサリムから聞いて知った。

早朝、美しい朝焼けが降り注ぐ前庭に、旅立つ一行が姿を見せた。国王率いる一団はすでに前日に出発しており、それに追いつく形のアルたち一行は少人数での移動だった。

リュカはグエンに騎乗するアルの後ろ姿を自室の窓から眺めていた。

(アルさん、僕はこのままあなたのことを待っていてもいいんでしょうか……?)

さまざまな噂話を耳にしても、リュカはまだアルからの言葉を心のどこかで信じていた。

――おまえを惑わす言葉を吹きこむ人間が出てきても、俺の言葉だけを信じていてくれ。

アルの声が頭の中をよぎると、それが真実だとすがりたい気持ちになる。

けれど現実のアルはリュカに背を向け、スハイセンの王女のもとへと旅立とうとしている。

じっと後ろ姿を見つめていると、アルが顔だけで振り返った。一瞬目が合ったような錯覚はすぐさま出発の合図でかき消され、アルは前方だけを見て馬を走らせた。

いつまでも未練がましさを持ち続けていてはいけない気がした。

(どうかご無事で、行ってらっしゃいませ……)

リュカは天に向かって祈りを捧げ、アルを思う気持ちを胸の奥底に沈めた。

この日は午前中はフェリクス診療所で仕事をして、午後からはシャルナンの部屋を訪れた。

「今日は晴れてよかったです。父とアランたちの旅の無事を祈りましょう」

「……はい」

二人であたたかいハーブティーを飲みながら、たわいのない話をしていたときだった。

シャルナンがじっとこちらを見つめていることに気づく。

「どう、されましたか？」

「気をつけて」

「え……？」

息だけの声はなんとか聞き取れはしたものの、言われたことの意味がわからなかった。しかし問い返してみるも、シャルナンはすっと視線を落としてしまった。

（気をつけて、ってどういうこと？）

シャルナンがこれ以上の問いかけを拒否している。

（なんだったんだろう……）

シャルナンの部屋を退室して廊下を歩きながら、今日は外に出ずに部屋でゆっくり過ごそうと思った。いつもならこれから図書館で本を借りてティロンとともに西の中庭を散歩するが、シャルナンの助言が引っかかっていて、あまり動かないようにしようという意識が働いたのかもしれない。


「リュカ様、おかえりなさいませ」

「ただいま戻りました。いつもごくろうさまです」

室内に入るとき、二人のメイドとすれ違った。

ひとりはエマの友人で、もうひとりははじめて見る長身の女性だ。リュカの挨拶に丁重に頭を下げてくれた彼女を、エマの友人が新しいメイドだと紹介してくれた。

「ブノワトと申します」

思いのほか低い声だった。

「ちょっと不愛想ですけど、お仕事は真面目に取り組んでくれてるんですよ」

エマの友人が最後にそんなことを言い、別れの挨拶を交わして二人を見送った。

部屋は彼女たちによってきれいに整えられていた。ソファに腰かけると、卓上に中身が新しくなっているガラスの水差しが置かれており、その下に紙が一枚挟まれているのを見つけた。

グラスの水を飲んでから確認すると、「手紙が届

いています　エマ」と書かれている。彼女たちが書き置きをしたか、エマが書いたものを彼女たちに託したかのどちらかだろう。

直接言ってくれてもよかったのにと思ったが、二人はリュカがいつ部屋に戻ってくるかは知らなかったはずだ。鉢合わせするとは思っていなかったのだろう。

「エマさんが手紙を預かってくれてるってことだよね」

きっとマリーからの返事だ。

エマも仕事中だろうから届けてもらえるまで待ったほうがいいかと考えたが、受け取るぐらいなら数秒で済むはずだからとソファから立ち上がった。マリーの手紙を早く読みたくて心が逸《はや》っていた。

ティロンに留守番を頼んで廊下に出る。

すれ違ったメイドにエマの居場所を訊ねながら歩き回っているうちに、なんだか頭がくらくらしてきた。貧血だろうかと立ち止まったとき、先ほど部屋の掃除をしてくれた長身の新人メイドが、前から歩いてくるのが見えた。

「大丈夫ですか？」

「ええ、平気です。立ち眩みなのですぐに治まると思います。あの、さっき水差しの下の紙を見たので、手紙の件で……」

「エマさんをお捜しですか？」

淡々とした口調で聞かれ、その通りだと答えると、彼女はエマの居場所を知っていると言った。

「どこですか？」と聞こうとしたら、急激な眠気が襲ってきた。

「こちらです」

体がおかしいと感じたときには、横から肩を抱くように腕を回してきた彼女に支えられて歩いていた。

明らかに変だ。

部屋に戻ると言いたいけれど声が出ない。メイドに半分引きずられるようにして廊下を進んでいくと、目の前には見たことのない古びた扉があった。

ぎぎぎ、と音のする扉をひらくと、中は暗闇だった。彼女に腕を引かれ、抵抗することもできずに中に入れられてしまう。

背後で派手な音を立てて扉が閉まる。彼女の手元のランプに火が灯されたその先には、幅の狭い螺旋《らせん》階段があった。

（地下……？）

上から見下ろす渦巻きの中心は、漆黒の闇だった。いったいどこまで続いているのか、想像すると恐ろしくなる。

「わたしにつかまってください」

メイドはリユカを軽々と背負うと、階段を一段ずつ慎重に下りていった。

リユカは自分が危険な目に遭っていることに今さら気づいた。シャルナンが「気をつけて」と言っていたのは、彼女のことだったのか。

しかしいったい彼女の目的はなんなのだろう。

そんなことを考えながら階段を踏みしめるリズムに揺られていると、だんだん意識が遠のいていった。


いつかのつらい記憶がよみがえるかたい床の上で目覚めると、頭がやけにすっきりとしていた。

（どこ……？）

床に置かれた小さなランプを手に取り、起き上がる。

窓のない正方形の部屋は低い天井と石を積み重ねた壁に囲まれて、物がないのにやけに狭く感じられた。床は埃まみれで、空気はうっすらと黴《かび》臭い。一時たりともいたくはない場所だ。

ここに自分を運んできたあのメイドはどこに行ったのだろう。そもそも彼女は何者だったのか。

「誰か、誰かいませんかー！」

声もしっかり出るようになっていた。先ほどの貧血のような症状もない。

急激に襲ってきた眠気は、睡眠薬でも盛られたせいだろうか。

(だとしたら、あれだ……!)

メイドが置いていったエマからのメッセージの紙と一緒に、水の入った水差しがあった。

しかしわからないのは、ここに連れてこられた理由だ。

ふと振り返ってみると、壁の一面にアーチ型の木製の扉がある。

近づいて開けようと思ったが取っ手はない。どうやら外側からしかひらけない仕組みになっているらしい。拳で叩いてみると重い音がした。かなりの厚さがあるようだ。

離れて体当たりをしてみたが、びくともしない。何度か体でぶつかったり足で蹴ったりしたが、状況がわからない中で無駄に体力を使うことは避けたほうがいいと判断してあきらめることにした。

その直後、がちゃりと錠が外れる音がして、外から扉がひらいた。


「なにを暴れているんです?」

ククク、と抑えられない笑いを漏らしながら入ってきたのは、ギヨームだった。

「ギヨーム大臣、あの、どうして、いったい……。ここはどこなんでしょうか、それに、僕はどうしてここに……?」

混乱するリュカを前に、ギヨームは口髭を指で挟んで伸ばしながらにやりと笑った。

「リュカさん、今あなたが置かれている状況を、はっきりと教えて差し上げましょうか?」

もったいぶった口調で訊ねられ、ごくりと唾を飲んだ。

「ここは王宮の地下牢ですよ」

「地下、牢……?」

「ええ、城の中で罪を犯した者を一時的に収監するための場所です。しかしコルマンドは品行方正な人間が多いため、この地下牢はずいぶん長いあいだ使われていなかった」

リュカはあらためて周囲を見回した。

「僕はどうして、この場所に連れてこられたのでしょうか」

リュカは罪など犯していない。

「ああ、それはあなたのことを邪魔だとおっしゃる方がいるので、私が代わりにここに閉じこめて差し上げたんですよ」

「僕が、邪魔……？　いったい、どなたですか？」

「アラン王子殿下です」

「アル、さん……？」

信じられない人物の名を聞かされ、リュカの体はショックでかたまった。

「ええ。アラン様はあなたに王宮から出ていってくれと言えなくて、相当悩んでいらっしゃいました。スハイセン王国のカルラ王女殿下との結婚に踏み切りたいのに、あなたに軽い気持ちで手を出してしまったゆえ、それを取り消すためになんとかしなければと焦っていたようです。しかし打開策は見つからず、あなたを切り捨てる最終手段を取ることを決意された。それであなたは今この状況にあるというわけです」

「………」

ギヨームは左右に大きく両手を広げた。彼の口調はまるで書かれたものを読んでいるかのように流暢《りゅうちょう》で、脳内に抵抗なくすっと入りこんできた。

「アラン様が私に命じられたこと……それはご自身がスハイセンへと旅立ったあとに、あなたを殺すことです」

「こ………、ころ、す……？」

「ええ。スハイセンに出向き、カルラ王女殿下と婚姻の契約を交わすあいだ、邪魔になったあなたを処分したかったのでしょうね」

「そ、そんな、はず……」

ないと言い切りたかったのに、言葉は力なく途切れた。

アルはリュカを愛していると言ってくれた。いつも気遣ってくれて、意思を尊重してくれた。

触れ合うとアルの愛情を感じた。それが嘘だったとは思えない。

けれど最近は、そんなアルが部屋に来なくなった。スハイセンとの国境視察から帰ってきて以降、アルの態度は以前に比べよそよそしくなった。それはカルラ王女と再会したからだったのか。

以前はアルに愛されていたかもしれない。でも今のアルは、リュカではなくカルラ王女を愛している。

次期国王発表を前にして、アルは心変わりをした。子どもを産むことができるカルラ王女を選んだ。

そう考えるとすべての辻褄《つじつま》は合った。

それならばギヨームの口から語られた言葉が真実なのか。

「私だってこの手を血で染めるような真似はしたくないですよ。しかしあなたは忠告しても出ていく気配はありませんでしたし、王宮内で貴族や使用人たちに取り入って外堀をかためようと動いていたため、いよいよこうするしかなくなったのです……！」

自分の台詞《せりふ》に興奮してきたのか、ギヨームの声は次第に大きくなり、石で囲まれた小さな部屋に反響した。

（でも…………）

リュカの波立つ心の中で、どうしても引っかかることがあった。

（どうしてアルさんは、僕に話してくれなかったの？）

もしギヨームの話が真実なのだとすれば、アルは好きな人ができたと、なぜひと言教えてくれなかったのか。

どんなに忙しくても、リュカの寝入りを起こしてでも、まっすぐなアルならば直接本当のことを話してくれる気がした。

バザン夫妻につらい目に遭わされたリュカをふたたび監禁し、自分の手を汚さず手下に殺しを働かせる。

アルはそんなことをする男ではない。

リュカは正面に立つギヨームの目を覗きこんだ。

「アルさんは本当に、あなたに僕を殺すよう命じたのですか？」

赤い瞳に見つめられたギヨームの目が左右に泳ぐ。

「ああ、そうですとも」

答える声は自信に満ちていたが、目を見ているとそこには嘘が含まれているように感じられた。

「僕は……ギヨーム大臣の言葉を信じることができません」

きっぱりと告げると、笑みを貼りつけていたギヨームの口の端がぴくりと揺れた。

「アルさんは、あなたに僕を殺せなどという、そんなひどい依頼をする人ではありませんから」

アルは人の手を使って殺人を計画するような人間ではない。

それは彼を愛したリュカだからこそわかることだった。


「ハ、ハハ、ハハハハ……」

先ほどまでの余裕の表情が消えて、ギヨームは奇妙な笑い声を漏らした。

「あなたはなんて幸せな人なんだ。頭の中にお花畑でも広がっているのでしょうな。だまされているとも知らず、アラン王子殿下ではなく、私を悪者に仕立て上げるなんてねぇ……」

ギヨームの声は徐々に粘《ねば》り気を帯び、顔に浮き出した皮脂《ひし》はランプの灯りに照らされてぎらついていた。

「まあ、あなたがどう思おうとそんなことは関係ない。どうせ今から私に殺されて死ぬのですからな！」

「…………っ！」

ギヨームの右手が、美しい装飾が施された腰元の柄を握った。ゆっくりと鞘から抜き出された長剣は、細く先の尖ったレイピアだ。

「さっきまでの威勢はどうしたのかな」

胸の前で剣を構え、先端をリュカに向けたギヨームが一歩近づいてきた。反射的にリュカは一歩後ずさる。

「もっと簡単に殺そうと思えば殺せたんです。たとえば毒殺とか」

「毒、殺」

細身の剣は見た目にそぐわず重いのか、先端が不安定に揺れるたびに、灯りに反射して鈍く恐ろしい光を放った。構え方からして、ギヨームがさほど剣術に長けていないことはわかった。

けれどリュカは丸腰だ。防具もなければ防御の仕方も知らない。

「しかし毒物を与えて殺しなどすれば、大騒ぎになるでしょう？　誰があなたの飲食物に毒を仕込んだのかと犯人探しがはじまっては厄介《やっかい》だ。その点、誰も足を踏み入れないこの地下牢では、リュカさんが殺されようと誰も気づきはしない。王子の客がひとり消えていなくなったとしても、滞在期間を終えて城を出ていったと思われるだけだ」

「そ、んな……」

「だから、安心して死んでくださってけっこうですよ」

一定の距離を保ったまま、壁際に追い詰められた。ギヨームの目に邪悪な光が宿り、彼が剣を突き出した瞬間、リュカは咄嗟に身をかがめた。

「やめ……っ！」

叫び声を上げても、きっと地下にあるこの場所からは誰にも届かない。しゃがむと同時につむった目をおそるおそるひらき顔を上げると、ギヨームは壁の石と石の隙間にはまったレイピアの先端を必死で抜こうとしていた。幸運なことに、リュカに刺さらなかった剣先は壁を突いたようだ。

しかし咄嗟にかがまなければ、両刃の長剣は体を貫通していた。ギヨームの殺意が本物であることを知り慄《おのの》きながらも、リュカは力が入らない足を踏ん張ってなんとか立ち上がった。

（ここから逃げなきゃ……！）

扉はひらいている。今なら外に出られる。

希望を見出し、震える足で踏み出したところで首が締まった。

「う、っく……っ」

「逃がしやしないぞ……！」

小柄なギヨームのどこにそんな力が備わっているのか、後ろから襟首をつかまれて前に進むことができない。

喉がだんだん苦しくなってきて、リュカは体を反転させた。首をつかんでいたギヨームの手は離れたが、咳きこんでしまいすぐには動けなかった。

キン、と冷たく鋭い音が鳴る。

レイピアは石壁から抜けて、ギヨームの手の中に収まっていた。

「さあ、遊びの時間は終わりだ」

片手で構えていたレイピアを両手で持つことで安定したのか、さっきは指揮棒のように揺れていた先端が、今はリュカの胸にぴたりと狙いを定めている。

出口を背に、ふらりふらりと後ずさる。しかし、ギヨームも離れたぶんの距離を確実に詰めてくる。

このまま、アルの顔も見ずに死ぬのだろうか。

そんな考えが頭をよぎり、気づくとリュカは渾身《こんしん》の思いで叫んでいた。

「アルさん……！」

鋭い切っ先が自身をめがけて迫ってきた。

もうだめだとあきらめかけた瞬間、肘の下をきつくつかまれ、腕が肩から抜けそうな強さで後ろに引っ張られた。

視界が一瞬でくるりと反転し、リュカの軽い体は宙に舞った。

「ひ、……ひいいいい……っ！」

突如、頭が割れそうなギヨームの甲高い叫び声が響いた。

気づくとリュカは扉の外にいて、地面に這いつくばるように倒れていた。体のどこにも痛みはなかったが、死ぬと予感した瞬間に投げ飛ばされた驚きで頭が回らない。

いったいなにが起きたのか。

壁沿いの螺旋階段を騎士たちが駆け下りてくる。先頭にサリムの姿が見えたが、こちらには目もくれずとなりを通り抜けていった。

リュカは倒れた姿勢のままで振り返った。

今しがたリュカが追い詰められていた扉の向こうには、見慣れた後ろ姿があった。

「アル、さん、どうして、ここに……？」

アルもサリムも、今朝、スハイセン王国へと旅立ったはずだ。けれどなぜか今、リュカの目の前にいる。

どうしてだろうと思ったが、それを考えることも問うこともできる状況ではなかった。

「誰がリュカを殺せと命じた。答えろ」

アルの言葉はリュカにではなく、部屋の中の人物に向けられていた。その声は憎しみと苦しみに満ちて、今まで聞いたことのない恐ろしさを醸《かも》していた。

リュカは、自分の腕を引いたのがアルだということに今さらながら気づいた。

（じゃあ、僕に刺さらなかった剣先は……）

アルのたくましい肉体の中央、長剣の先端が肩甲《けんこう》骨《こつ》のあいだからこちらに向かって伸びていた。

（アルさんの、胸を、貫いてる……）

嘘のような光景を目の当たりにして、事実を認識することを心が受け入れられず、リュカは貫いた刃先がアルの体の向こうへ戻っていくのを、ただ呆然と見ていた。

「アラン王子殿下……！」

前のめりに倒れていくアルの肩を支えたのはサリムだ。

片膝をついて踏ん張るアルの向こうには、鮮血の滴る長剣を両手で握りしめるギヨームが、脂汗にまみれたどろどろの顔で視線をさまよわせていた。

「おまえを刑に処させる。二度とリュカの前に姿を見せるな」

「も、もうし、申し訳、あ、ありま、せ……」

ギヨームの謝罪は顔面のひどい痙攣《けいれん》のせいで途切れ途切れになった。アルの血がついた剣が、ギヨームの手を離れ床に落ちた音を聞いて、リュカは弾《はじ》かれたように立ち上がった。

あのレイピアが、アルの胸をまっすぐに貫いた。自分に刺さるはずだった刃が、アルを傷つけた。

「王宮内の医者を全員呼べ！」

サリムのひと声に、騎士が階段を駆け上がっていく。

リュカはふらふらとアルの前へと移動した。

「リュカ、無事か……？　怪我は、ないか？」

苦しそうでいて、けれどそこには先ほどギヨームに話しかけたときとは違う甘さが混じっていた。

「僕はなんともありません。アルさんが……、あなたが……助けてくれたので」

「そうか……」

自身は胸を刺されたというのに、リュカに怪我がないと知ると、アルはわずかに笑みを浮かべた。

しかしその肌は土気色《つちけいろ》に染まり、唇は渇いて死体のように色がなかった。

リュカはアルの前にひざまずいた。血を吸って湿った衣服を震える手で脱がすと、皮膚からどくどくとあふれ出してくる鮮血に蓋をするように胸に手を当てた。

アルと出会ってからの日々が脳内を駆け巡る。

リュカがつらいときに必ず手を差し伸べてくれた優しい人。アルと一緒にいた時間を思い返すと、幸福な思い出ばかりで頭が埋め尽くされる。

アルには一時たりとも苦しんでほしくない。

たとえ自分以外の人を愛していたとしても、永遠に幸せでいてほしい。

（力を使いたい……！）

その思いはエクラの力を授かってから経験したどの瞬間よりも、強く大きなものだった。

「今度は僕が、アルさんを助けます……」

サリムがなにか言いかけたのを、アルが手で制して止めてくれた。

「あなたが命をかけて僕を助けてくださったように、僕の力のすべてをアルさんに捧げます」

リュカの決意の宣言は石の壁に吸いこまれ、空間には静寂が落ちた。

深く目をつむり、額の中央に意識を集める。

手のひらにじわりと力が満ちてくるのがわかった。

（懐かしい、この感覚……）

今までできなかったことが不思議に感じるくらい、それはリュカの心と一体化していた。

（エクラの力は、僕のものだ）

このままあと数分も経てばアルの命は消えてしまう。そんなことは決してあってはならない。

エクラの力に対し抱いていた恐怖心や不安感は、アルを救いたいという一心によってかき消された。

血を噴き出す心臓から、どくどくと生命を刻む音が手のひらに伝わってくる。

リュカにとって、誰よりも大切な人の命。

決して喪ってはならない人の鼓動。

（僕が、守る）

指先に触れた熱塊は、リュカの強い思いで一気に体内に引きずりこまれた。

背骨に電流のような衝撃が走っても、アルの胸から手を離さなかった。

ルビーレッドの瞳は薄暗い地下で宝石のようなまばゆい煌めきを放ち、金の髪はふわりと宙を泳いだ。

リュカの背後でギヨームがまた奇声を上げ、サリムはめずらしく驚いた表情をしている。

王宮医を連れ戻ってきた騎士たちは扉の前で立ち尽くし、みな言葉を失っていた。

生気のなかったアルの顔に、ゆっくりと色が戻ってくる。リュカはアルの胸から手を離し、血で赤く染まった自分の手のひらを見つめた。

エクラの力が戻ってきた。

「……っ」

今になって手が震えだす。

以前シャルナンが、力はリュカの心と連動しているのかもしれないと言っていたが、それは本当のようだ。

ヤニクを救えず力の限界を知った日、自責の念に駆られ、もう力を使わないと決意し遠ざけた。けれどエクラの力は、どうあがいてもリュカ自身から切り離すことはできなかった。

その後、迷いを内に秘めた状態で失敗を繰り返し、自信を喪失していった。

(だけど、アルさんには力を使えた)

それはきっと、失敗を恐れる気持ちが消えたからだろう。

アルを救いたいと、ただがむしゃらに思った。その混じりけのない感情が不安や恐怖を凌駕《りょうが》し、エクラの力をふたたびリュカの元へと引き戻したに違いない。

自身の手からアルに視線を戻す。リュカをまぶしそうに見つめる瞳を見て、全身から力が脱けた。

(アルさんが、死ななくて、よかった……)

伝えたかった言葉はかすれて音にならなかったが、アルの胸には届いていた。

「おまえの力に救われたのは、これで二度目だな」

サリムに支えられていたアルが立ち上がり、リュカもふらりとアルに一歩近づいた。

「たったの二度です。僕はもっとたくさん、あなたに救われましたから」

小さく笑み、アルに手を伸ばす。

けれど体力の激しい消耗と極度の緊張から解き放たれた安堵で、アルに触れる前に膝から力が抜けた。倒れるより早く、リュカの体はアルに抱き留められていた。

「俺の部屋に湯の用意をするようメイドに伝えてくれ。あとギヨームの身柄の確保と上級裁判の手配を。ここにいる全員が証人だ」

リュカはたくましい胸にもたれながら、意識が遠くなる中でアルの的確で早急な指示をぼんやり聞いていた。


ひらいた視界は薄暗く、リュカは目を凝《こ》らして体を起こした。

寝相が悪かったのか、体の節々に張ったような感覚がある。ここがアルの部屋だと気づくまでベッドの上で数分を要した。

(そうだ、さっきまで地下の石の部屋にいたんだ。でもアルさんは、どこに行ったんだろう?)

ようやく暗さに目が慣れたころ、リュカはベッドを下りた。

暖炉の火は今しがた消えたばかりなのか、室内はそれほど寒くない。窓に近づくと、晴れた漆黒の空にたくさんの星が瞬《またた》いていた。

夜だ。

着ている服が室内着に変わっていることや、手のひらについた血が拭われていることから、自分が眠っているあいだに誰かが清めてくれたことがわかった。

「リュカ、起きたのか?」

扉がひらき、ランプを手にしたアルが入ってきた。

「あ、アルさん」

「リュカ、おまえはあれから三日間眠り続けていたんだ」

「え……っ! 三日もですか?」

信じられないことを告げられ、リュカは夜なのに大きな声を上げてしまった。

起きたときに体が張っていると感じたのは、寝相が悪かったせいではなく寝過ぎたからだ。久々に力を使ったのはつい先ほどの出来事かと思っていたが、三日が経過していたらしい。

ここまで長く眠り続けたのは、幼いころマリーが原因不明の高熱で倒れ、はじめて力を使ったとき以来だった。

「とりあえずソファに座れ」

あまり急に動くなと諭《さと》され、リュカは心配させてはいけないと素直に従った。

アルは廊下に待機している門番からメイドに言伝し、リュカのために簡単な食事を用意させた。数種の果実と白パンと紅茶を運んできてくれたメイドたちは遅い時間なのにいやな顔ひとつせず、リュカが目覚めたことを涙ながらに喜んでくれた。

王宮医の診断から体調に問題はなかったが、あまりに長く眠っていたのでみな心配していたのだという。

「おまえはこの王宮の英雄だからな」

「英、雄……？」

二人きりになり、リュカは三日ぶりの食事を摂りながら、ギヨームが起こした事件についてアルから話を聞いた。

「父に同行して俺もスハイセンへ行くという話は、ギヨームを欺《あざむ》くための嘘だった。父にもその旨、伝えてある」

「嘘、ですか？」

アルは自身の不在時を狙ってギヨームが企《くわだ》てた殺害計画を阻止するため、王族と一部の信頼できる者にだけ知らせて、架空のスハイセン訪問を捏造《ねつぞう》したという。

「ギヨームは母がコルマンド出身で、亡くなった父がスハイセン王国の軍人なんだ。外務大臣としては交渉上手という点では適任だったが、スハイセンとの関係だけを深めようとしてその他の国を蔑《ないがし》ろにするため、一部の官職からは反感を買っていた」

クロヴァン王もギヨームの極端なやり方には辟易《へきえき》していて、任期が終わったら大臣職から離れてもらうつもりだったらしい。

しかしそんな王族の思惑など露知らず、ギヨームは独自の外交でスハイセンとコルマンドの絆を確固たるものにしようとしていた。

「はっきり言ってしまうと、彼はわが王国がスハイセンに併合されることを望んでいた」

「コルマンドがスハイセンの領土になるということですか？」

「ああ、そうだ。母よりも亡くなった軍人である父のほうを尊敬していたのかもしれないな」

ギヨームは目的を果たすため、スハイセン側の主張をコルマンド側が受け入れる体制を整えていた。

スハイセンの王は、外交時にクロヴァン王に同行するアルのことを気に入り、娘の婿《むこ》に欲しいとたびたび口にしていたらしい。アル自身もスハイセン王には気に入られている自覚があったという。

そこで先日のスハイセン王妃と王女の訪問の際に、ギヨームはアルとカルラ王女を引き合わせ、あわよくば婚約のひとつでも交わせればと画策していたそうだ。次期国王決定が間近に迫っている状況で、みずからの力でスハイセン王の望む展開を作り上げたかったのだろう。

以前、シャルナンがギヨームは過激なところがあると漏らしていたことを思い出す。自分の目的をかなえるためなら手段を選ばないギヨームの姿勢が、シャルナンの目には危険に映ったのかもしれない。

「けれど現実はなにひとつ、ギヨームの思うようにいかなかった。次期国王有力と言われている俺はリユカを愛していたし、カルラ王女にも俺とは別に愛している人がいたからだ」

「そ、そうだったんですか……」

あまりに似合いの二人を見てしまったあとしばらく落ちこんでいたが、二人は幼なじみに過ぎないのだという。

ギヨームはアルとリユカの関係には気づいていたが、カルラ王女がアルに気があると思いこんでいた。だから邪魔者のリユカさえ追い出せばアルの心は王女へと傾き、すべてが思い通りになると安易に考えたのだろう。

しかし現実は、リユカは王宮内で居場所を作り、薬師の知識を生かして人望を集めていった。

事態が動かないどころかよくないほうへと転がっていくのに焦り、ギヨームは次期国王が決定する前に、リュカを殺す計画を立てたのだという。

「けれど、どうしてアルさんはギヨーム大臣のその計画を知ることができたんですか？」

「きっかけは、ギヨームがリュカに接触していると兄上から聞いたことだ」

シャルナンは、仕事帰りのリュカにギヨームが前庭で声をかける場面を見たことを、その日のうちにアルに報告したのだという。その後、仕事に行ったり城に戻ったりする際は必ず馬車を使うようアルから命じられたが、それはギヨームからリュカを遠ざけるためだったようだ。

そしてエマもカルラ王女が訪問した日に、廊下でギヨームとリュカが話しているのを偶然見かけていた。彼女は大臣のことを好ましく思っていなかったため、リュカに王宮から出ていくよう促している話を立ち聞きして不快感を募らせた。

あの日ギヨームと別れたあと、玄関広間で追いかけてきたエマに声をかけられた。御料林に散歩に行くと言うとあっさり見送ってくれたが、エマはすぐさまアルの侍従にギヨームの不審な行動を報告し、リュカが外出することも伝えてくれたらしい。リュカはエマ以外にはばれずに御料林に入れたと思っていたが、実は護衛の者がついていたと聞いて驚いた。

「その後、ギヨームの行動を逐一監視するようにした。なにか陰で怪しい動きをしていないかと、王宮内の執事やメイドや騎士たちの中で信頼のおける者に頼んだんだ」

ギヨームは見張られていることに気づかず、リュカを殺す計画を実行するための準備をはじめた。

まずは大臣の立場を利用して、逆らえない新人のメイドを数人、金で雇って協力者を作った。

犯行に及ぶ前にリュカを眠らせるため、鍵のかかったシャルナン専用の薬品棚から睡眠薬を盗ませた。

舞踏会にて、メイドから渡された葡萄酒に微量の睡眠薬の混入が判明し、リュカを眠らせることでなにか企《たくら》んでいることが露見した。

睡眠薬入りの酒を舞踏会中に飲ませようとしたのは、薬の効果がどの程度のものか、人ごみに紛《まぎ》れながらばれずにたしかめることができると踏んだからなのだろう。リュカは葡萄酒を飲むことはなかったが、その後気分が悪くなって朦朧《もうろう》としたため、どこからか見ていたギヨームは睡眠薬の効き目だと勘違いして手ごたえを感じ取ったのかもしれない。

大胆に動き過ぎたギヨームのその後の行動は、アルの監視役たちによってすべて把握されることになってしまった。

夜中に地下牢を下見していたことも、協力者のメイドにアルが不在になる日に睡眠薬を飲ませて地下へ連れてくるよう指示していたことも、なにもかもが滑稽《こっけい》なほどにお見通しだった。

ギヨームによる企ての裏で、アルは大臣の罪の証拠をつかみ、悪行を公にするための計画を綿密に練っていた。

「ただひとつ誤算があった」

それはギヨームが思いのほか早く計画を行動に移したことだった。リュカを眠らせ地下に監禁した直後に殺害まで決行することはアルの想定外だった。

「リュカには我々のすべての計画をきちんと説明するべきだった。しかしギヨームは王宮内の新入りのメイドをそそのかして怪しい動きをしていたから、誰がどこで聞いているかわからない状況では話すことはもちろん、ギヨームを変に刺激してはならないと考えると、次第に会うことも難しくなった。ギヨームの計画を事前に阻止することはできたかもしれないが、証拠がない中、実行犯として捕まえることができず言い逃れをされてしまっては意味がない。リュカに危険を及ぼす人物を今後も野放しにすることは避けたかったんだ」

苦しげなアルの表情を見て、彼の中ではさまざまな葛藤があったことがうかがえた。

「理由があって、アルさんは僕を避けていたんですね」

アルが舞踏会後の自室で物音に敏感になっていたことからも、ずいぶん長いあいだ、自分のために気を張ってくれていたのだとわかる。

「詰めの甘い計画で、リュカを恐ろしい目に遭わせてしまった。本当にすまない、許してくれ……」

「許すもなにも、僕は怒ってなんかいません。アルさんが身を挺《てい》して助けてくださったんだから。それにあのことがなければ、僕はまだエクラの力を自分のものにできていませんでした」

アルが死ぬかもしれないと思ったら、力を使うことを自然に選択していた。それは島にいたころ、なにも考えず無意識に使えていた感覚と同じだった。

ただあのころと違うのは、力は万能ではなく、自身の心の状態によっては使えなくなるという事実を知ったことだ。

幾度かの失敗と挫折の経験は悲しみを伴ったが、エクラの力は今のリュカにとって、島にいたころよりずっと崇高《すうこう》で貴重なものとなった。

「アルさんと会えなくて不安な日々を過ごしましたが、それも僕を思ってくれての行動だと知ることができて、今は感謝の気持ちしかありません。だからどうか、謝らないでください。だけど……」

「なんだ？」

リュカの中にはひとつだけ、解決できていない不安があった。

「僕はアルさんのことを愛しています。アルさんの愛情も信じることができました。けれど、王族のアルさんと庶民の僕の関係がもし公になることがあれば、王国の民のみなさんはどう思うでしょうか……」

ギヨームにとってリュカは、殺したくなるほど邪魔な存在だったのだ。

アルが自分を選んでくれたことはこの上ない幸福だ。けれどそのことを民たちが知ることになれば、子を産めない上、身分も高くない男のリュカと王子が結ばれることに、ギヨームと同じように反発する者もいるだろう。

「リュカは王族の伴侶《はんりょ》にふさわしい相手はどのような者だと思う？　子を産める者か、身分の高い者か、女性か、美しい者か、そのすべての条件を満たした者か？」

アルに問われ、理想的な王族の相手としての人物像を思い描こうとした。いろいろな像が浮かんでは消えたが、どんなに考えてもひとつの答えにはたどり着けなかった。

「ふさわしい相手などいない。王族もただの人だ、愛する者と添い遂げるだけだ。王族にも相手を自由に選ぶ権利がある。俺はリュカを選んだ。それで納得しない者がいたところで、では誰が俺の愛する者を決められる？」

アルは毅然《きぜん》と言い放ち、リュカの赤い瞳を見つめた。

「リュカに足りないものは、自信だ。俺に選ばれた者である誇りを持て。リュカは王宮に来て三か月のあいだに、どれだけの仲間を得たか、どれだけの人に慕われたか、よく考えてみることだ。俺にふさわしい相手はおまえ以外にいない」

アルの言葉はリュカの全身を突風のように駆け抜け、一切の不安をさらっていった。

ただひとつ心に残ったものは、アルへの確固たる愛情だけだった。

「僕のお相手も、アルさん以外には考えられません」

「ようやくわかったか」

自信に満ちあふれた笑みを前に、リュカも小さく微笑み返した。

「それに、ひとつ朗報がある」

「朗報ですか？」

これ以上どんな嬉しいことがあるというのか。

「リュカは王宮内で今、王子を救った癒し人と言われている」

「い、癒し人って……？」

「心臓を剣で貫かれ死にかけた人間が、ほんの数秒で命を吹き返したんだ。見ていた者たちはなにが起こったかわからないまでも、リュカがなにかしらの処置を施したことには気づいていた。力を使った際のリュカの体に起きた変化を目にして、そこにいた全員があまりの美しさに息を呑んだ。暗い地下牢で奇跡が起きた事実は、すぐに王宮中に広まり、今ではリュカは王子を助けた英雄として認識されている」

信じられない話を耳にして、リュカの頬は急速に熱くなった。

「今でもリュカと俺のあいだになにが起こったのか、その場にいた者たちはみな不思議に思っている。ただわからないながらも、みなが幸せになった。エクラの力はおまえが保持するにふさわしい、人を幸福にする力だ」

「アルさん……」

たくさんの人を救いたいという漠然とした夢を抱き、クルカ島を出た日から六か月が経った。

思い通りにいかずただ過ぎていく日々の中で、アルと出会い、前向きな気持ちを取り戻すことができた。

力を使えなくなってからは、エクラの保持者としての資格がないと思いこんでいた。

けれどアルはそんな挫折の日々を知ってなお、エクラはリュカにふさわしい力だと言ってくれた。

そう思ってもらえるまで自分が成長できたのは、アルのおかげだと思っている。

リュカは愛するアルが命がけで自分を守ってくれる姿を目の当たりにして、人を救うことの大切さをあらためて知ることができた。

「僕がエクラの力を取り戻すことができたのは、アルさんのおかげです。あなたに出会えたから、僕は成長することができました。うまくいかないときには背中を押してくれたから、つらいときには無理をするなと心に寄り添ってくれたから、今の僕があるんです。僕はアルさんのことをこの先もずっと、愛していきます」

「ああ、俺もリュカを生涯かけて愛すると誓う」

アルの手が髪に触れ、側頭部をそっと撫でた。手のひらのあたたかい感触が気持ちよくて思わず目をつむったら、唇に短いキスをされた。

「……んっ」

何度も角度を変えて、アルは繰り返しやわらかいキスを落とした。すこし息苦しくなったころ、アルの唇は頬をかすめて、耳元へとたどり着いた。

「今日はおまえを、抱かせてくれるか？」

「………はい」

覚悟を決めて小さくうなずくと「優しくする」と宣言され、リュカが赤くなったところでベッドに移動した。

胸をとんと押され仰向けになると、アルが上からふたたび唇を合わせてきた。

互いの唾液に濡れた唇は次第にしっとりと湿り気を帯びていく。求めるように顎を上げると、ひらいた口の中に舌が差しこまれた。呼吸が不自由になる微かな苦しみと、とろけるような快感の組み合わせがたまらない。

「ん……っ……」

舌が口腔《こうこう》内に侵入するのを許すと、アルは遠慮をなくしてしまった。絡まってくる舌から逃げようとすれば追いかけられ、つかまってしまえば脳がしびれそうな快楽に浸された。

「ぁ、ふ……」

キスが解かれて寂しくなった口の中に、アルの節の張った人差し指が入ってくる。舌先やくぼみを指の腹でくすぐられ、すこし離れた位置から顔を見下ろされる恥ずかしさに目をぎゅっとつむった。

「リュカのいやらしい顔、かわいいな」

「言わ、ないで……」

指をくわえたまま舌足らずな声を出すと、それもまたアルの欲望に火を点けたようだった。

一度体を起こすように言われ、腕を引かれる。貫頭衣の絹の室内着は、アルの協力で簡単に脱がされた。アルのほうも素早く着衣を脱いでいき、互いに下着一枚になった。

「こちらへおいで」

胸に背中を預ける形でもたれるよう促され、従うと背後から抱きしめられた。耳たぶに沿って舌を這わされると、首筋のあたりがぞくぞくする。

「あ……っ」

アルの右手が鎖骨《さこつ》を滑り、交差するように左の胸の突起を指先で弾いた。高い声が出てしまって口をふさごうとしたら、「いいから聞かせてくれ」と口元に持っていこうとした手を左手で制される。

胸の先端なんてほかの皮膚と色が違うだけだと思っていたが、アルの指でこねられ、さんざんいじられると、すこしずつかたくなってそこにも快感の種があることを自覚させられる。

「あ、そこ、ばっかり……しないで……っ……」

「こっちもしろと？」

左ばかりで物足りないという意味に捉えたアルが、今度は右の先端をいじりにかかった。ぷつんと尖った小さな乳頭をアルのかたい指で優しくこすられると、自然と腰が揺れてしまう。

胸をいじられただけなのに、まだ触れられてもいない下半身に熱が集まっていた。無意識に内腿《うちもも》をこすり合わせるような仕草をしていると、アルの手が胸からゆっくりと下腹部へと移動した。

「あ、あの……、アル、さん……っ」

白い清潔な下着の上から性器に触れられた。

「すこし反応しているな」

「だって、もう……、んんっ」

アルの手のひらにすっぽり収まったものが、ゆっくりと上下にしごかれる。裏筋が亜麻布にこすれ、そのさらりとした肌触りと絶妙な手の動きにあっという間に昇りつめていく。

「や、いや……、脱がして、ください……っ」

すでに先走りで汚してしまったかもしれないが、

下着の中で射精する恥ずかしさから訴えると、アルはすんなり下着を下ろしてくれた。

　みずから脱がしてほしいと願ったくせに、身に着けているものがなくなるとそれはそれで恥ずかしい。限界まで張りつめた性器を両手で隠して前かがみになっていると、背後のアルに肩から腕にかけて優しく撫でられた。

「リュカ、そのままじゃ苦しいだろう？」

たしかにもうどうにかしてほしかった。

　羞恥と欲望の狭間で混乱しながら涙目で振り返ると、アルは一瞬ひるんだ表情をしたが、眉間になだめるようなキスをしてくれた。

「そんな顔をするな。たまらなくなる」

　ベッドについた右手を取られ、「怖がるなよ」と前置きをしてから導かれた先、アルの下着越しの性器に触れて「あっ」と驚きの声を発してしまった。布を一枚挟んでいても、かたく引き締まったものの大きさを感じることは容易だった。


「これを、おまえの中に挿《い》れたい」

　耳に触れそうな距離で囁かれ、リュカは振り返らずにうなずいた。

　今、手で触れているものが自分の中に入るところを想像するとすこし怖くもあったが、アルの興奮を目の当たりにして、その願いをかなえてあげたいという切実な思いも同時に芽生えていた。

　仰向けにされた体の上にアルが覆いかぶさってきた。濃厚なキスで唾液を交換し、その唇は先ほど指で触れたルートをたどって、胸から下腹部へと下りていく。

「…ぁあっ……！」

　性器の先端から滴っていた汁をジュッと音を立てて吸われると、思わず高く腰を浮かせてしまった。直後にアルの口腔内に性器が丸ごと含まれた。

「あ、あ、やだ……、だ、めぇ……っ」

　股間に埋まるアルの頭を遠ざけようと手を伸ばすと、上目遣いの目と目が合った。いやらしい光をたたえた視線に射抜かれ、脳がしびれて身動きが取れなくなる。

(王子様になんてことをさせてるんだ僕は……!)

脳内の理性的な思考は、施される快楽のせいで瞬く間にうやむやになる。

つい先ほどまで布越しに手で触れられていた裏筋が、今は粘液をまとった舌で包まれている。

アルの肉厚な唇から出入りする自身の性器が、うるんだ視界には熟《う》れ切った果実のようにも見えた。

「あぁ、もう……っ、だめっ、アルさん……っ!イっちゃいます、から……っ」

離れてと訴えたのに、アルは射精を促すように強く性器に吸いついてきた。その瞬間、体の中心に血が集まる感覚がリュカを襲った。

(あ……、ダ、メ……、出てる……)

アルの口の中に吐精《とせい》してしまった。

それだけでも申し訳ないことなのに、顔を上げたアルは平然とした表情で喉仏を上下させ、口元を腕で拭って笑った。リュカは羞恥で頭が沸騰《ふっとう》しそうになった。

「の、飲んだんですか……?」

「ああ。怒るなよ、俺が飲みたくて飲んだんだ」

「怒ってはいません。ただ恥ずかしいのと、アルさんにとんでもないことをさせてしまったという罪悪感があるだけで……」

脱力感に見舞われながら、リュカは上半身を起こした。先ほど触れたアルの熱を思い出したからだ。

「どうした?」

「アルさんは、大丈夫ですか?」

薄暗いランプだけの室内、射精後のリュカは涙の膜が張ったルビーレッドの瞳と赤く染まった目元のせいで、もしかしたら昼間より色っぽく見えたのかもしれない。ごくりと唾を飲みこんだアルに四つん這いで近づき、膝を立てて座るその股のあいだに手をついた。

「僕にもさせてください」

「あ、おい……、リュカ……っ」

下着に手をかけ、ゆっくりと下にずらした。上向きで収まっていたものは、実物を目にするとその迫力に体がすくんだ。

（こんなの、僕の中に入るのかな……）

不安を覚えながらも、怒張《どちょう》した幹《みき》におずおずと手を伸ばし、先端にそっと唇をつけた。

割れ目に舌を這わせ、両手で握ったものをゆっくりさすると、もうこれ以上大きくなりようがないと思っていたものがびくんと揺れてさらにふくらんだ。

「リュカ……っ」

感じ入ったアルの声を聞いて、そっと目を上げた。獰猛《どうもう》な視線を向けられ、怖いと感じるのにリュカの胸は高鳴っていた。

してもらった行為と比べるとずいぶんつたない自分の愛撫《あいぶ》にも、アルは興奮してくれている。そのことが嬉しくて、もっと喜ばせたくて、懸命に口と手を使った。

「リュカ、俺をまたいで体をこちらに向けられるか？」

夢中になっていたところでの提案に素直に動いてみたら、気づくとアルの顔の真上に自分の尻がある体勢になっていた。

「あの、あ……、アルさん、これは恥ずかしいです……」

「いいから、気にせず続けろ」

「あぁっ……っ」

ふ、と尻の狭間に息を吹きかけられ、高い声を上げてしまった。

（ま、丸見えなんだけど……！）

こっそり振り返って見ると、首を起こしたアルの目の前に恥部がさらされていた。足を閉じようにもアルの顔にぶつかってしまうから動かせない。

まだ触れられていないのに、体勢に興奮して下腹部に自然と熱が集まってくる。

くわえる方向が逆になって、アルの性器は先ほどより口に含みやすくなった。見られていると思うと恥ずかしくて仕方がないので、愛撫することに意識を集中していたら、とんでもない場所にぬるりとあたたかいものが触れて、リュカの背中は大きくしなった。

「んんっ……、な、んですか……？」

振り返ると、アルが尻に顔をうずめていた。

「や、やだ……、アルさん、なにして……っ、ぁっ」

さすがにそんな汚い場所を舐めさせるわけにはいかないと腰を浮かしかけたが、尻をがっちり手で拘束されてしまって逃げることは許されなかった。

唾液を内壁に塗りこむような卑猥《ひわい》な舌の動きに、厚い胸板に裏筋がこすれる快感が重なると、抗議をするどころかもう甘い声しか出てこない。

舌が中から出ていってくれたとほっとしたのも束の間、今度は指が挿入された。舌とは違い、なめらかさのない指のかたい感触に異物感を覚える。

押し出そうとする内部の収縮に合わせて指は引き抜かれ、今度は力を抜いた隙に内壁を伝って奥へと差しこまれた。

「あぁぁっ……っ」

指の抜き差しと同時に会陰部《えいんぶ》をちろちろ舐められると、性器をこすられるのとは別の妙な気持ちよさがあった。

アルはじっくりと丹念に愛撫した。

一本の指が二本に増え、唾液を足される。さらに時間をかけて三本になるころには、リュカはもうアルの性器を両手で握りしめるだけで舐めることも忘れ、引き締まった太腿に額をこすりつけてただ悶《もだ》えることしかできなくなっていた。

「アルさん……っ、もう、もう……っ、挿れ、て……くださいっ」

我慢ができないと訴えると、三本の指を一気に引き抜かれた。

解放された尻がアルの目の前で誘うように揺れていたが、リュカにはもう羞恥を覚える余裕などなかった。

体を仰向けにされると同時に深く口づけられた。唾液がやけに甘いと感じる。

離れていく大好きな顔をぼんやり見上げていると、アルはベッドを下りてなにかを持って戻ってきた。

「リュカの体の負担が減るように。害のないオイルだ」

小瓶に入ったとろみのある液体が数滴、アルの手のひらに落とされる。無色透明で匂いのないオイルをどうするのかと思っていたら、さんざん舐めていじりつくされた後穴に垂らされた。

「そんな、ところに……？」

「傷つかないようにな」

入り口から中まで指を使ってたっぷり塗りこまれ、準備が整うとアルが覆いかぶさってきた。

「痛かったら、我慢するなよ」

「はい……」

いよいよ挿入される段になると、緊張と期待で胸が張り裂けそうになった。

（怖いけど、早く、どうにかしてほしい……）

もうこの体の熱を鎮めるには、アルのものを受け入れるしかない気がしていた。

窄《すぼ》まりに張り出した先端が触れる。ぐっと押しこまれる瞬間は気が遠のきそうな恐怖に襲われた。実際に入ると、指のときとは比べものにならない苦しさに自然と眉間にしわが寄った。

「ぅ……、ふ、ぅ……っ」

なんとか苦痛を逃がそうと息を吐いても、圧倒的な存在感から意識は逸らせない。

「リュカ、痛いか？」

「痛い、というより、くる、しい、です……、おなかの中が……、ぁ、いっぱいで……っ」

声を出すのもこわごわと、小さく答えるとアルの唇が眉間に触れた。

そして涙がこぼれ落ちそうな目尻に、頬に、最後に唇に口づけられ、不安な気持ちがほっとゆるむ。

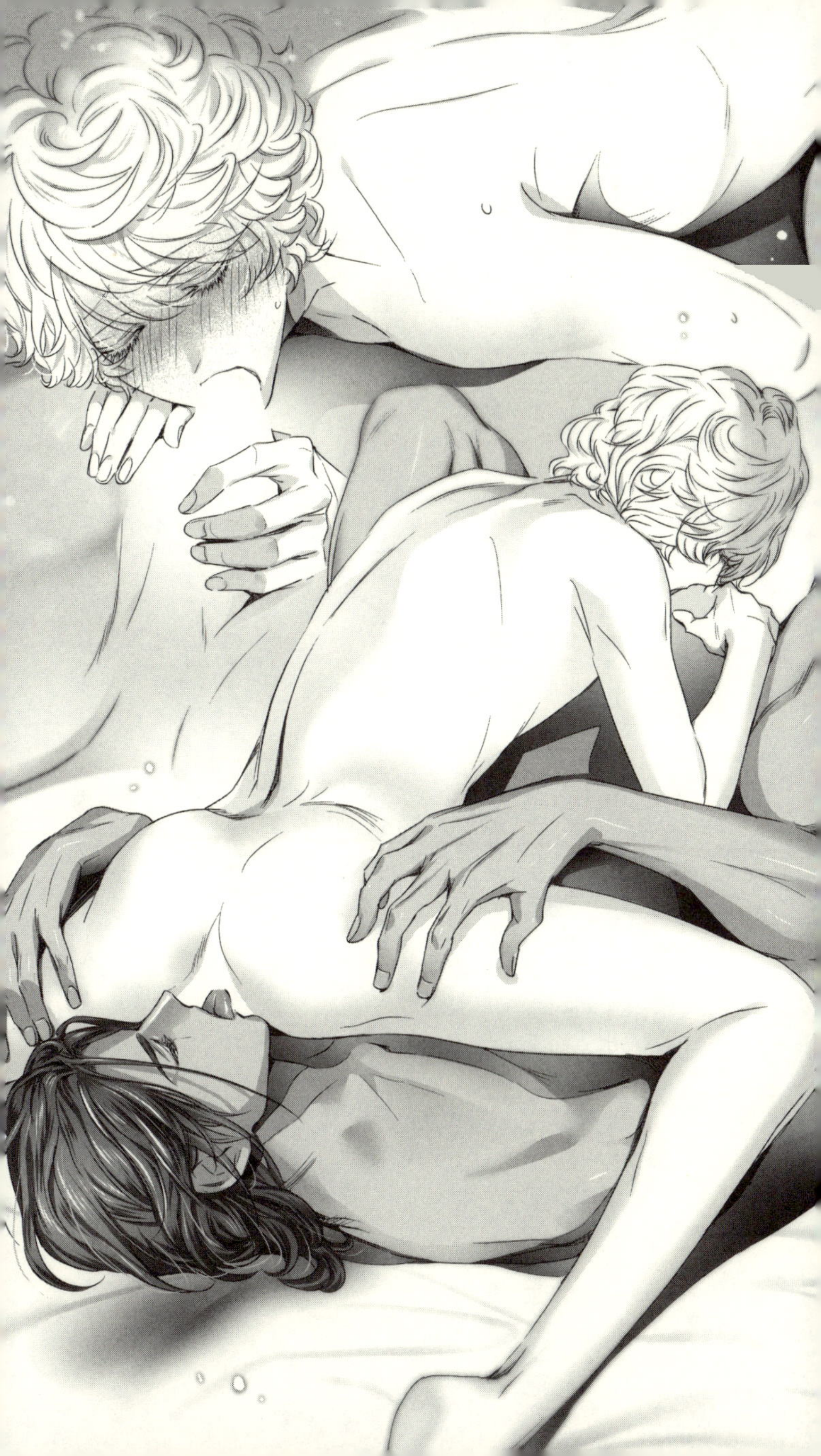

リュカの表情が変わったことに気づいたアルは、さらに背を丸めて胸の尖りを口に含んだ。

「ゃ、あん……っ」

快楽を与えられると、さっきまではただ苦しかっただけの場所にも変化が訪れた。圧迫感はそのままで、しかしそれをもっと求めているような感覚。

アルは乳首を舐めながら、片手でリュカの性器をしごいた。すこし物足りないくらいの接触で、ゆったりと上下に動かされると、欲しいと思う気持ちが強くなる。

「アル、さん……、き、て……っ」

胸に吸いついていたアルの頰を両手で引き寄せ、目を合わせて懇願した。

自分よりずっと苦しそうな表情を見て、リュカは思わず腰を浮かせ、さらなる挿入を促していた。

「リュカ、こら、待て……」

「んっ、ぁっ……、お、くまで、来て、ください……っ」

内壁をこすられながら埋められる。先端の出っ張《でば》った部分が中に入りこんでしまうと、苦しさは幾分ましになった。

（もっと……）

引き寄せたのか、貫かれたのか、最奥《さいおう》までアルのものでみっしりと埋まってしまうと、苦しさは消え、幸福感に満たされた。

「なにを笑っている？」

「だ、って、嬉しくて……」

「おまえは……、本当にかわいいな」

汗ですこし濡れた自身の髪をかき上げるアルは、驚くほどかっこよかった。

真上にある顔に見惚れていると苦笑され、なにか失敗してしまったかと思っているうちに中身が抜けていくので、慌てて引き止めようと広い背中に手を回すと同時にふたたび深く挿《さ》しこまれた。

「ぁ、んっ」

「おまえは、あまり俺を煽るな」

「や、やっ、ぁっ、な、に……っ？」

煽り方もわからないのに、自分はいったいなにをしたというのか。

リュカは唐突にはじまった抜き差しに戸惑いながらも、アルの艶《なま》めかしい腰の動きに翻弄《ほんろう》されていた。

肉体は快楽を感じ取っているのに、脳はまだ認識できていない状態でパニックになる。思わず「怖い」と口にすると、アルが一度動きを止めてくれた。

「気持ちよくないか？」

「あ………」

きっとリュカの中の締めつけやうねり具合から、苦痛が快感に変わったことをアルは感じ取って動き出したのだろう。

問われてようやく自分の体が快感に浸されていることに気づいて、リュカは頬を赤らめて、「気持ちいいです……」と小さく呟いた。

そこからのアルはもう容赦《ようしゃ》がなかった。

直接的な快楽の生まれる場所を何度もこすられ、朦朧としているところで内腿に吸いつかれた。驚いて目をひらくと、吸って赤くなった痕《あと》をぺろりと舐めている横顔の流し目と目が合って気が遠のきかける。

太い幹の根元がぎっちり収められた状態で最奥を連続で突かれ、目の前でちかちかと光が弾けた。徐々に穿《うが》つ速度は速まり、ストロークも長く大胆になっていく。

「あっ、も、もう……っ、い、イキそう……ですっ、アル、さん……！」

膝裏を抱えていたアルの手から解放され、行き場をなくした足が宙を蹴る。

経験したことのない快楽の先になにがあるのか、すこし怖くなって手を伸ばすと、アルは指を絡めてリュカの両手をベッドに押さえつけた。

「俺も、限界だ……」

こめかみに唇をつけて低く囁かれ、体が震えた。

体内に収まった熱棒が、最奥を突きあげるたびにリュカの先端からはとろとろと蜜がこぼれた。

「イ、く……っ」

「……ぅ……っ」

ひときわ甲高い声を上げて果てた数秒後、アルの動きも止まった。

アルのすべてを内部に収めた状態で精液が奥深くに注がれると、リュカは長引く快感の末に恍惚《こうこつ》と目を閉じた。

エピローグ

クロヴァン王の五十歳の生誕祭が行われる今日、次期国王の発表に王国中の民が注目していた。

そんな中、リュカは診療所でフェリクスの助手を務めていた。王国にとってどんなに重要な日でも病を抱える人のため、医者たちは仕事を放棄することはない。

中休みに診療所から一歩外に出てみると、城下の広場はお祭り騒ぎだった。

号外が飛び交い、人々は意外な結果に驚きを露わにしていた。

「先生聞いたかい？　シャルナン王子殿下が次期国王になるんだってさ」

休憩後、号外を手にした患者が顔を上気させてフェリクスの診察室に現れた。

「リュカ先生もびっくりしただろう？　まさか病に伏せていたシャルナン王子のほうが選ばれるとは思いもしなかったよな？」

「え、ええ、まあ……」

患者に曖昧な答えを返してしまったのは、リュカは次期国王がシャルナンになることを、事前に本人とアルから聞いて知っていたからだった。

そしてもうひとつの大きなニュースのことも。

「スハイセン王国のカルラ王女殿下との婚約も決まっているなんて、本当にめでたい話だよ」

号外には次期国王がシャルナン第一王子に決まったことと同時に、彼とカルラ王女との婚約も発表されたとある。

幼なじみである二人は小さいころから互いを思い合っていたという、政略結婚ではない美男美女の美しいラブストーリーも大きく報じられていた。

今日の正式な発表で、街の民たちはもちろん、今ごろは王宮内でも相当な騒ぎになっていることが想像できる。その中でもいちばん驚くことになるのは、現在王宮の地下牢に収監されているギヨームかもしれない。

ギヨームはアルが次期国王に選ばれることを確信していたからこそ、邪魔者であるリュカの命を狙い、結果的にはシャルナンとカルラ王女の結婚を推して急かしていた。しかしり、コルマンドとスハイセンの絆は強まった。カルラ王女との婚約によ

ギヨームは王子殺し未遂の罪で失職し、牢獄で刑を待つ結末を迎えてしまった。近々、重罪を扱う上級裁判にかけられると聞いている。

「そういえば、シャルナン王子殿下の持病はずいぶんよくなったと伺いましたが」

診療が終わり、帰る準備をしているとフェリクスが訊ねてきた。

「ええ、シャルナン様は日ごとに元気になられています。このあいだなんて馬車に乗ってスハイセン王国まで行って帰ってこられましたから」

シャルナンとカルラ王女との婚姻には、実はひと悶着《もんちゃく》あった。

当人同士は幼いころから思い合っていたため互いに結婚の意思はあったが、スハイセンの国王が娘の結婚相手は第二王子のアルだと言って直前まで首を縦に振らなかった。

王妃と王女のコルマンド王国訪問は、カルラ王女が体の弱いシャルナンを思って婚約の儀はコルマンドで行いたいという希望で決まったことだったが、スハイセンの国王はアルとの婚約でないと自分は出向かないと言って聞かず、結局王妃と王女のみの訪問となり、その場での婚約はかなわなかった。

スハイセン国王としては、自国さえも出られないような病弱な王子に娘はやれないという思いがあったのかもしれない。

四か月近くのあいだリュカが施したアロマセラピーによって、シャルナンの持病はずいぶんよくなった。精油やハーブの効果は呼吸器を患うシャルナンの治療に合っていた。

そしてここひと月ほどはリュカにエクラの力が戻

ったことで、シャルナンの病に対してドニスのときのように予防的に毎日力を使っていた。

そのおかげか、シャルナンは最近では疲れたときなどには咳きこむことがあっても、以前のように発作を起こすことはなくなり、長旅に耐えられるほどに体が強くなっていた。

シャルナンが次期国王になることが決定した際、父のクロヴァン王とともに彼はスハイセン王国を訪問した。

シャルナンに対して病弱な王子という印象しかなかったスハイセン国王は、会って半日も経たぬうちに美しく聡明な第一王子の虜《とりこ》になり、その場で予定になかった婚約の儀まで済ませてしまったという。

次期国王が決定し、王国にとっては大きな動きがあったが、リュカもここひと月は「時の人」として激動の中にいた。

心臓を貫かれ、命を落としかけたアルがたちまち元気になるという珍事は、現場を見た者を幸せにしながらも混乱させる結果となった。

いったいあのときなにが起こっていたのか。王子は今も本当に生きているのか。この世の者ではないのではないか。

さまざまな憶測が飛び交う中、リュカは事情を知るアルとシャルナンに相談し、エクラの力について王宮内で公表することを決めた。

その功績が、王国が発行するコルマンド月報の一面に取り上げられたことで、王国民のあいだでもリュカは一躍有名になった。

フェリクスは封印していたエクラの力が使えるようになったことを誰よりも喜んでくれた。

今はシャルナンの病が落ち着いたため、フェリクス診療所で朝から夕刻まで働いている。そして薬師としての仕事とは別に、医術や薬では治りにくい慢性の病や怪我に、エクラの力を使うようになった。

診療所には瀕死の患者も運ばれてくることがあるが、彼らに力を使うことはフェリクスによって禁じられている。王子のアルを救ったことはもちろん素晴らしいが、リュカの命を削るようなやり方は日常的に行うべきではない、と。

それはモンフィス家にいたころのスルヤの教えによく似ていた。

エクラの力を持つ者として誰をも救いたい気持ちはあるが、自身の献身欲を満たすことで周囲を不安にさせることもあると知った。今は体力を消耗し過ぎないよう、医術の補助として力を使うよう心がけている。

「先生、それではまた明日に。さようなら」

「おつかれさま、さようなら」

リュカはフェリクスと挨拶を交わし、診療所をあとにした。

帰り道、馬車の中から夕風に揺れる号外を握りしめる、酒場へ向かうにぎやかな民の一行が見えた。みな意外な結果と婚約の発表に話題は尽きぬようで、表情は明るく幸せそうだ。


王宮に帰ると、廊下ですれ違う貴族やメイドたちは街の民のようには騒いでいなかったが、そわそわとしてなにか語りたそうな雰囲気を醸し出していた。そして目が合うと「リュカ様、聞きました？」とみなが口をそろえて驚きを伝えてくるのだった。

「シャルナン王子殿下の演説、とっても素敵だったんですよ！　普段はあまり表に出てこられませんけど、病に伏せながらもいつも王国のことを考えてくださっていたんですね」

リュカが仕事に出ていてシャルナンの演説を聞き逃したことを憐《あわ》れみながらも、興奮気味に語る者たちはみな嬉しそうだ。

シャルナンの次に登壇したアルからは、兄の補佐を務めることが発表されたようで、二人の兄弟愛にも大きな拍手が送られたらしい。

部屋で、街でもらった号外を読んでいるところに、エマがマリーからの手紙を届けに来てくれた。

「リュカ様がだまされないように、今日は私が直接届けにまいりました」

以前、ギヨームの使いのメイドが寄こした書き置きのことを冗談にして、エマとひとしきり笑った。

エマを見送ってからソファに座り、マリーから届いた手紙に目を通す。

一枚目には、かねてより交際していた家庭教師と婚約したと書かれていた。

「え！　うそ！」

「にゃあ？」

驚いて大きな声を出したら、足元に寝そべっていたティロンが何事かと顔を上げた。

「マリーが先生と婚約したんだって！」

リュカが目を煌めかせながら伝えると、マリーの名前に反応したのだろう、ティロンはソファに上って手紙を覗きこんできた。くんくんと匂いを嗅いで、マリーからのものだとわかったのかご機嫌に鳴いている。

二枚目以降には、スルヤのことが書かれていた。

リュカが家を出た日から、モンフィス家内の誰よりもスルヤがいちばん心配していたという内容だった。

家出の当日、「あの子はすぐに戻ってくる」と言い張っていたスルヤは、夜になってもリュカが帰らないとクルカ全土の警吏を呼びだして島内を捜させたらしい。

そして金の髪の少年が本土行きの船に乗っていた情報を得、優秀な密偵を送りこんでリュカを捜索させたのだという。港町で働いていることを突き止めたあとは、月はじめにリュカの様子を使いの者に調べさせて報告させていた。

ただ、連れ戻そうという親族の意見にはたったひとりで反対を貫き、「本人が納得いくまで好きなようにさせなさい」と逆に彼らを説得してくれたらしい。

「スルヤ伯母さん……」

リュカが下宿先で危険な目に遭っていたことはあとになってわかったようだが、マリーにリュカからの手紙が届いて王宮で保護されたことを知り、安全な場所にいるのならばと、その後も遠くから見守る姿勢を貫いているようだ。

『リュカの家出がスルヤ伯母さんの心を軟化させたみたい』とマリーは書いている。

手紙を読んで、スルヤがいつも双子の自慢話をしていたという生薬店の老店主の話を思い出した。リュカの前では厳しい面ばかりを見せていたが、それは愛情の裏返しだったのだとあらためて感じた。

リュカが本土に来てスルヤの愛情に気づけたように、彼女もリュカと離れたことで見えたものがあったのかもしれない。

「リュカ、いるか」

「あ、はい、戻っています」

手紙を読んで涙ぐんでいたところで扉がひらかれ、慌てて目を拭って振り返った。

笑顔で迎えたが目が濡れていることに気づかれてしまい、「なにがあった？」と心配そうな顔でアルが近づいてくる。

「妹のマリーから手紙が届いたんです。すごくいいことがたくさん書かれていて……」

目を指差して「嬉し涙です」と伝えると、アルはほっとしたように笑った。

「今日は祝いだ」

上機嫌で葡萄酒を開けたアルは、酒を飲めないリュカのためにメイドに紅茶を用意させた。

ソファに座り、手紙の文面をひとつずつ説明するリュカのとなりで、アルは葡萄酒を飲みながら聞き役を楽しんでいた。

「今度、妹に返事を書くときは、好きな人ができたって書こうと思います」

前に手紙を送ったときは、マリーにアルとの関係を打ち明けることができなかった。今度は本当の気持ちをつづろうと思っていることを告げると、アルがグラスをテーブルに置いた。

「手紙もいいが、会いに行かないか？」

「会、いに……」

「できれば俺も同行したい。リュカの家族に挨拶させてほしいし、エクラの力で命を救われた感謝を直接伝えたい」

きっぱりと言い切ったアルの言葉に衝撃を受けながらも、リュカは迷わずうなずいていた。

エクラの力は本来、クルカ島だけのものだった。

それをリュカが本土へと持ちこんだのだ。

(守秘義務を破ってエクラの力を本土で公表したと言ったら、スルヤ伯母さんは怒るかな……)

今はまだそれが、島のモンフィス家に代々伝わってきたものだということまでは公表していない。しかしリュカはそのこともいつか、本土の民に伝えたいという思いがあった。

(だってこんなに素晴らしい力なんだから、たくさんの人に知ってもらいたいよ)

リュカはバザン夫妻に力を利用され、つらい目に遭った。けれどそれは、エクラの力が本土の多くの人たちに知られていなかったせいではないかと今は思っている。

力を公表し、王子を救ったという功績が知れ渡った今、リュカを攻撃しようとする者はきっといない。もしそんな人がいたとしても、その何倍もの人がリュカを、エクラの力を守りたいと思ってくれるはずだ。

マリーが愛する先生との子を産み、いつか誕生する九番目のエクラの力を持つ子孫が、クルカ島だけでなく、王国中から祝福を受けるような未来を作ることができたら幸せだ。

(アルさんと、クルカに帰る……)

あらためてスルヤやマリーと対面するアルの姿を想像すると、不思議な感じがした。

アルと結ばれたことを伝えたら、マリーは喜んでくれるだろうが、スルヤはどんな反応をするか見当がつかない。

きっとリュカが家出をしたときよりも驚かせるこ

とになるだろう。それでも今のスルヤは、リュカの決断を受け入れてくれるような気がした。

じわじわと嬉しさがこみ上げてきて、頬がゆるむのをごまかすために紅茶を口に含む。

二人が体を重ねた日から、リュカはずっと長い夢の中にいるような気分だったが、アルは着々と地盤をかためていた。

アルはリュカと真剣な付き合いをしていることを、結ばれた翌日にはクロヴァン王とシャルナンとサリムに報告した。

なにも聞かされないまま玉座の間に連れていかれ、アルが突然リュカのことを「恋人だ」と言ったときは倒れそうになったが、王は息子の性格を熟知しているのか、片眉をぴくりと動かしただけで笑顔になり「今後のことは二人で考えなさい」と言った。

シャルナンとサリムも恋人の関係になったという報告にさほど驚かなかったところを見ると、アルの突飛な言動に身近な人たちは慣れているのだろう。

報告後にシャルナンとサリムには個別に会う機会があったが、二人とも祝福してくれると同時に「しばらくは振り回されますよ」と忠告してくれた。

今現在、王宮内でアルとリュカが恋人の関係にあることを知っているのは、その三人とエマだけだ。

エマにはきちんと話しておきたいとリュカから希望を出し、アルは快諾してくれた。クロヴァン王の侍従長である父親ともども、小さいころから王宮で暮らしているエマへの王族からの人望は厚いようだ。

この先、アルと恋人の関係にあることが誰かに知られないとは限らない。けれどなにがあっても、二人の関係が怪しくなることはないと今のリュカには確信できる。

(アルさんのことを信じているから。アルさんと二人ならなんでも乗り越えられる)

紅茶の最後のひと口を飲み干して、となりを見上げる。

「ぜひ一緒に島へ行って、家族にアルさんのことを僕の恋人だと紹介させてください」

「ああ、頼む……」

まっすぐ目を見て伝えると、いつも人を振り回す側のアルがめずらしくうろたえていて、リュカは気分がよくなった。

「これからもずっと、僕と一緒にいてくれますか？」

今度はどんな反応が返ってくるかと期待していると、すぐに余裕を取り戻したアルの顔が近づいてきて目の前で止まった。

「ああ、当然だ」

思いのほか真摯な口調で告げられた言葉に胸が高鳴って、自然と目を閉じていた。

葡萄酒で冷えた唇と紅茶でぬくもった唇が重なる。

唇が同じ温度になるまでしばらく続いた口づけが解かれると、二人は同時に目をひらいて笑った。

あとがき

こんにちは、宗川倫子《そうかわりんこ》と申します。

このたびは『孤独《こどく》な癒《いや》し人《びと》は永久《とこしえ》の愛《あい》を知《し》る』を手に取ってくださり、ありがとうございます。

代々家系に伝わる不思議な力を持つ主人公が、生まれ育った島を出て、様々な経験をしながら愛を知っていくお話を書きました。

もし自分がエクラの力を授かったら、一生安全な島から出ずのんびり暮らすと思うので、主人公リュカの勇気ある行動には感心します。リュカにはたくさん苦労させてしまいましたが、アルがそんな彼の支えになってくれました。


これは私の二冊目の本で、ファンタジーに初挑戦した作品でした。

ファンタジーに限ったことではないですが、自分が知らないことを一から調べるのは大変で、途中でついつい脱線してしまうことが多々あります。

たとえば王国本土からリュカが育ったクルカ島までどれくらいの時間がかかるんだろうと思い、船の種類や速度などを調べているうちに、なぜか世界一周クルーズの料金が知りたくなって物語とは関係ない情報を手に入れた挙句、私には一生無理だという事実に思い至りました。……調べものの落とし穴にはよくはまります。

ファンタジーの正解がわからず、手探り状態で書いていてしんどいときもありましたが、担当のMさまにヒントを与えてもらったことがきっかけで、物語をつかむことができました。

いつも丁寧であたたかいご指導を、ありがとうございます。

イラストの小禄《ころく》先生、私の貧弱な想像力では思いもつかない煌びやかな世界を描いてくださり、ありがとうございます。ティロンがもう可愛すぎて、猫飼って鞄に入れたい衝動に駆られました。素敵なイラストをありがとうございました。

そして書籍化に関わってくださった方々、前作を読んで次を待っていてくださった方、SNSで応援してくださった方、仲間たち、そして本作を読んでくださったみなさまに、心より御礼申し上げます。

ご感想やご意見など、ひとことでもいただけましたらありがたいです。

では、またどこかでお目にかかれますよう、精進してまいります。

二〇一九年十一月　宗川倫子

触れて、感じて、恋になる

ふれて、かんじて、こいになる

宗川倫子

イラスト：小椋ムク

本体価格 870 円+税

後天性の病で高校二年生の時に視力を失った二ノ瀬唯史は、その後、鍼灸師として穏やかで自立した生活を送っていた。そんなある日、日根野谷という男性患者が二ノ瀬の鍼灸院を訪れる。遠慮のない物言いをする日根野谷の第一印象は最悪だったが、次第にそれが自分を視覚障害者として扱っていない自然で対等な言動だと気付く。二ノ瀬の中で「垣根のない彼と友達になりたい」という欲求が膨らみ、日根野谷も屈託なく距離を縮めてくる。一緒にいる時間が増すごとに徐々にときめきめいた感情が二ノ瀬に芽生えはじめるが…？

リンクスロマンス大好評発売中

内親王の降嫁

ひめみこのこうか

和泉 桂

イラスト：葛西リカコ

本体価格 870 円+税

時は五条帝の御代。若くして大納言の役職につく藤原光則は、妻の忘れ形見である息子を病で亡くし失意の淵にいた。光則はある日の陣定で、都で話題の夜盗「十六夜」を捕らえる検非違使別当の役職を命じられる。一度は十六夜として盗みに入った美しい少年を捕まえるが、彼は実は帝の妹として育てられた弟・楓の宮だった。そのことを知らない帝に彼と婚姻を結ばされた光則は、結婚しても楓の無愛想な態度に憤慨し強姦してしまう。その後、楓が十六夜として捕まえた少年であることを知り、光則は彼の人生に自分の弟・狭霧を重ね、楓の本心を知るために心を溶かそうとするが…。

愛を言祝ぐ神主と大神様の契り

あいをことほぐかんぬしとおおかみさまのちぎり

真式マキ

イラスト：兼守美行

本体価格 870 円+税

神社の息子ながら、神などの非科学的で曖昧な存在を信じず数式で示せるはっきりしたものを愛してきた九条春日は、父の命により神職のいない田舎町で新しい神主として暮らすことになった。これから自分が管理することになる神社を見回っていると、境内には真っ白な装束を身に纏った美しい青年の姿があった。彼は自分を狛犬のように対に祀られた狼の片割れ・ハクだと名乗る。神の眷属である大神様・ハクによって、清らかで静謐な空気に満ちた異世界のような場所にある神社へと導かれた春日。二人はその異空間で逢瀬を重ねることになるが…？

リンクスロマンス大好評発売中

子育て男子はキラキラ王子に愛される

こそだてだんしはきらきらおうじにあいされる

藤崎 都

イラスト：円之屋穂積

本体価格 870 円+税

営業マンの巽恭平は、亡き姉の一人息子で幼稚園児の涼太と二人暮らし。日々子育てと仕事に追われる中、密かな楽しみはメディアでも騒がれるほどのパーフェクトなイケメン広報・九条祐仁のストーキングをすることだ。がたいがよく強面な自分の恋が叶うはずがない、遠くから見ているだけでいい——そう思っていたけれど、ある日ひょんなことから巽がストーカーをしていることが九条にバレてしまう！　ところが九条は平気な様子で、むしろ「長年のしつこいストーカーを追い払うため」と称して巽に偽装恋人になってくれと言ってきて…!?

蒼空の絆《そうくうのきずな》

かわい有美子

イラスト：稲荷家房之介

本体価格 870 円+税

大国Ｎ連邦との対立が続くグランツ帝国、その北部戦線を守る空軍北部第三飛行連隊一通称『雪の部隊』に所属するエーリヒは、『雪の女王』としてその名を轟かせるエースパイロットであり、国家的英雄のひとりでもある。そんなエーリヒの司令補佐官を務めるのは、幼少の頃よりエーリヒを慕う寡黙で忠実な男・アルフレート中尉。厳しい戦況の中、戦闘の合間のささやかで穏やかな日常を支えに、必死に生き抜こうとするエーリヒだったが、ある日の戦闘で大怪我を負ってしまう。やるせなさを感じるエーリヒに対し、アルフレートはそれまで以上に献身的な忠誠を示してくるが…。

リンクスロマンス大好評発売中

孤独の鷹王と癒しの小鳥《こどくのたかおうといやしのことり》

深月ハルカ

イラスト：円之屋穂積

本体価格 870 円+税

“太陽の恩寵を受けられず寒さに凍える”そんな呪いをかけられた平原の国。威厳と覇気を備えた王のウオルシュは、国を守るためその身に呪いを移し替え、昼は鷹の姿で城に籠もり、夜はヒトの姿で政務を執る不自由な生活を送っていた。ある日の早朝、鷹のウオルシュは雪原で小鳥を見つける。あたたかそうな羽毛で暖を取ろうと捕まえ帰城するが、それはヒトの姿を持つ鳥族の青年・エナガだった。解放したあともウオルシュを温めるため、怯えながらも毎日城にやって来る健気で心優しいエナガに、ウオルシュは次第に好意をもちはじめ…？

掌の花

てのひらのはな

宮緒 葵

イラスト：座裏屋蘭丸

本体価格 870 円+税

エリート弁護士・宇都木聡介の元に依頼人として現れたのは、高校時代の元同級生で、ネイリスト兼実業家の黒塚菖蒲。相続トラブルを抱えた菖蒲のために、聡介はしばらく彼の家に同居することになる。華道の家元の息子で絶世の美少年だった菖蒲とは、かつて身体を慰め合った仲だった。大人になっても壮絶な色気を含んだ菖蒲の手は、爪先を朱色に染めて淫靡に聡介の身体を求めてくる。戸惑いながらも愛撫を受け入れてしまう聡介。その執着は年月と共に肥大し、強い独占欲を孕んでいるとも知らずに――。

リンクスロマンス大好評発売中

翠眼の恋人と祝祭のファントム

すいがんのこいびととしゅくさいのふぁんとむ

鏡コノエ

イラスト：小山田あみ

本体価格 870 円+税

イーニッドの首都・ラヴィリオ市。警察内で人喰いの化け物“ジェンティ”を退治するための特殊な部署に配属されてしまった熱血刑事のレイモンドは、ジェンティが出没すると噂される秘密の夜会で、その化け物を専門に狩る凄腕ハンターのオリヴァーと出会う。憂いを帯びた美青年だが、不愛想で毒舌な彼となぜかコンビを組まされることになったレイモンドは、次第にオリヴァーの緑色の瞳に魅せられていく。しかし、オリヴァーはレイモンドを受け入れようとしない。なんとオリヴァーは幼い頃からジェンティに付きまとわれていて、親しくなる者は殺されてしまうのだと言い出し…!?

翼ある后は皇帝と愛を育む《つばさあるきさきはこうていとあいをはぐくむ》

茜花らら
イラスト：金ひかる

本体価格 870 円+税

トルメリア王国の西の森にある湖には、七色の鱗を持つ白竜・ユナンが棲んでいた。トルメリア王国ではドラゴンは災厄の対象として恐れられており、ある日、ユナンの元に皇帝・スハイルが討伐に現れる。ヒトの姿に変化したユナンは王宮に連れ去られるが、手厚く保護され、スハイルの真摯な態度に次第に心惹かれていく。その後、同じ想いを抱くスハイルに求婚されたユナンは、后としてトルメリア王国に迎えられることに。双子のリリとメロを出産し幸せな毎日を送っていたユナンだが、ある日、身体に異変が現れる。また、国内では深刻な問題が引き起こっているようで——？

リンクスロマンス大好評発売中

銀の祝福が降る夜に《ぎんのしゅくふくがふるよるに》

宮本れん
イラスト：サマミヤアカザ

本体価格 870 円+税

きらめく銀髪と儚げな美貌を持つ天涯孤独の人狼は、その血統の稀少さ故、狼の血族であることを隠し、ひっそりと暮らしていた。働き口を探し町に出てきたところを、偶然居合わせた男に助けられ、その親切さに心惹かれる。しかしその後、彼が実はお忍びで町に出ていた国王であり、自らの家族を亡き者にした敵であると知ってしまい——？ 運命の恋に身を焦がす、身分差 & 宿命のロマンチックファンタジー！

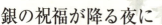

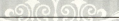

スカーレット・ナイン

水壬楓子
イラスト：亜樹良のりかず

本体価格 870 円+税

独立四百年を翌年に控えるスペンサー王国には、スカーレットと呼ばれる王室護衛官組織が存在する。王族からの信頼も篤く、国民からの人気も高い護衛官たちの中でもトップに立つ九名は“スカーレット・ナイン”と呼ばれ、ナインに選ばれた者は、騎士として貴族の位を与えられてきた。そんなナインの補佐官を務める、愛想はないが仕事は的確にこなすクールな護衛官・緋流は、ある日突然、軍隊仕込みの新入り射撃の名手・キースとバディを組まされることになる。砕けた雰囲気のキースに初対面で口説かれ、ペースを乱されてばかりの緋流だったが…？

リンクスロマンス大好評発売中

約束の番《やくそくのつがい》 魂の絆《たましいのきずな》 ―オメガバース―

飯田実樹
イラスト：円之屋穂積

本体価格 870 円+税

遠い昔、ヴォートとエルヴァという二つの種族が憎み合い、衝突し、大きな争いを生んだ。戦火の広がりは止まらず世界はすべてを失った。荒廃した世界から千二百年、その世界には男女とは別に、α・β・Ωという第二の性が存在していた。種による差別から、αに貶められてきたΩたちは、安息の地を求め【アネイシス王国】という世界唯一のΩの王が統べる国をつくる。アネイシスの王子であるカナタは、Ωの王子として多くの仲間を救いたいとαが統べる敵国へ諜報員として潜入することになった。しかし、カナタはその国で、理性を凌駕し強く惹かれるαの青年・ユリウスと出会ってしまい――？

この本を読んでの
ご意見・ご感想を
お寄せ下さい。

〒151-0051
東京都渋谷区千駄ヶ谷4-9-7
(株)幻冬舎コミックス　リンクス編集部
「宗《そう》川《かわ》倫《りん》子《こ》先生」係／「小《こ》禄《ろく》先生」係

リンクス ロマンス

孤独な癒し人は永久の愛を知る

2019年11月30日　第1刷発行

著者……………宗《そう》川《かわ》倫《りん》子《こ》

発行人…………石原正康

発行元…………株式会社　幻冬舎コミックス
〒151-0051　東京都渋谷区千駄ヶ谷4-9-7
TEL 03-5411-6431（編集）

発売元…………株式会社　幻冬舎
〒151-0051　東京都渋谷区千駄ヶ谷4-9-7
TEL 03-5411-6222（営業）
振替00120-8-767643

印刷・製本所…株式会社　光邦

検印廃止

ISBN978-4-344-84569-5 C0293
Printed in Japan

幻冬舎コミックスホームページ　http://www.gentosha-comics.net